Suzy K. Quinn
Oh Baby!

GOLDMANN
Lesen erleben

Buch

Juliette Duffy lebt in London und ist frisch gebackene Mama der kleinen Daisy. Ihr Töchterchen stellt ihr Leben komplett auf den Kopf. Daisy scheint allergisch gegen Schlaf zu sein und will lieber Schokopudding statt Karottenbrei. Und sie ist die Liebe ihres Lebens. Auf ihren Freund Nick, erfolgloser Schauspieler und Daisys Vater, kann Juliette sich dagegen nicht besonders verlassen, weder bei der Pflege von Daisy noch auf der Suche nach einer größeren Wohnung. Und ständig mischt sich seine tyrannische Mutter Helen ein. Nach einem Streit mit Nick flieht Juliette zu ihrer Familie, die in ihrem ländlichen Heimatort Great Oakley einen Pub führt. Dort trifft sie einen alten Freund wieder, Alex Dalton. Der attraktive, wohlhabende Hotelunternehmer ist der perfekte Gentleman. Alex unterstützt Juliette bei jedem ihrer verrückten Vorhaben. Und er kann wunderbar mit Daisy umgehen und lässt bald auch Juliettes Herz höher schlagen – da macht Nick ihr plötzlich einen Heiratsantrag …

Weitere Informationen zu Suzy K. Quinn sowie zu lieferbaren Titeln der Autorin finden Sie am Ende des Buches.

Suzy K. Quinn

Oh Baby!

Roman

Aus dem Englischen
von Renate Weitbrecht

GOLDMANN

Die englische Originalausgabe erschien 2016 unter dem Titel »The Bad Mother's Diary« bei Devoted Books.

Dieses Buch ist auch als E-Book erhältlich.

MIX
Papier aus verantwortungsvollen Quellen
FSC® C014496

Verlagsgruppe Random House FSC® N001967

1. Auflage
Deutsche Erstveröffentlichung November 2018

Umschlaggestaltung: UNO Werbeagentur, München
Umschlagmotiv: FinePic®, München
Redaktion: Susanne Bartel
KS · Herstellung: kw
Satz: KompetenzCenter, Mönchengladbach
Druck und Bindung: GGP Media GmbH, Pößneck
Printed in Germany
ISBN: 978-3-442-48836-0
www.goldmann-verlag.de

Besuchen Sie den Goldmann Verlag im Netz

Für meine beiden Engel Lexi und Laya

Freitag, 1. Januar

Neujahr

Ich bin wieder bei meinen Eltern, nach einem HEFTIGEN Krach mit Nick. Ich bin STINKSAUER. Ich hatte ihn gebeten, auf Daisy aufzupassen, während ich zum Supermarkt ging. (Wenn ich die Kleine mitnehme, falle ich auf die 2-für-1-Angebote rein und kaufe allen möglichen Kram, etwa Riesenkekse mit Marmeladenfüllung.) Als ich heimkam, spielte Nick am Computer, mit ZEHN leeren Flaschen Guinness-Bier neben sich.

ZEHN FLASCHEN! In ZWEI Stunden! Ich flippte aus.

»Ich vertrage eben viel«, lallte er. »Wäre ich besoffen, hätte ich diesen Teil von *Assassin's Creed* nie geknackt.«

Ich forderte ihn auf, eine gerade Linie zu laufen, und er fiel dabei hin.

Während ich Nick anschrie, platzte seine Mutter in die Wohnung. Sie sah ihn auf dem Boden liegen, sagte: »Setz dich aufrecht hin, Liebling«, und fragte dann nach dem Grund für das ganze Theater.

Ich erzählte ihr, dass Nick auf Daisy hätte aufpassen sollen und sich stattdessen betrunken hatte.

»Ach, *Nick*«, sagte Helen. »Du musst bedenken, Juliette, er hat den ganzen Tag gearbeitet und ist sicher gestresst.«

Gearbeitet! Nick hat heute nichts weiter getan, als für eine Online-Poker-Werbung einen zweiseitigen Text vorzulesen.

»Wenn ich je von einer geschiedenen Frau Beziehungsratschläge brauche, dann frag ich dich schon«, entgegnete ich. Ich schrie Nick noch ein bisschen an, dann packte ich hastig eine Tasche zusammen und verkündete, Daisy zu meinen Eltern mitzunehmen.

Es wäre ein starker, würdevoller Abgang gewesen, hätte ich nicht noch mal zurückgemusst, um Daisys rosarote Waffelpiqué-Decke, ihren Teddy, den Verdunkelungsvorhang mit den Saugnäpfen und Ersatzwindeln zu holen – und dann auch noch den kleinen Leuchtbären, der Schlaflieder singen kann.

Samstag, 2. Januar

Gerade hat Nick angerufen und um Verzeihung gebettelt. »Ich brauche dich, Julesy. Ich brauche mein kleines Mädchen. Ohne dich bin ich verloren.«

Aber ich werde kein Mitleid mit ihm bekommen. Er muss einsehen, dass es so nicht weitergeht. Seine ständigen Kater sind schon schlimm genug. Aber sich zu besaufen, wenn er auf Daisy aufpassen soll …

Heute Morgen habe ich mich auf der Waage meiner Eltern gewogen. Sie stammt aus den Siebzigerjahren und ist normalerweise gnädiger als unsere moderne. Ich bin fast DREIZEHN KILO schwerer als vor meiner Schwangerschaft. Dabei habe ich mich doch völlig nackt daraufgestellt, *nachdem* ich auf dem Klo war. Mist!

Sonntag, 3. Januar

Mütter haben es heutzutage schwer, weil so vieles von ihnen erwartet wird. Sie müssen:

* superschlank, gepflegt und modisch gekleidet sein und eine Designer-Wickeltasche in leuchtenden Farben und mit kleinen Waldtieren drauf haben
* ein perfektes IKEA-Heim mit raffinierten, kinderfreundlichen Details wie einer bunten Schreibtafel am Kühlschrank und Designer-Roboterspielzeug schaffen
* natürliche, umwelt- und gesundheitsbewusste Öko-Mums sein, dürfen keine chemieverseuchte Plastik-Tupperware verwenden und nur Bio-Gemüse kaufen, müssen ihr Kind ohne Medikamente zur Welt bringen, es stillen usw., ABER gleichzeitig …
* müssen sie wahre Sauberkeitsfanatikerinnen sein, Desinfektionssprays verwenden, alle Fußböden und Oberflächen stets klinisch rein halten und sich zehnmal am Tag die Hände waschen
* UND außerdem dürfen sie keine rätselhaften weißen Flecken auf den Klamotten haben, wenn sie aus dem Haus gehen

Wie schaffen Frauen das?

Nick hat den ganzen Tag angerufen und mir Nachrichten geschrieben. Er hat versprochen, nie wieder zu trinken, und wollte Bilder von Daisy sehen. Immerhin ein Anfang, schätze ich.

Montag, 4. Januar

Heute im Pub schlug mir Laura vor, gemeinsam für einen Marathon zu trainieren. Ich war so dämlich, Ja zu sagen. Was für eine bescheuerte Idee, neben meiner schönen und sportlichen älteren Schwester herzulaufen. Besonders mit meinem seit der Schwangerschaft so fetten Hintern.

Ich kam mir vor wie eine trampelige Kuh, die ein langbeiniges Rennpferd mit glänzender Mähne verfolgt. Wir joggten durch den Wald neben dem Bahngleis. Dort war es so dunkel, dass ich Laura aus den Augen verlor.

Während ich über die »verdammte Lauferei« fluchte, bemerkte ich am Boden einen Schatten, der wie Hundekacke aussah. »Igitt!«, schrie ich und landete irgendwie direkt in einer vereisten Pfütze. Das Nächste, was ich noch weiß, ist, dass das Licht eines iPhones mir ins Gesicht schien.

Eine Stimme sagte schroff: »Was machst du denn hier draußen? Ganz allein?« Es war Alex Dalton in einem schwarzen Laufdress, der mich an einen Ninja erinnerte.

»Ich bin nicht allein«, erwiderte ich. »Ich bin mit Laura unterwegs.«

»Und wo ist sie?«, fragte Alex und half mir hoch.

Ich sagte, Laura sei irgendwo weiter vorne.

Alex erbot sich, mich zu ihr zu begleiten. »Das ist ein dunkler Weg, und du bist allein. Nimm lieber meinen Arm.«

Ich erwischte seinen Arm an der vernarbten Stelle, wo er die Brandwunde hatte. »Das tut nicht weh, oder?«, fragte ich.

»Nein«, erwiderte er. »Schon lange nicht mehr.«

Ich erkundigte mich, ob ihm das Laufen Spaß mache.

Er sagte, das tue es, und fügte hinzu: »Es ist für mich eine der wenigen Gelegenheiten, anonym zu bleiben. Wenn ich laufe, bin ich einfach nur ein ganz normaler Mensch.«

»Wenn du so gern anonym bleibst, warum fährst du dann diesen silbernen Rolls-Royce?«

»Um zu zeigen, dass ich ein selbständiges Individuum bin.«

»Ich glaube kaum, dass die Leute dich mit irgendwem verwechseln würden«, witzelte ich.

»Manche schon«, entgegnete Alex. »Sie verwechseln mich mit meinem Vater.«

»Aber heute bist du nicht mit dem Rolls-Royce unterwegs?«, fragte ich.

Alex erwiderte mit seinem seltsamen halben Lächeln: »Nein, heute nicht. Ich habe dich noch nie joggen sehen.«

Ich gestand, dumm genug gewesen zu sein, mich für den Winter-Marathon in London anzumelden. Genauer gesagt hatte Sadie mich dazu gedrängt, als ich schwanger war und Kuchen mampfend herumsaß.

»Dann bist du früh dran«, sagte Alex. »Der Lauf ist doch erst in zehn Monaten.«

Ich erwiderte, dass ich so viel Training wie möglich brauchte.

Im Plauderton erzählte mir Alex, dass er dieses Jahr auch an dem Marathon teilnehmen würde. Als wäre das etwas völlig Normales und keine Herausforderung, die einen an seine körperlichen Grenzen bringt.

Ich gab zu, dass ich nicht glaubte, es bis ins Ziel zu schaffen.

»Das ist eine tolle Einstellung, Juliette«, sagte Alex. »Schon davon auszugehen, dass du es nicht schaffst, bevor du überhaupt gestartet bist.«

Ich sagte, dass ich nur realistisch sei und Nick gewettet habe, dass ich nicht bis zum Ziel durchhalten würde.

»Hör bloß nicht auf Nick Spencers Weisheiten«, sagte Alex. »Jeder Mensch kann einen Marathon laufen, solange er trainiert. Das ist vor allem eine Kopfsache.«

Ich sagte, dass ich nur selten auf Nick hörte, aber dass der Vater meines Kindes in diesem Fall durchaus recht behalten könnte.

»Quatsch«, sagte Alex. »Lass dich von mir trainieren, dann werden wir beweisen, dass er sich irrt.«

Ich erwiderte, es sei sinnlos, seine Zeit auf mich zu verschwenden. Ich hätte schon großes Glück, sollte ich es bis zur Tower Bridge schaffen.

Dann entdeckten wir Laura vor uns, und Alex sagte: »Ich sehe dich dann ja dieses Wochenende auf dem Ball.«

Das verwirrte mich total, weil der Ball der Daltons sonst immer an Silvester stattfindet. Ich hatte gedacht, er wäre diesmal ausgefallen. Aber Alex erklärte mir, dass er diesmal später veranstaltet wurde, weil Catrina Dalton, seine Mutter, noch in Italien war, um dort eine spezielle Sorte Marmor zu kaufen.

Wir Duffy-Schwestern haben noch nie einen Ball von den Daltons verpasst – wir waren jedes Jahr dabei, seit wir Teenager waren. Deshalb sagte ich, dass wir kommen würden, wenn Mum Zeit hätte, sich um Daisy zu kümmern.

»Dann bis Samstag«, sagte Alex und joggte – groß, dunkelhaarig und athletisch – durch den Wald davon.

»War das Alex Dalton?«, fragte Laura, als ich auf sie zuhumpelte. »Hat er Zach erwähnt?«

Oha! Da läuft doch was. Ich habe immer schon den Verdacht gehegt, dass Zach Dalton eine Schwäche für Laura hat.

Dienstag, 5. Januar

Habe beschlossen, Nick noch eine Chance zu geben. Heute Morgen nahm ich den Zug nach Hause, und er holte mich vom Bahnhof ab – wie in alten Zeiten. Wir hatten eine lange Aussprache, und er erzählte mir, wie deprimiert er sei.

»Aber das ist keine Entschuldigung für mein Verhalten«, sagte er. »Ich versuche, mich zu bessern. Ich WERDE mich bessern.« Und dann bat er mich, ihn zu heiraten.

Ich weinte Freudentränen, doch in meine Freude mischte sich auch ein bisschen Ärger. Nach all den Jahren, die wir nun schon zusammen sind, macht er mir ENDLICH nach einem Riesenkrach einen Antrag. Ausgerechnet dann, wenn ich fast dreizehn Kilo Babyspeck mit mir herumschleppe und untenrum total ramponiert bin.

Mittwoch, 6. Januar

Zurück in London. Wie schön, wieder rund um die Uhr frische Croissants kaufen zu können. Helen dauernd zu sehen ist allerdings weniger schön. Das Apartment ist für mich, Nick und Daisy und den ganzen Babykram bereits so eng, dass wir allmählich darin ersticken. Wenn dann noch Helen am Küchentresen hockt und mit gespitzten Lippen an einem Espresso nippt, bekomme ich kaum noch Luft.

Donnerstag, 7. Januar

Nick kann mich nicht auf den Ball der Daltons begleiten. Er hat in Nordengland eine Rolle bekommen. Er spielt einen Straßenkehrer in der TV-Serie *Coronation Street* und muss nur einen Satz sagen: »Das kann passieren, wenn man zu viel Hühnerpastete isst.«

Ich bin ja froh, dass er die Rolle hat, aber Nick scheint immer dann wegzumüssen, wenn ich ihn brauche. Wenn er in Manchester ist, hat Daisy garantiert Fieber oder wacht fünfmal in der Nacht auf.

Ich habe den ganzen Nachmittag – im Namen von Daisy – Dankesbriefe für Weihnachtsgeschenke geschrieben. Von einem plötzlichen Ehrgeiz gepackt beschloss ich, sie mit jedem einzelnen Geschenk zu fotografieren. Dabei schlief sie ein, und das Arrangement sah ein bisschen eigenartig aus.

Als Nicks Mutter wieder hereinschneite, wollte sie wissen, warum um Himmels willen ein schlafendes Baby mitten in Bio-Beauty-Artikeln liegt.

»Helen«, murrte ich, »könntest du ausnahmsweise mal anklopfen?«

Aber ich glaube, sie verstand mich nicht richtig, denn sie sagte: »Also gut, ich nehme einen ohne Koffein.«

Freitag, 8. Januar

Habe versucht, das Badezimmer aufzuräumen, damit ich morgen mehr Platz habe und alles Nötige finde, wenn ich mich für den Ball bei den Daltons schön mache. Seit Daisys Geburt habe ich nicht mehr auf mein Äußeres geachtet, und mir ist ein bisschen bange davor, was ich dabei feststellen könnte. Aber was soll's.

Ich teilte das Badezimmer in zwei Bereiche auf: in »vor der Schwangerschaft« und »nach der Schwangerschaft«.

Vor der Schwangerschaft

Wow! Wimperntusche, Neon-Lidschatten, Glitzernagellack, Fruchtsäure-Gesichtsmaske, Wachsstreifen, Tampons und diverse Pflegeprodukte.

Nach der Schwangerschaft

Wöchnerinnenbinden, die groß genug sind, um mit ihnen eine volle Badewanne leer zu saugen, ein Set Vaginalgewichte zur Kräftigung der Beckenbodenmuskulatur, eine Schwangerschaftsstreifensalbe, Zäpfchen, ein Rückbildungsmieder mit Klettverschluss, das helfen soll, meine Bauchmuskulatur wieder in Form zu bringen, und Krankenhausschlüpfer aus elastischem Netzgewebe.

Wie können etwas so Natürliches wie eine Schwangerschaft und eine Geburt dem Körper einer Frau nur so übel zusetzen?

Samstag, 9. Januar

Ich bin zu müde, um mich hübsch zu machen. Daisy hat in der letzten Nacht nur insgesamt drei Stunden geschlafen. Meine Energie reicht kaum zum Duschen.

Sonntag, 10. Januar

Der Ball war schrecklich. Einfach nur schrecklich. Nie und nimmer sollte man von frischgebackenen Müttern verlangen, sich in der Öffentlichkeit zu zeigen. Und schon gar nicht auf festlichen Veranstaltungen, bei denen ein perfektes Outfit und gezupfte Augenbrauen ein Must sind.

In den Spiegeln des Ballsaals sah ich immer wieder mein müdes Gesicht und wünschte, ich hätte mehr Make-up aufgelegt.

Ich habe den blassen Teint einer typischen Engländerin (mit dem man sofort Sonnenbrand bekommt), der normalerweise okay wirkt, aber momentan könnte er wirklich etwas Farbe vertragen. Und meine Haare (die mein Friseur höflich als »nicht ganz blond und nicht ganz braun« bezeichnet) hätten auch etwas Pflege nötig. Die Strähnchen sind ewig her, und meine Locken reichen schon bis unter die Schulterblätter und brauchen einen Schnitt. Weil mir keines meiner alten Partykleider mehr passt, trug ich ein sommerliches Umstandskleid mit Strumpfhosen und einer Art Schal dazu.

Ich saß zwei Plätze von Alex Dalton entfernt, der aussah, als käme er gerade von einem Fotoshooting für Gucci – mondän, glatt rasiert, schwarzer Maßanzug, lässig zerzauste schwarze Haare. Ich fragte ihn, wie es dem Hotel-Imperium ginge, und er mich nach dem Marathontraining.

»Scheiße«, sagte ich. »Ich weiß wirklich nicht, wie jemand vierzig Kilometer laufen kann.«

»Es sind zweiundvierzig Kilometer«, sagte er.

Ich schlug ihm vor, mich huckepack zu nehmen.

»Hör mal, Juliette«, sagte Alex. »Lass dir von Nicholas Spencer nichts einreden. Mein Angebot, dich zu trainieren, war ernst gemeint. Ich habe diese Woche in London zu tun – wohnst du noch in der Wohnung von Helen Jolly-Piggott?«

Ich musste zugeben, dass Nick und ich immer noch in dem Apartment seiner Mutter lebten. Diese kleine Hochglanz-Bude nahe Canary Wharf, die eigentlich nicht für ein Paar mit Baby konzipiert wurde, sondern als Zweitwohnung für Manager, die an Werktagen eine Übernachtungsmöglichkeit mit einer Mikrowelle für schnelle Mahlzeiten brauchen.

Natürlich wohnen wir nicht *bei* Helen. Das wäre gar nicht auszuhalten. Aber sie schaut ziemlich häufig vorbei, weil sie in Canary Wharf arbeitet.

Etwas später am Abend, als ich vom Klo zurückkam, beugte Catrina Dalton sich gerade über die Schulter von

Alex. Ihre weißen Haare waren am Hinterkopf zu einer steinharten French-Pleat-Rolle eingedreht und ihre Finger voller Diamantringe. Sie tuschelte über »Sheila Duffys Mädchen«, und ich hörte, wie sie sagte: »An deiner Stelle würde ich mich von denen fernhalten.«

Hoffentlich heiraten Zach und Laura irgendwann. Dann muss Catrina Dalton uns alle als Verwandte ertragen. Auch Mum und Brandi. Hahaha!

Während ich an der Bar saß, fing die schreckliche Wohltätigkeitsversteigerung an. Doug Cockett (einheimischer Geschäftsmann und rotnasiger Trunkenbold) spielte den Auktionator. Ihm gehört das Fitnessstudio Cockett, aber er ist fetter als die meisten Dartspieler. Er schwadronierte, was für eine Ehre es sei, einem weiteren Wohltätigkeitsevent der Daltons beiwohnen zu dürfen, und fragte Alex und Zach, ob sie auf die eine oder andere der »reizenden Damen« bieten würden.

Zach erwiderte: »Aber sicher«, und sah dabei Laura an.

Alex steckte die Hände in die Taschen und meinte: »Nein danke, Doug. Für Frauen zu zahlen ist wirklich nicht mein Fall.«

Als er aufstand, um zu gehen, packte Catrina ihn am Ärmel seines Jacketts und sagte: »Ach, Alex, das ist doch nur ein kleiner Spaß.«

»Irgendwie verstehe ich nicht, was daran lustig sein soll«, entgegnete er und verschwand.

Ein paar kichernde Mädchen wurden von ihren Ballpartnern aufgerufen, und Zach führte Laura direkt auf die Bühne. Sie sah wunderschön aus. Lange glänzende blonde Haare. Ein wadenlanges tailliertes Kleid aus rosaroter Seide.

Wirklich erstaunlich, dass sie von einer Mutter abstammt, die alles mit schwarzem Stretch für in der Öffentlichkeit angemessene Kleidung hält.

Brandi stürmte natürlich unaufgefordert auf die Bühne. Ihr Kleid sah aus, als wäre es beim Waschen eingegangen und dann mit Glitter bombardiert worden. Meine kleine Schwester ist naturblond, aber weil sie ihre Haare nicht blond genug findet, lässt sie sie mit platinblonden Strähnchen aufhellen. Und sie toupiert sie auf das dreifache Volumen. Sie ist Mum SO ähnlich. Sie ist laut und trinkt ganz gern. Und es hat sich herumgesprochen, dass sie sich schon mit Männern angelegt und gewonnen hat.

Ich versuchte, mich davonzustehlen, aber Doug war schneller als ich.

»JULIETTE DUFFY! WO WILLST DU DENN HIN?«

Ich sagte, dass ich dieses Jahr nicht an der Versteigerung teilnehmen wolle, weil Nick nicht da sei.

Aber Doug hatte kein Erbarmen mit mir. Stattdessen brachte er den ganzen Saal dazu, »Juliette! Juliette!« zu skandieren. Also stieg ich auf die Bühne.

Ich trug mein weites Sommer-Umstandskleid mit dicken Winterstrumpfhosen, und weil meine Füße zu geschwollen für High Heels waren, hatte ich mich für braune Stiefel entschieden, die ein *kleines* bisschen schmutzig waren. Ich war knallrot im Gesicht, meine Locken waren strohig und hatten braune Ansätze – alles in allem fühlte ich mich, als wäre ich weniger als einen Fünfer wert. Viel weniger. Schließlich stand ich zwischen Kate Thompson, die Profitennisspielerin ist, und Laura, deren Spitzname in der Schule »Prinzessin Tausendschön« war. Brandi hatte sich ans Ende der Reihe gestellt und kämmte sich mit den Fingern die Haare nach hinten.

Wie üblich boten eine Menge Männer für Laura. Und wie üblich wirkte sie echt überrascht. Zach stach die Konkurrenz recht schnell aus, indem er vierhundert Pfund bot und sagte: »Aber natürlich ist sie viel mehr wert!« Er bekam Beifall.

Brandi schnitt auch nicht schlecht ab. Ihr Partner für den Abend bot gegen einen Kerl, mit dem sie mal einen One-Night-Stand gehabt hatte. Schließlich brachte sie es auf recht beachtliche hundertfünfzig Pfund.

Als ich dran war, legte Doug mir einen verschwitzten Arm um die Schultern und sagte: »Mit einem Neugeborenen zu Hause mag Juliette heute nicht in ihrer besten Verfassung sein. Aber ihr Freund konnte heute Abend nicht kommen, deshalb müssen wir eben ran. Von der Bettkante stoßen würde ich sie trotzdem nicht. Und ihr, Jungs?« Dann fragte er mich, wann aus mir eine anständige Ehefrau werden würde.

»Bald!«, antwortete ich und zwang mich zu einem dümmlichen Grinsen.

Am Ende gaben ein paar alte Männer aus Mitleid drei Gebote für mich ab. Mein Gott, was für ein Glück, dass ich Nick habe. Ich kann wirklich froh sein.

Montag, 11. Januar

Helen kam heute schon frühmorgens vorbei. Wir waren noch im Bett, als sie nach uns rief. Nick zog sich ein Kissen über den Kopf und stellte sich schlafend, weshalb ich mit ihr reden musste.

»Hallo, Juliette. Na, wie war der Ball bei den Daltons, Schätzchen?«, fragte Helen. »Ich konnte nicht hingehen, weil ich einen Geschäftstermin hatte.«

In diesem Moment ahnte ich, dass etwas nicht stimmte. Sie nennt mich sonst nie Schätzchen.

Sie fixierte mich mit ihren irren blauen Augen und erzählte mir, sie habe etwas »Beunruhigendes« über die Versteigerung gehört, nämlich dass Zachary Dalton »eine recht hohe Summe« für meine Schwester Laura geboten habe.

»Was?«, murmelte ich.

»*Pardon*«, sagte Helen auf Französisch und schloss die Augen, als hätte sie Kopfschmerzen. Dann horchte sie mich über Laura und Zach aus – ob die beiden ein Paar seien und wie ernst die Sache sei.

Ich sagte ihr, dass sie das nichts angehe.

Anscheinend zerreißen sich gewisse Leute im Dorf die Mäuler darüber, wie unpassend eine Beziehung zwischen Laura und Zach wäre. »Wegen Lauras Herkunft«, erklärte Helen.

Ich entgegnete, dass Laura die gleiche Herkunft habe wie ich – sie ist in einem schönen großen Haus auf dem Land aufgewachsen, und es hat ihr an nichts gefehlt. Zugegeben, die Hälfte dieses großen Hauses ist ein Pub … aber ein sehr hübscher Pub. Er ist in allen Gastronomieführern für gute Pubs mit hervorragendem Bierangebot aufgelistet.

Fast im Flüsterton sagte Helen: »Aber deine jüngere Schwester war schon als Teenager schwanger …«

Und dann kam alles heraus – Catrina Dalton hatte gestern bei Helen angerufen. Ich hatte ja keine Ahnung, dass die beiden befreundet sind, aber anscheinend organisieren sie zusammen eine Versteigerung von Handtaschen für wohltätige Zwecke.

Catrina sei »außer sich vor Sorge«, weil der »arme Zachary« sich ablenken lasse, statt mit jemand »Vernünftigem« eine ernsthafte Beziehung einzugehen.

Dabei ist Laura die vernünftigste Person, die ich kenne. Sie führt Buch über all ihre Ausgaben, hat drei verschiedene Sparkonten und büffelt zurzeit für ihren zweiten Universitätsabschluss. Ich sagte zu Helen, es freue mich, dass Laura und Zach sich mögen. Und dass ich mich da nie einmischen würde und das auch sonst niemand tun sollte.

»Dann wünschst du das also deiner Schwester? Dass über sie getratscht wird?«, fragte Helen.

Ich erwiderte, dass die Leute schon immer über unsere Familie getratscht hätten. Mit einer Mutter wie der unseren seien wir das gewöhnt.

»Dann solltest du Laura wenigstens warnen«, sagte Helen. »Catrina Dalton ist alles andere als begeistert. Und welche Beziehung geht schon gut, wenn sie einer Mutter nicht passt?«

Ich wies Helen darauf hin, dass sie mich anfangs auch nicht besonders gemocht hatte.

»Ähm … ja«, sagte sie. »Aber dann ist das Malheur passiert. Darum …«

Manchmal geht Helen wirklich zu weit. Ich schrie: »Nenn Daisy ja nie wieder ein Malheur!«

Nick brüllte aus dem Schlafzimmer: »Sie hat recht, Mum! Das war wirklich total daneben.«

Helen wirkte ein bisschen zerknirscht. »Ich wollte damit doch nur sagen, dass ich einsehe, dass es Dinge gibt, die man akzeptieren muss.«

»Dann muss Catrina Dalton vielleicht lernen, Laura zu akzeptieren«, sagte ich. »Und es hätte für sie wirklich schlimmer kommen können. Laura ist schön und liebenswürdig und kultiviert.«

Helen verzog ihren Mund zu einer hässlichen Schnute. Das tut sie immer, wenn sie richtig wütend wird. Sie blaffte, Catrina habe ihre Gefühle »SEHR deutlich« zum Ausdruck gebracht. Dann ging sie und murrte noch, dass sie praktisch meine Hochzeit plane und keinen Dank dafür erhalte.

Ich rief ihr nach, sie könne es sich sparen, alberne Fotos von *Vogue*-Models vorbeizubringen, die türkisfarbene Hochzeitskleider und Ringe aus Acryl trugen, die aussahen wie Schlagringe.

Als sie weg war, kam Nick aus dem Schlafzimmer gekrochen und fragte, ob noch Cola im Kühlschrank sei. Es ist immer lustig, wenn er ernst zu sein versucht, während ihm seine Haare wie Kükenflaum zu Berge stehen.

Ich erzählte ihm von dem Ball und was Catrina Dalton ihrem Sohn Alex über uns »Duffy-Mädchen« zugetuschelt hatte.

Alex' Angebot, mich zu trainieren, erwähnte ich jedoch nicht.

»Die Daltons sind totale Arschlöcher«, sagte Nick. »Daisy schläft übrigens.«

Ich fragte ihn, ob er ihre Atmung kontrolliert habe.

Er verdrehte die Augen und sagte: »*Ja*. Und jetzt komm her.« Dann küsste er mich – so wie früher.

Plötzlich war es wie in alten Zeiten. Ich hatte vergessen, wie gut er küssen kann.

Er flüsterte: »Ich bin immer noch verdammt scharf auf dich, Julesy. Selbst mit dem ganzen Babyspeck.«

Ich verpasste ihm einen empörten Stoß gegen den Arm, aber er lachte nur. Er war SO was von hart.

Kurz darauf hatten wir Sex, und mir wurde bewusst, wie sehr ich ihn vermisst hatte. Die Nähe tat so gut. Er presste mich regelrecht ins Sofa und ging richtig ran. Ganz anders als in den letzten Monaten. Ich glaube, ich wäre schnell gekommen – aber er kam zuerst. Dabei stöhnte er und ließ sich auf mich fallen. Sonst sagt er immer »Oh, Julesy«, wenn er kommt, aber vorhin sagte er etwas anderes. Ich bin mir nicht sicher, was es war. Dann drehte er mich um, schob mir eine Hand zwischen die Beine und half mir, auch zu kommen.

Eng umschlungen lagen wir auf dem Sofa. Es fühlte sich echt gut an. Aber ich versuchte weiterhin draufzukommen, was er gesagt hatte. Es war jedenfalls nicht mein Name gewesen.

Dienstag, 12. Januar

Nick würde mich nicht betrügen. *Bestimmt* nicht. Ich meine, früher war er ein Frauenheld, aber jetzt haben wir ein Baby. Ich sollte mich hüten, zu viel über so was nachzudenken, besonders wenn ich unausgeschlafen und müde bin. Ich bin doch bloß paranoid.

Mittwoch, 13. Januar

Habe Laura angerufen, um über Hochzeitskram zu reden. Sie war nicht ganz bei der Sache, weil sie sich währenddessen für eine Verabredung mit Zach zurechtmachte. Er wollte mit ihr eine Bootsfahrt auf der Themse machen.

Also versuchte ich es bei Althea, die mir lautstark erklärte, dass Hochzeiten kapitalistischer Schwachsinn seien.

»Aber du hast doch auch geheiratet«, wandte ich ein.

»Nur wegen der Party.«

Ich erzählte ihr, dass Nick und ich vorgestern Sex gehabt hätten und er dabei irgendwas gesagt habe, was mir seltsam vorgekommen war.

»Männer sind immer seltsam, wenn sie Sex haben«, sagte Althea. »Das sieht man schon an den Pornos, die sie sich anschauen. Vielleicht ist Nick deshalb zurzeit so ein Arschloch. Weil ihr nicht genug Sex habt.«

Was, wenn ich ehrlich bin, schon sein könnte.

Trotz der Kälte schaffte ich es, laufen zu gehen. Ich wollte eine Stunde lang ohne Pause joggen, aber nach fünfzig Minuten war ich so fertig, dass ich mich keuchend vornüberbeugte und mich mit den Händen auf den Knien abstützte. Ich dachte wirklich, ich müsste mich gleich übergeben. Die nächsten zehn Minuten ging ich nur, dann joggte ich wieder drei Minuten. Anschließend ging ich noch ein Stück, und den Rest bis zur Wohnung joggte ich wieder für den Fall, dass Nicks Mutter aus dem Fenster schaute.

Mein ganzer Körper schwabbelte, wenn ich rannte, auch die kleinen Dinger zwischen meinen Beinen (was vorher garantiert nicht so war). Ich denke, man muss so ein Lauftraining langsam angehen. Es bringt nichts, trotz Schmerzen weiterzumachen und sich dann womöglich noch zu verletzen. Immer mit der Ruhe!

Donnerstag, 14. Januar

Alex kam heute Abend vorbei, um mich zum Laufen abzuholen. Als ich durch die Sprechanlage seine Stimme hörte, war ich total perplex (ich meine, wir hatten eigentlich nichts ausgemacht, oder?). Ich war überhaupt nicht auf ein Training vorbereitet und hatte gerade Hühnercurry mit Reis, Papadams, Naan und einen halben Becher leicht gesalzenes Karamelleis verputzt. Aber da er bereits vor der Haustür stand, konnte ich ja schlecht Nein sagen.

Nick war eindeutig eifersüchtig, aber es gelang ihm, ein »Okay« zu grunzen, als ich Alex zur Wohnungstür hochkommen ließ.

Es war mir peinlich, dass ein Teil meines Lauf-Outfits momentan aus einer ausgebeulten elefantengrauen Jogginghose mit rätselhaften weißen Flecken besteht, die trotz ständigen Waschens einfach nicht rausgehen. (Wo kommt das ganze weiße Zeug her, wenn man ein Baby hat? Ist das Spucke? Und wenn ja, warum sind die Flecken auf meinen Beinen?) Als ich meine Trainingsklamotten anzog, dachte ich: Das wird ein absoluter Albtraum. Alex ist topfit. Er läuft sicher mit einer Geschwindigkeit von hundert Stundenkilometern.

Aber Alex war sehr human. Wir liefen zwar, aber wir

gingen zwischendurch auch. Zuerst redete keiner von uns viel – in meinem Fall auch deshalb, weil ich außer Atem war. Aber nach einer Weile kamen wir ins Gespräch.

Ich fragte Alex nach seiner Familie und seinen Hotels und erkundigte mich auch nach dem Dalton-Anwesen und den Gerüchten, er wolle es dieses Jahr verkaufen.

Er erwiderte, dass ich zu viel auf Tratsch geben würde.

»Ich dachte nur, dass das Haus vielleicht schlechte Erinnerungen weckt«, sagte ich.

»Ich denke kaum noch an den Brand«, sagte Alex. »Nicht mehr.«

»Jemima kommt euch oft besuchen«, sagte ich. »Mag sie Great Oakley?«

Jemima ist die (sehr) kleine Schwester von Alex und Zach. Catrina Dalton hatte eine Affäre mit einem griechischen Unterwäschemodel – der junge Mann war noch keine dreißig. Das Ergebnis ist Jemima. Sie ist sieben Jahre alt, trägt aber schon Designer-Klamotten und hat einen Modelvertrag mit Gap. Und sie ist das süßeste kleine Mädchen der Welt, immer total höflich und wohlerzogen. Wirklich erstaunlich, wo doch Catrina so eine Schreckschraube ist. Während der Woche besucht Jemima ein privates Internat in London, doch an den Wochenenden und in den Ferien wohnt sie in Great Oakley.

»Sie liebt das Dorf«, sagte Alex. »Genau wie ich als Kind.«

Das überraschte mich, weil Alex als Kind nie besonders glücklich gewirkt hatte. Zach war immer schon sehr lebhaft und fröhlich gewesen, nicht so Alex. Er war nicht unbedingt verschlossen gewesen, aber ziemlich ernst, fast streng. Mit ihm hatte sich selten jemand angelegt, um es mal so zu sagen. Ich vermute, dass er und Zach verschiedene Väter haben.

»Mag Zach den Familiensitz auch?«, fragte ich.

»Schon«, sagte Alex, »aber er gehört ihm nicht mehr. Ich habe ihn schon vor Jahren ausbezahlt.«

Ich wollte wissen, warum Zach dann immer noch dort wohne.

»Er nutzt das Haus wie eine Art Hotel.« Alex lächelte schief. »Das hat wohl etwas damit zu tun, dass er ein Dalton ist. Aber es freut mich, dass die Familie dort wohnt, wann immer es ihr beliebt – besonders Jemima. Great Oakley wird immer ihr Zuhause sein.«

»Aber ist Jemimas eigentliches Zuhause nicht bei ihrer Mutter? In London?«, fragte ich.

»In Great Oakley, bei Zach und mir, fühlt sie sich wohler«, sagte Alex. »Das ist ziemlich offenkundig.«

Ich erkundigte mich, wie Jemima das Internat fand. Ich meine, ein Kind muss sich ohne Familie doch einsam fühlen.

»Sie lernt Unabhängigkeit«, erwiderte Alex. »So wie Zach und ich damals. Kindheit bedeutet nicht nur Spaß.«

Alex und Zach haben das Windsor College besucht, wo Selbstvertrauen, Durchhaltevermögen, Toleranz und Integrität gefördert werden. Wir Duffys besuchten die Oakley-Grundschule, wo wir lernten, Kaugummis unter den Tischen und Instantkartoffelpüree zu tolerieren.

»Aber hast du dich als Internatsschüler nicht allein gefühlt?«, fragte ich.

»Manchmal schon«, sagte Alex. »Aber es war gut für mich.«

Ich fragte Alex, ob er sich daran erinnere, wie wir als Kinder im Wald gespielt hatten.

»Ja, natürlich«, sagte er mit sehr ernstem Blick.

Als wir zur Wohnung zurückkamen, verschränkte Alex die Arme und runzelte die Stirn. »Auf Wiedersehen, Juliette. Ich komme dann nächste Woche wieder.« Und damit ging er davon.

Nick war total grantig, als ich durch die Tür kam, und wollte wissen, wie der »Schnösel-Dalton mit einer goldenen Uhr zwischen seinen Arschbacken« überhaupt laufen konnte.

Freitag, 15. Januar

Sadie schaute heute vorbei, um mit mir zu trainieren und über die richtige Kleidung für einen Marathon zu reden. Sie war ziemlich sauer, dass ich ohne sie joggen war – besonders als sie herausfand, dass ich mit Alex Dalton unterwegs gewesen war.

»Du weißt, dass seine Mutter Catrina eine Modelagentur hat«, stöhnte sie. »Würde ich mich mit Alex oder Zach treffen … Simsalabim! Dann bekäme ich ein Fotoshooting für den *Evening Standard*.«

Aber ich dachte nicht daran, auf Sadies emotionale Erpressung einzugehen. Sie hat mich schon oft genug beim Training hängen lassen. Wie kann sie da von mir erwarten, dass ich sie in letzter Minute anrufe, wenn Alex vor der Tür steht?

Sie sah umwerfend aus. Aber das tut sie ja immer. Sic hat ein schönes rundes Gesicht wie der Mond und eine Figur, die in allen Klamotten fantastisch wirkt. Nick nennt sie »Pfannkuchengesicht«.

Als wir uns zum Training fertig machten, fragte ich Sadie, wie oft ein Paar ihrer Meinung nach Sex haben sollte.

»Ich habe immer dann Sex, wenn ich will, dass ein Mann mir etwas kauft«, sagte sie und kicherte über ihren eigenen »lustigen« Witz. Nur dass es in ihrem Fall nur zur Hälfte ein Witz war. Dann fragte sie mich, wie oft Nick und ich Sex hätten.

»Nicht sehr oft«, erwiderte ich.

»Ich dachte schon immer, dass er im Bett schräg drauf ist«, sagte Sadie. »Er kommt mir vor wie der Typ von Mann, der sich dabei gern in einem Ganzkörperspiegel betrachtet.«

Aber das hat Nick bisher nur zweimal gemacht.

Samstag, 16. Januar

Der allerpeinlichste Tag, den ich JE erlebt habe! O Gott, o Gott! Ich kann es kaum aufschreiben.

Geburtstagsessen für Helen, was an sich schon schlimm genug ist. Aber zu allem Übel fand es auch noch im Haus von Bill und Penelope Dearheart statt. Bill und Penelope hatten Nick schon »viel zu lange« nicht mehr gesehen. (In Helens Welt muss Nick regelmäßig ihren Freunden vorgeführt werden. Gott weiß, warum. Er lässt sie kaum gut aussehen.) Also organisierten Helen und Penelope einen »einfachen Geburtstagslunch«, bei dem die Vorführung stattfinden konnte.

Die Dearhearts wohnen in einem dieser großen alten Landhäuser am Ende eines matschigen Feldwegs. Es wird »das Pfarrhaus« genannt und hat einen großen Wintergarten und einen Garten voller Lavendelsträucher. Im Grunde kommt man da nur mit einem Geländewagen hin, deshalb holperte mein kleines Auto auch wie ein lahmer Hund mühsam durch die matschigen Traktorfurchen.

Penelope Dearheart begrüßte uns mit einem gezwungenen Lächeln an der großen Haustür aus Eiche. Sie ist eine kleinere, blonde Version von Helen – perfekt gepflegt, perfekt parfümiert mit perfekt drapiertem Schal. Und wie Helen hat sie dünne Lippen, die nervös zucken und die sie immer ein bisschen ärgerlich wirken lassen. Bill hat einen großen Quadratschädel und war wie üblich laut und ruppig, mit dröhnendem Lachen.

Als Penelope uns ins Haus führte, stürmten ihre zwei verrückten und durch Inzucht entstandenen Windhunde Sergeant und Horatio aus dem Garten herein. Sie waren so groß wie Ponys und warfen ein Fläschchen mit Raumduft und einen antiken Stuhl um, während sie herumsprangen. Sergeant kaute an einer zerfledderten Ausgabe von *Period Home*, und Horatio hatte eindeutig Dreck gefressen. Hätten sie Menschengesichter gehabt, sie hätten geschielt und gegrinst.

Penelope schimpfte mit ihnen, als wären sie Kinder. »Wie oft habe ich euch schon ermahnt, hier drinnen vorsichtig zu sein?« Dann schickte sie die Hunde in den Garten zurück und verkündete, wir würden im Wintergarten essen, »damit wir die blasse Frühlingssonne genießen können, wenn sie mal durch die Wolken blinzelt«.

Ich war total nervös. Besonders als wir uns an den Tisch setzten und Penelope uns erzählte, dass die Weingläser antike Familienerbstücke seien. Daisy hing im Tragetuch und grapschte ständig nach allem in ihrer Nähe, und je öfter ich die Weingläser von ihr wegstellte, umso mehr wollte sie sie.

Ich war so damit beschäftigt, die Gläser vor Daisy in Sicherheit zu bringen, dass ich nicht mitbekam, wie sie sich einen großen Brocken Stilton schnappte und in den Mund stopfte. Aber ich sah, wie sie den Blauschimmelkäse halb heraushustete und halb – kotzte – auf das schöne weiße Tischtuch, den beigen Teppich und Penelopes Teller. Ich versuchte, alles zu säubern und entschuldigte mich tausendmal.

Die Lippen von Penelope und Helen zuckten.

Und dann kackte Daisy (WARUM macht sie das bloß immer im unpassendsten Moment?) mit dem längsten und lautesten Furz ihres bisherigen Lebens ihre Windel voll. Es klang, als würde ein Zug vorbeidonnern.

Alle taten so, als hätten sie es nicht gehört, was es noch komischer machte.

Als ich mich erneut entschuldigte, um Daisy die Windel zu wechseln, wurde Penelope ganz nervös. »Bitte NICHT in der Toilette im Erdgeschoss. Die wird gerade renoviert. Du kannst ins Badezimmer hinaufgehen.«

Das Badezimmer im ersten Stock hatte zwar eine frei stehende Badewanne mit viktorianischer Armatur, aber keinen Mülleimer für die volle Windel. Daisy heulte, und mir wurde noch unwohler.

Ich beschloss, die volle Windel einfach in das Fach unter dem Kinderwagen zu stopfen, der vor der Haustür stand. Das war ein bisschen eklig, aber ich wollte sie später zu Hause entsorgen. Dann ging ich ins Bad, um mir die Hände zu waschen.

Als ich mit Daisy in den Wintergarten zurückkam, spielten die beiden Hunde wegen irgendwas im Garten verrückt.

»O nein, Bill«, sagte Penelope. »Was haben die Hunde denn jetzt schon wieder?«

In meiner Magengrube machte sich ein ungutes Gefühl breit. Und plötzlich galoppierte Sergeant mit Daisys vollgeschissener Windel im Maul auf die Glasfront des Wintergartens zu.

»Ich dachte, er hätte …«, sagte Penelope.

»Das sieht aus wie … eine *Windel*«, sagte Bill.

Alle wurden unheimlich still.

Alles geschah wie in Zeitlupe.

Draußen jagte Horatio Sergeant hinterher und versuchte, ihm die Windel aus dem Maul zu reißen. Aber Sergeant wollte sie nicht loslassen. Plötzlich zerriss die Windel, Kacke flog durch die Luft und landete überall auf den Glasscheiben des Wintergartens.

Nun herrschte unheilschwangeres Schweigen.

Braune Schatten lagen auf dem Esstisch.

Alle blickten höflich auf ihre Teller. Außer Helen, die mich mit zornig funkelnden Augen anstarrte.

Wir aßen weiter, als würde keine Kacke an den Fensterscheiben kleben. Penelope hetzte uns durch die Gänge (Salat mit Walnüssen und Stilton, Filet Wellington, Crème brulée) und erklärte dann, es bliebe wirklich keine Zeit mehr für die Käseplatte, weil sie und Bill einen Termin hätten.

»Was denn für einen Termin?«, fragte Bill.

»*Den* Termin!«, zischte Penelope, als würde ein Feuerlöscher losgehen.

Während wir uns verabschiedeten, packte Helen mich am Arm und sagte: »Das kann ich NIE wieder vergessen machen. Erzähl bloß NIEMANDEM von diesem Lunch, unter keinen Umständen!«

Als ich wieder daheim war, rief ich Mum an und erzählte ihr von dem Lunch.

Sie lachte zehn Minuten ununterbrochen, stellte dann eine Telefonkonferenz mit Dad, Laura und Brandi her und erzählte ihnen die Geschichte. Alle lachten zehn Minuten ununterbrochen, dann lief Mum runter in den Pub und erzählte es allen Gästen.

Sonntag, 17. Januar

Daisy ist heute Nachmittag auf dem Sofa eingeschlafen. Ich wagte es nicht, sie in den Kinderwagen zu legen – wenn man sie aus dem Schlaf reißt, wird sie total grantig. Deshalb saß ich im Apartment fest und konnte nicht einkaufen gehen.

Also bat ich Nick, auf dem Heimweg Milch für Daisy zu besorgen. Er kaufte:

* einen Viererpack Lagerbier
* eine große Tüte doppelt-frittierte Kartoffelchips mit Sauerrahmgeschmack
* abgepackten spanischen Aufschnitt
* einen halben Liter Halbfettmilch

Als ich Nick nach der *Folge*milch für Daisy fragte, sah er mich verständnislos an.

»Sie trinkt noch keine Kuhmilch«, erklärte ich ihm.

Er sagte, er sei doch kein »verdammter Babynahrungsexperte« und habe keine Ahnung, was sie braucht. Dann ließ er sich auf dem Sofa nieder, stopfte alle Chips und den ganzen Aufschnitt in sich hinein und trank eine Dose Bier, während er Daisy auf seinen Knien reiten ließ. Helen hing in der Küche herum und tat so, als würde sie an ihrem Laptop arbeiten. »Nicholas sollte nicht auch noch einkaufen müssen«, murmelte sie. »Er arbeitet ohnehin schon hart genug.«

Ha!

Nick hat heute nicht mehr getan, als sich mit einem Regisseur, mit dem er befreundet ist, zum Mittagessen zu treffen. Ich sagte zu Helen, dass wir nicht mehr in den Fünfzigerjahren lebten und Nick seinen Beitrag leisten solle. Außerdem habe Daisy mich den ganzen Tag unter Hausarrest gestellt, sodass ich nicht zum Einkaufen gekommen war.

»Das bestätigt mal wieder, was ich dir immer sage«, erwiderte Helen. »Du lässt das Baby bestimmen, wie es in diesem Haus läuft.«

»Nein, Helen – *du* bestimmst, wie es in diesem Haus zu

laufen hat«, entgegnete ich. »Dabei wohnst du nicht einmal hier.«

Inzwischen ist es mir egal, ob ich es mir mit ihr verscherze. Sie hat mir immer noch nicht verziehen, was beim Lunch im Haus der Dearhearts passiert ist.

Uff – WIR MÜSSEN UNBEDINGT UMZIEHEN!

Dienstag, 19. Januar

Heute erschien Sadie zum Training. O Wunder. Sie trug ein Designer-Outfit mit Beschleunigungsstreifen und eine farblich darauf abgestimmte Sonnenbrille. Ich glaube, sie hoffte, Alex zu sehen, denn sie sagte: »Oh – dann läufst also nur du mit?«

Nick schnaubte: »Für was für eine Rolle sprichst du denn vor, Sadie? Für die der am wenigsten überzeugenden Sportlerin? Du wirkst einfach nur unglaubwürdig.«

Sadie fauchte zurück: »Immerhin hat mich niemand je per Computeranimation kaltgestellt, Echsenjunge.«

Nicks »großer Part« in *Star Trek* war letztes Jahr »überarbeitet« worden. Die Computeranimateure hatten ihn in einen Reptiliensoldaten verwandelt und seinen ganzen Text herausgeschnitten. Sadie weiß, wie man Salz in anderer Leute Wunden streut.

Nick murmelte etwas von »Pfannkuchentag«.

Sadie und Nick hassen einander. Sie sind auf dieselbe Schauspielschule gegangen und waren schon immer Konkurrenten. Ich habe Nick auf einer Party kennengelernt, auf die Sadie mich mitgeschleppt hatte. Damals zeigte sie auf ihn und sagte: »Siehst du den hübschen Schauspieler da drüben? Das ist der peinlichste Aufschneider, dem du je begegnen wirst.«

Während ich meine Trainingsklamotten anzog, streckte Sadie ihren Hintern raus und sagte: »Ich hätte wirklich Sportlerin werden sollen. Das steht mir, findest du nicht? Ich kann einfach ewig laufen. Wirklich ewig.« Dann betrachtete sie mich und sagte: »Du brauchst dringend einen Sport-BH.«

Während wir unterwegs waren, redeten wir über Babys und Schwangerschaft.

Sadie fragte mich, wie Nick sich bei Daisys Geburt verhalten hatte, und ich erzählte ihr, dass er einen Horror gehabt hatte und während meiner Wehen die halbe Zeit »draußen spazieren gegangen« war, um mit dem »mentalen Frauenscheiß« klarzukommen. Und nach der Geburt hatte er all die Schmerztabletten, die mir verschrieben worden waren, gegen seinen Kater geschluckt.

Sadie sagte, vielleicht würde er sich beim nächsten Baby besser anstellen.

Ich erwiderte, dass wir kein weiteres Baby bekommen würden, solange Nick sich nicht ernsthaft bemühe, erwachsen zu werden.

Wir liefen insgesamt etwa anderthalb Kilometer, dann klagte Sadie über Blasen. »Man kann es mit dem Training auch übertreiben«, sagte sie, als wir zur Wohnung zurückgingen. »Es bringt nichts, wenn wir uns schon vor dem großen Tag völlig verausgaben.«

Mittwoch, 20. Januar

Morgens

Wieder auf Wohnungssuche und drei absolute Dreckslöcher im Londoner Osten besichtigt. Das letzte Haus war so übel, dass selbst der Immobilienmakler meinte: »Es wirkt ein bisschen beklemmend, nicht?« Ich versuchte, unvoreingenommen zu sein und mir vorzustellen, wie es mit andersfarbigen Wänden aussehen würde. Aber realistisch betrachtet ändert auch ein frischer Anstrich nichts an einem Keller voller Wasser.

Unsere Wohnsituation ist allmählich zum Verzweifeln. Wir passen einfach nicht mehr in das kleine Apartment. Es sieht aus wie ein überfüllter Ramschladen. Kinderbett, Wickeltisch, Babyklamotten, Babywippe, Spiel- und Krabbeldecke, Kinderwagen – das alles braucht Platz.

Donnerstag, 21. Januar

Alex hat mich wieder zum Laufen abgeholt. Nick war angefressen, aber er hat keinen Grund dazu. Und Sadie ist eh so unzuverlässig.

Diesmal liefen Alex und ich mehr und walkten weniger. Wir joggten bis zum Kai an der Themse entlang.

»Alex Dalton! Ich glaub es nicht!«, rief ein Mann plötzlich vom Deck eines Schiffes. »Das trifft sich gut. Spring an Bord – ich habe sensationelle Neuigkeiten über Maverick.«

»Jetzt nicht, Ben!«, brüllte Alex zurück.

Der Mann blickte auf seinen Cocktail und tat so, als würde er sich die Augen reiben. »Hast du gerade ›jetzt nicht‹ gesagt?«, fragte er. »Es geht um *Maverick*!«

»Wir reden morgen!«, rief Alex.

Wir rannten weiter, und ich fragte ihn, was der Mann gemeint habe.

»Das ist eine schwedische Hotelkette«, erzählte er mir. »Wir übernehmen sie.«

»Ist das dann nicht wichtig? Willst du umkehren?«

»Es ist nicht wichtig«, sagte Alex. »Nicht jetzt.«

Freitag, 22. Januar

Mit Laura telefoniert, um sie nach Zach zu fragen, aber sie sagte, da gäbe es nicht viel zu erzählen. Sie seien ein paarmal verabredet gewesen, mehr nicht.

Schade. Ich hatte gehofft, sie hätten sich heimlich verlobt oder so was. Das würde Catrina Dalton und Helen maßlos ärgern.

Nachdem ich die Babydoku *One Born Every Minute* gesehen hatte, wurde mir bewusst, dass ich von Daisys Geburt immer noch traumatisiert sein könnte. Am Ende hatte sie unversehrt das Licht der Welt erblickt, aber nur mit Hilfe von großen Grillzangen aus Metall.

Bevor ich Daisy bekam, hatte ich mir eine natürliche Geburt gewünscht. Jetzt kenne ich die Wahrheit. Die Natur ist grausam und schrecklich, und wir haben Glück, dass es Dinge wie Morphium und Hämorrhoiden-Salbe gibt.

Samstag, 23. Januar

Dad klingelte heute Morgen, um über die Getränke für die Hochzeit zu reden. Er machte sich ausführliche Notizen zu den Gästen und ihren Trinkgewohnheiten und errechnete die Anzahl der benötigten Bierfässer. Dann reparierte er den undichten Wasserhahn im Badezimmer und ersetzte eine durchgebrannte Glühbirne in der Küchenlampe.

Es war ein Albtraum, über Hochzeitsvorbereitungen und Gästezahlen (oder sonstige Zahlen) nachzudenken. Was ist nur mit meinem Gehirn passiert? Früher wusste ich ganze Telefonnummern auswendig, und jetzt finde ich morgens nicht einmal mehr meine Handtasche. Wie schaffen Frauen das mit zwei oder gar drei Kindern?

Meine alte Schulfreundin Mandy Hughes hat VIER Kinder. Sie sieht aus wie eine lebende Tote – mit leeren Augen. Nicht einmal die Namen ihrer Kinder kann sie auseinanderhalten – meistens rasselt sie erst alle herunter, bevor sie sich für den richtigen entscheidet.

Sonntag, 24. Januar

Laura tauchte unerwartet auf und zwang mich, das Sofa zu verlassen. Sie schmiss meine Kartoffelchips weg und ließ mich nicht einmal meinen Schokoriegel fertigessen. Ich musste meine Laufklamotten anziehen, dann zerrte sie mich in den Regen hinaus.

Nun, da wir zurück sind, bin ich froh, dass ich laufen

war. Ich fühle mich tatsächlich fantastisch. Richtig fantastisch. Ich sollte das wirklich zu einer Gewohnheit machen, auch nach dem Marathon. Nicht nur, um abzunehmen, sondern auch, um mich gut zu fühlen.

Montag, 25. Januar

Heute Abend war ich wieder mit Alex laufen. Nick war stinkwütend. Ich glaube, er befürchtet allmählich, dass ich die Wette doch gewinnen könnte. Er sagte, er würde mir eine ganz neue Garderobe kaufen, sollte ich es bei dem Marathon bis ins Ziel schaffen (eine indirekte Kritik, weil ich immer noch in meinen Umstandsklamotten herumlaufe). Wenn ich nur mit der unzuverlässigen Sadie trainieren würde, stünden Nicks Chancen, die Wette zu gewinnen, wesentlich besser.

Ich muss zugeben, dass ich es mag, Alex beim Laufen zuzuschauen. Er berührt dabei kaum den Boden, sondern gleitet quasi dahin. Zudem ist sein Körper durchtrainiert und athletisch. Und er ist so *groß*. Eigentlich kein Wunder, dass Nick eifersüchtig ist – jedes Mädchen, an dem wir vorbeiliefen, hat sich umgedreht und Alex nachgeglotzt.

Auf dem Rückweg begann es zu regnen oder besser gesagt zu schütten. Zuerst war es nur ein kalter, scheußlicher Regen, doch dann wurde es extrem. Wassermassen prasselten auf den Asphalt und spritzten bis zu unseren Knien. Es war so schrecklich, dass es plötzlich Spaß machte, durch die Sturzfluten zu laufen. Als wir schließlich meine Wohnung erreichten, lachten wir beide.

»Meine Granny hat einen Spruch zu dieser Art von Wetter«, sagte ich, als wir unter dem schützenden Vordach standen. »Im Leben geht es nicht darum, Stürme zu meiden, sondern darum, im Regen zu tanzen.«

Alex strich mir die nassen Haare aus dem Gesicht. Es war nett. Wie er mich ansah. Irgendwie zu nett.

Als ich meinte, ich müsse raufgehen, sagte er: »Gute Nacht, Juliette. Und sitz nicht in den nassen Sachen herum, okay?«

Ich glühte, als ich durch die Haustür lief – und zum allerersten Mal dachte ich tatsächlich: Ja, ich könnte eine Chance haben, es bei dem Marathon bis ins Ziel zu schaffen.

Dienstag, 26. Januar

Heute war ich mit Althea und ihrem kleinen Wolfgang im Regent's Park. Wolfgang ist elf Monate alt, wirkt aber viel älter. Er hat bereits einen bedrohlich aussehenden Vorderzahn und kann zwanzig dieser Stäbchen zum Kaffeeumrühren zerbrechen.

Ich liebe Althea. Sie ist die entspannteste Mum, die ich kenne. Nicht viele Frauen, die zum ersten Mal Mutter sind, würden ihr Baby auf einem Moped herumkutschieren. Althea wohnt in einem großen viktorianischen Haus in Bethnal Green. Es ist ein Vermögen wert, aber das würde man nie vermuten, weil Althea es in einem, wie sie es nennt, »Kindergarten-Stilmix« eingerichtet hat. Die offenen Kamine wurden sehr originell mit Neonfarbe besprüht. Eine Wand in der Küche ist mit hingenagelten leeren Farbdosen dekoriert, und andere Wände im Haus sind mit silbern bemalten Eierkartons oder mit Handabdrücken von Wolfgang bedeckt.

Althea trug heute ihren weiten Afghan-Mantel, eine Jackie-O-Sonnenbrille und knallrote Cowboystiefel. Ihre dunklen Hippie-Locken waren mit einem fluoreszierenden gelben Band zusammengebunden. Altheas Lachen ist einfach toll. Es könnte Teller zerspringen lassen. Sie stößt eine Art »Nä, nä, nä!« aus und präsentiert einem dabei alle Zähne. Aus bestimmten Blickwinkeln sieht sie ein ganz klein wenig aus wie ein Frosch; aber wie ein hübscher Frosch. Mit viel Temperament.

Wolfgang hatte ein blaues Retro-Jackett mit passender Hose an. Gott weiß, wo Althea diesen Minianzug aufgetrieben hat. Wolfgang wirkte darin ein bisschen wie ein kleiner Gangster aus dem Film *Brighton Rock* – besonders als er andere Kinder vom Karussell zerrte.

Als er ein Kind biss, lachte Althea und sagte: »Der kleine Teufelsbraten hat solchen Spaß.« Dann versuchte sie, Wolfgang ins Tragetuch zu stecken, aber er klammerte sich an das Karussell, und keine von uns beiden konnte ihn dazu bewegen loszulassen. Schließlich lockte Althea ihn mit einer Tüte Beef Jerky weg.

Ich erzählte ihr von meiner Diät, aber sie wetterte, Diäten seien ein sexistischer Scheiß. »Du warst eine mickrige Größe zwölf«, bellte sie, »und bist jetzt eine mickrige Größe sechzehn. Ich wiege viel mehr als du, und *mir* ist das schnuppe. Das Universum hat uns alle perfekt geschaffen. Also, hör auf mit dem Stress.«

Dann ließ ich fallen, dass Nick mir endlich einen Heiratsantrag gemacht hatte.

»Na und, verdammt?«, sagte Althea. »Er ist ja nicht gerade ein Hauptgewinn. Hat er sich schon einen anständigen Job gesucht? Er sollte über Glasscherben kriechen, um eine Frau wie dich heiraten zu dürfen.«

Wir unterhielten uns auch über den Silvesterabend bei Nick und mir, und ich fragte sie, ob ihr dabei irgendwas Problematisches aufgefallen sei.

»Du meinst, dass er in zwei Stunden sechs Flaschen Bier getrunken hat?«, fragte sie.

»Nein«, sagte ich. »Dass wir uns nicht einigen konnten, wo wir leben wollen.«

»Du bist anders«, sagte sie. »Deshalb hast du eben auch andere Wünsche.«

»Es heißt ja, Gegensätze ziehen sich an.«

»Hmm«, brummte Althea.

Mittwoch, 27. Januar

Mum war heute Morgen da, um mir mit Daisy zu helfen. Sie hatte mir aus dem Großhandel, in dem sie immer für den Pub einkauft, ein paar Sachen mitgebracht. Ihre Tasche enthielt:

* zweitausend Teebeutel
* fünf Liter Geschirrspülmittel
* eine riesige Zitronentorte (auf der Packung stand, dass sie fünfzig Portionen ergibt)

Da die Torte nicht in unseren Kühlschrank passte, schnitt Mum für jeden von uns ein großes Stück »als zweites Frühstück« ab, zersägte dann den Rest und füllte damit alle Kühlschrankfächer und das halbe Gefrierfach.

Danach zeigte sie mir, wie man die Toilette mit ihrer »Wonder-Woman-Technik« putzt (dafür sprühte sie alles mit einer halben Flasche Bleichmittel ein und spülte den Schaum dann mit einem starken Duschstrahl ab).

Als sie Daisy herumschwenkte und dabei *YMCA* mit der dazugehörigen Choreografie sang, gafften etliche Passanten durch das große Glasfenster zu uns herein. Aber Mum schert sich nie darum, was die Leute denken. Wenn sie das täte, würde sie nicht gleichzeitig Klamotten mit Leoparden- und Zebramuster tragen.

Nach dem Mittagessen musste Mum leider gehen. Sie wollte nach Camden, um eine elektrisch beleuchtete rosarote Federboa zu kaufen. Sie und ihre alten Schulfreundinnen sehen sich das Musical *Mamma Mia* an und wollen sich dafür in Siebzigerjahre-Klamotten werfen. Mum kann es kaum erwarten. Sie hat sich bei eBay bereits silberfarbene Plateaustiefel gekauft.

Donnerstag, 28. Januar

War heute zur weiteren Hochzeitsplanung bei Helen und Henry. Ich hasse ihr Haus. Sie leben in einer modernen eingemauerten Wohnanlage für Leute, die sich für zu gut halten, um sich unter den Rest des Dorfes zu mischen.

Wobei ich Henry eigentlich ganz gern mag. Ich weiß

wirklich nicht, warum er ausgerechnet Helen geheiratet hat. Vielleicht weil sie sehr schlank ist und für ihr Alter noch ganz gut aussieht. Das hat ihn wohl blind für die Tatsache gemacht, dass sie ein echter Drachen ist. Henry ist der Besitzer der Great-Oakley-Plastikfabrik (die Klopapierhalter herstellt, doch Helen sagt, sie würde Flugzeugteile produzieren) und der typische joviale Gentleman, der *ein bisschen* an den Kröterich von Krötenhall aus dem Buch *Der Wind in den Weiden* erinnert.

Helen kommandiert ihn immer herum. »Steck doch dein Hemd in die Hose, Liebling. Meine Güte, du siehst ja aus wie ein Lastwagenfahrer. Du stinkst, Liebling. Geh dich mal duschen …«

Er wuselt ständig um sie herum und versucht, sie glücklich zu machen, aber das ist unmöglich.

Eigentlich können die beiden keine gute Beziehung haben, weil Helen immer bei uns rumhängt. Jeden zweiten Tag isst sie ihr Abendessen bei uns – einen ekligen fischigen Salat, den sie im Stehen an der Küchentheke verspeist.

Helen hatte eine Liste mit sechsunddreißig Hochzeitsdetails aufgestellt, die »dringend besprochen werden« mussten. Das Farbkonzept, die traditionellen Liebesgaben und so weiter.

Ich sagte zu ihr, dass sie etwas vergessen habe: »Punkt siebenunddreißig: Kümmere dich um deine eigenen Angelegenheiten.«

Freitag, 29. Januar

Habe die beste Fernsehserie aller Zeiten entdeckt! Sie heißt *Cheaters*. Ein TV-Team filmt Leute, die ihre Partner betrügen, und konfrontiert sie dann mit dem belastenden Filmmaterial. Nick regte sich auf, als er mitbekam, dass ich mir die Sendung ansah, und schimpfte über meinen niveaulosen Fernsehgeschmack.

Ich glaube, er hat miese Laune, weil morgen die Party der Schauspielergewerkschaft stattfindet und er versprochen hat, mich mitzunehmen. Er hasst es, wenn ich ihn zu solchen Veranstaltungen begleite, weil ich zu ehrlich bin. Wenn andere Schauspieler Nick fragen, was bei ihm so ansteht, sagt er immer, er hätte einige interessante Projekte in Aussicht. Ich hingegen erzähle die Wahrheit, nämlich dass er als pikanter Kartoffelschnitz verkleidet Werbezettel verteilt.

Während Nick seine Augenbrauen und Nasenhaare zupfte, beschwor er mich, auf der Party bloß keine Babyfotos herumzuzeigen.

»Aber warum denn nicht?«, fragte ich.

»Nach allem, was die Leute über mich wissen, könnte ich in den Zwanzigern sein«, erwiderte er. »Das Image eines Familienvaters würde mich zehn Jahre älter machen.«

»Okay«, sagte ich, »ich zeige keine Babyfotos herum, wenn du deine Sonnenbrille nicht drinnen trägst.«

Er stieß einen theatralischen Seufzer aus und sagte: »Ich habe dir das doch schon tausendmal erklärt. Die Sonnenbrille ist *ein Look*. Apropos Aussehen, hast du nichts, das dich weniger … mamahaft wirken lässt?«

Verdammte Scheiße! So eine Frechheit! Ich hatte sein Baby fast zehn Monate in mir rumgeschleppt und dann Höllenqualen ertragen – die Wehen hatten sich angefühlt, als würde Säure meine Innereien zerfressen. Ich brüllte, ich sei schließlich eine *Mum*, und *mamahaft* auszusehen gehöre eben dazu.

»Schon gut, schon gut«, räumte er ein. »Vergiss es, wenn du sonst nur aggressiv wirst.«

Nick ist ein verdammter Ignorant. Männer haben es gut. Sie bleiben dieselben, nachdem sie Vater geworden sind. Frauen hingegen altern über Nacht um zehn Jahre. Immer wieder sehe ich mich im Spiegel und habe kurz den verstörenden Eindruck, dass Mum mir daraus entgegenstarrt.

Samstag, 30. Januar

Es wurde ein schrecklicher Abend. Habe mich für die Party in meine knallenge graue Jeans aus der Zeit vor meiner Schwangerschaft gezwängt. Ich konnte mich nicht vorbeugen, ohne ein befremdliches gepresstes Stöhnen von mir zu geben. Als ich Daisy küssen wollte, entfuhr mir ein schriller Schrei, und ohne ein Gummiband um den Knopf bekam ich die Jeans nicht einmal zu. Ich dachte, mit High Heels sähe ich ganz passabel aus, aber mein *Look* verfehlte trotzdem seine Wirkung auf Nick.

»Warum läufst du herum wie ein Roboter?«, fragte er nur.

Während ich mich schminkte, bekam Daisy die Klopapierrolle in die Finger. Gott weiß, wie – ich habe in unserem Badezimmer längst alles auf Augenhöhe hochgeräumt. Das Regal sieht aus wie ein Jenga-Turm. Alles ist aufeinandergestapelt, auch die Klobürste, der Abfalleimer und die Waage.

Ich wusste nicht, ob Daisy Klopapier verschluckt hatte, jedenfalls kaute sie ausgiebig auf der Rolle herum. Voller Panik, dass schon Klopapier in ihrem Verdauungstrakt sein könnte, rief ich Mum an.

»Klopapier?«, fragte sie. »Du hast damals auf den Angelhaken deines Dads rumgekaut und hast es gut überstanden.«

Ich fragte Mum, was sie davon halte, Helen auf Daisy aufpassen zu lassen.

»Solange Daisy schläft, macht es doch keinen Unterschied, wer da ist«, erwiderte sie.

»Aber wenn sie aufwacht?«

»Das wird sie nicht«, versicherte mir Mum. »Alles wird gut gehen.«

Und trotzdem wollte ich Daisy eigentlich nicht bei Helen lassen. Sie erinnert mich ein bisschen an den Kinderfänger aus dem Film *Tschitti Tschitti Bäng Bäng.*

Die Party war wirklich schlimm. Lauter extravagante schöne Leute mit gebleichten Zähnen, die alle eher brüllten, als dass sie redeten.

»Oh, Schätzchen! Dich habe ich ja schon eine EWIGKEIT nicht mehr gesehen!«

Die Männer begrüßten einander mit dröhnendem Lachen: »Harr-harr, Jonathan! Harr-harr-harr!«, während die Frauen ihre Sektgläser umklammerten, ihre Haare zurückwarfen und sich in den blitzblanken Fenstern bewunderten.

Als ich vom Klo kam, prallte ich beinahe mit Sadie zusammen. Sie besucht manchmal Veranstaltungen der Schauspielergewerkschaft, aber ich hatte keine Ahnung, dass sie an diesem Abend auch da sein würde.

»Warum hast du mich nicht vorgewarnt, dass ihr kommt?«, zischelte sie. »Wenn ich gewusst hätte, dass dein Echsenjunge mit Sonnenbrille im Raum herumscharwenzeln würde, wäre ich zu Hause geblieben. Meine Güte! Du trägst *Jeans*? *Warum*?« Sie hatte ein ausladendes pfauenblaues Ballkleid an und hielt eine mit Federn geschmückte Karnevalsmaske in der Hand.

Dann meldete sich Helen auf dem Handy und sagte, dass ich heimkommen müsse. Im Hintergrund heulte Daisy wie eine Sirene. Mir war, als würde mein Herz durch die Telefonleitung gezogen.

Mein kleines Mädchen! Mein armes kleines Mädchen!

Ich rief Nick zu, dass ich sofort nach Hause müsse.

Sadie setzte ihre mitfühlende Miene auf. »Die Tücken der Mutterschaft. Aber wie wird Nick sich jetzt den Hintern abwischen, wo du doch weg bist?«

Nick erschien hinter Sadie und sagte: »Apropos Hintern, Tony Rice musste deinen nach dem Fotoshooting für *Elle* mit Photoshop bearbeiten. Er hatte davor noch nie einen mit Akne gesehen.«

»Ich habe meinem Agenten ausdrücklich gesagt, dass das VERTRAULICH ist!«, brüllte Sadie.

Erwischte die U-Bahn zum anderen Ende von London und rannte wie eine Verrückte zur Wohnung. Irgendwo unterwegs riss das Gummiband meiner Jeans.

Als Helen die Haustür öffnete, erblickte sie eine zerzauste rotgesichtige Irre mit offen stehender Hose. Mir wurde klar, wie schlimm ich aussehen musste, als sie ausrief: »Allmächtiger!«

Die arme kleine Daisy hing auf ihrer Schulter, war ebenfalls knallrot im Gesicht und schrie wie am Spieß. Als sie mich sah, streckte sie die Ärmchen aus und schlief gleich darauf an meiner Schulter ein.

»Wenn du sie an einen festen Tagesablauf gewöhnt hättest, wäre das nicht passiert«, sagte Helen.

»Ach, fick dich doch, Helen«, erwiderte ich. Dann fing ich an zu weinen. Ich weiß nicht, warum.

Sonntag, 31. Januar

Nick hat mir eine heftige Standpauke gehalten, weil ich grob zu seiner Mutter gewesen bin. Er ist so ein Heuchler! Er selbst redet doch mit ihr, als wäre sie seine Dienstbotin.

Ich versuchte, ihm zu erklären, was geschehen war, aber davon wollte er nichts hören. Er ließ sich nur weiter darüber aus, was für ein Glück wir hatten und wie dankbar wir für alles sein sollten, was seine Mutter für uns tat.

Da platzte mir der Kragen. Ich schrie, dass ich endlich ein eigenes Zuhause wolle. Dass wir nicht so abhängig von seiner Mutter sein sollten.

Und dann kam die gleiche Leier wie inzwischen an fast jedem Tag: Mein Durchbruch kommt schon noch. Es ist SO hart, ein Schauspieler zu sein. Blablabla.

Während wir uns stritten, erschien Alex, um mit mir laufen zu gehen.

»Das zeugt wirklich von Reife, Juliette«, sagte Nick. »Wir versuchen gerade, uns wie Erwachsene auszusprechen, und du rennst im wahrsten Sinne des Wortes mit einem anderen Mann davon.«

Aber offen gesagt hatte ich nur das Bedürfnis, diese Wohnung zu verlassen und jemanden um mich zu haben, der kein Schauspieler ist und nicht aus allem ein Riesendrama macht.

Ich glaube, Alex spürte, dass etwas nicht stimmte, denn er fragte: »Kein guter Tag heute?«

Ich gab zu, dass Nick und ich uns gestritten hatten.

Er wollte wissen, ob mir wegen der bevorstehenden Hochzeit die Nerven flatterten.

»Nein«, erwiderte ich. »Ich freue mich drauf. Das wird vieles ändern. Die Hochzeit ist ein Neuanfang.«

»Wie romantisch«, sagte Alex. »Und ich dachte, dass man heiratet, weil man jemanden liebt.«

»Ich liebe Nick«, erwiderte ich mit Nachdruck.

»Das weiß ich«, sagte Alex. »Ich habe nur keine Ahnung, warum.«

Montag, 1. Februar

Bin mir ziemlich sicher, dass Daisy zahnt. Sie ist früh dran, aber alle Anzeichen sprechen dafür. Sie sabbert ständig und schlägt den Kopf gegen Sachen. Im Ratgeber steht, dass der Zustand Monate dauert. *Monate?*

Mum sagte, ich solle mich nicht verrückt machen, denn wenn die Zähne überstanden seien, folge schon das nächste Problem. Sie erstellte eine lange Liste aller Probleme, die mich noch erwarten:

* Trennungsängste
* Angst, nachts allein zu sein
* Backenzähne (dann würde ich mir die kleinen Zähne wieder zurückwünschen)
* das Kind reicht an Schränke und Schubladen heran
* es klettert Treppen rauf
* es reißt sich die Windel vom Leib und wirft sie durchs Zimmer

»Und die Probleme hören nicht unbedingt auf, wenn die Kinder größer sind«, fügte sie hinzu. »Manche werden wie Brandi und bekommen mit sechzehn ein Baby. Dann hast du sie für immer am Hals.«

Dienstag, 2. Februar

Ich bin eine TOLLE Mum! Daisy hat heute durchgeschlafen. DIE GANZE NACHT!

Und ich bin heute mehr als DREI Kilometer gelaufen! Mehr als drei ganze Kilometer ohne Unterbrechung. Zum ersten Mal habe ich die Hoffnung, dass ich es bei dem Marathon über die Ziellinie schaffen könnte.

Als ich Sadie anrief, sagte sie natürlich: »Es ist leichter zu trainieren, wenn es wärmer ist, so wie jetzt. Aber der

Marathon wird bei eiskalten Temperaturen stattfinden. Du hast noch einen weiten Weg vor dir.«

Ich erwiderte, es wäre leichter, wenn meine sogenannte Laufpartnerin tatsächlich zum Training erscheinen würde.

»Aber du kennst mich doch«, sagte Sadie. »Ich habe ein miserables Zeitgefühl.«

Wenn sie so ein miserables Zeitgefühl hat, warum erscheint sie dann eigentlich nie zu früh?

Mittwoch, 3. Februar

Verdammte Scheiße! Daisy ist letzte Nacht FÜNFMAL aufgewacht. Ich bin so müde, dass ich heute gleich zwei Kaffeetassen verschlampt habe. Eine habe ich inzwischen im Bad wiedergefunden, aber wo ist die andere?

Noch nie habe ich etwas so geliebt wie Daisy. Sie ist das Beste, was ich je gesehen, gehört, berührt oder gerochen habe. Aber manchmal – besonders nachts – würde ich sie am liebsten umbringen.

Früher habe ich Mütter verurteilt, die im Supermarkt ihre Kinder anschrien. Jetzt nicht mehr. Denn sie sprechen nur das aus, was ich mir manchmal denke.

Heute konnte ich mich nicht zum Laufen aufraffen. Ich werde den Marathon bestimmt nicht bis zum Ziel durchstehen.

Unmöglich.

Donnerstag, 4. Februar

O Gott, ich bin total erledigt und frustriert. Letzte Nacht ist Daisy um zwei, um vier und um halb sechs aufgewacht, und dann hat sie bis um sieben geheult. Ich meine, nicht dass ich Daisy am liebsten zurückgeben würde oder so was. Ich bin total vernarrt in sie. Aber wann hört das endlich auf? Es ist so zermürbend. Jeden Abend frage ich mich bange, ob sie durchschlafen wird oder nicht. Ob sie wieder weinen und nicht mehr aufhören wird und WARUM sie weint. Was mache ich bloß falsch? WARUM SCHLÄFT SIE DENN NICHT???

Zu Mittag habe ich einen extragroßen Vollnuss-Schokoriegel verputzt. Eigentlich wollte ich das gar nicht, aber er war ein Sonderangebot im Buchladen. Ich ging rein, um *Das große Babyschlafbuch* zu kaufen, und die riesigen Schokoriegel waren direkt neben den Kassen platziert. Als wüssten die Leute dort, dass unausgeschlafene Mums vorbeikommen.

Freitag, 5. Februar

Heute noch mehr Bücher zum Thema Schlafen gekauft. Angeblich sollte ein Baby in Daisys Alter die ganze Nacht durchschlafen. Leicht gesagt, aber wie schafft man das? Ich meine, was ist, wenn es um drei Uhr morgens nichts nützt, dem Baby kühles abgekochtes Wasser oder einen Schnuller zu geben?

Heute fühle ich mich sehr allein.

Ich bin Mutter. Ich sollte diejenige sein, die weiß, was zu tun ist. Aber ich habe keine Ahnung.

Alex wollte mich zum Training abholen, aber ich konnte nicht. Ich war viel zu müde. Er schimpfte mit mir und sagte, ich dürfe nicht aufgeben, jeder Erfolg koste Mühe.

Ich weiß, dass er recht hat, aber momentan geht es mir nicht um Erfolg. Ich bin schon froh, einfach nur zu überleben.

Samstag, 6. Februar

19 Uhr

Daisy hat Fieber! Ich mache mir so große Sorgen. Nick kann ich nicht erreichen und Mum jetzt unmöglich stören. Heute ist ihr *Mamma-Mia*-Abend. Dad ist im Pub beschäftigt, Brandi hat Callum und Laura morgen einen Präsenzkurs. Ich bin total allein und panisch.

Warum geht Nick nur nie ans Telefon, wenn ich ihn brauche?

Also habe ich gerade im NHS-Krankenhaus angerufen und den Rat bekommen, Daisy »im Auge zu behalten«. Als wäre ich bei ihrem Zustand zu etwas anderem fähig!

20 Uhr

Daisys Fieber ist weiter gestiegen! In die Notaufnahme kann ich sie nicht bringen – die ist samstagabends mit grölenden Betrunkenen überfüllt. Werde noch mal im Krankenhaus anrufen.

20:30 Uhr

Das NHS-Krankenhaus hat sich geweigert, einen Arzt vorbeizuschicken. Sie meinten, es sei nichts Ernstes, solange Daisys Temperatur nicht über achtunddreißig Grad steigt.

Nichts Ernstes? Sie glüht!

21 Uhr

Mum rief aus dem Theater an. Ihr »sechster Sinn« habe ihr gesagt, dass etwas nicht stimme.

Ich behauptete, es ginge mir gut, aber dann brach ich in Tränen aus und gab zu, dass Daisy krank war.

Mum wollte sich sofort ein Taxi nehmen und herkommen, aber ich überredete sie, sich nicht den Abend zu ruinieren. Nick würde bald daheim sein.

21:30 Uhr

Gerade kam Mum, in Plateaustiefeln, mit Federboa und mit einer Flasche fiebersenkender Kindermedizin in der Hand. Ich war so froh, sie zu sehen, dass ich weinte.

»Aber was ist mit deinem Frauenabend?«, fragte ich.

»Abba kann warten«, erwiderte sie. »Mein kleines Mädchen braucht mich jetzt.«

22:30 Uhr

Gott sei Dank! Daisys Temperatur ist wieder gesunken. Mum besteht darauf dazubleiben, bis Nick zu Hause ist.

24 Uhr
Als Nick zurückkam, fand er mich, Mum und Daisy schlafend auf dem Sofa vor. Er wird den Rest der Nacht aufbleiben und jede Stunde Daisys Temperatur messen. Nur für alle Fälle.

Sonntag, 7. Februar

Heute geht es Daisy schon wieder ganz gut. Nick und ich haben sie sicherheitshalber trotzdem in die Notaufnahme gebracht. Wir mussten zusammen mit einer Horde nervös wirkender Teenies warten, die alle die »Pille danach« wollten.

Ich ärgerte mich über sie, weil sie die wertvolle Zeit der Ärzte vergeudeten. Doch dann erinnerte mich Nick daran, dass ich in der Anfangszeit unserer Beziehung auch dreimal die »Pille danach« genommen hatte.

Anschließend hielt ich den Mund.

Montag, 8. Februar

Sadie war heute Abend nicht hier, um zu trainieren, sondern um mir eine neue Jacke zu zeigen, die sie sich gerade gekauft hatte. Eine rote Militärjacke. Die würde perfekt zu Lederhosen passen, meinte Sadie.

Während ich Daisy ins Bett brachte, sagte sie: »Du lieber Himmel! Müssen ihre Rippen so rausstehen?«

Ich war beunruhigt, weil es in unserer Familie mehrere

genetisch bedingte Fehlbildungen gibt. Dad hat einen sonderbaren Höcker am Ohr, Mum riesige Brüste, zwischen denen sie ein Bierglas balancieren kann, und Callum hatte große hervorstehende Augen, als er geboren wurde. Als hätte er einen Cola-Rausch gehabt (was durchaus möglich ist – Brandi hat während ihrer Schwangerschaft literweise Cola getrunken).

Sadie fragte mich, wo denn mein »Loser-Freund« sei, und ich musste zugeben, das nicht so genau zu wissen. Er hätte schon vor Stunden heimkommen sollen.

»Er hat gerade eine neue Rolle bekommen«, erzählte ich ihr. »Wahrscheinlich macht er Überstunden.«

»Nick hat einen Job?« Sadie war erstaunt. »Seit wann?«

»Er arbeitet *wirklich*«, betonte ich.

»So so«, sagte Sadie.

Ich erklärte ihr, dass das Leben eines Schauspielers nun mal sehr unsicher sei.

»Ich weiß«, sagte Sadie. »Vielleicht sollte er sich doch einen richtigen Job suchen.«

Ich war zu müde, um Nick ein weiteres Mal zu verteidigen, und machte mir den ganzen restlichen Abend Sorgen wegen Daisys Rippen.

Dienstag, 9. Februar

Faschingsdienstag
3 Uhr nachts
Habe »Babyrippen« gegoogelt, aber alle Suchergebnisse waren Rezepte für gegrillte Rippchen. Tatsächlich stehe

ich auf ein paar dieser chinesischen Gerichte. Ente in Reismehlpfannkuchen wäre heute zum Beispiel nicht schlecht – es ist schließlich Faschingsdienstag.

9 Uhr morgens

SO müde. Aber ich habe Granny Joan versprochen, sie heute zu besuchen und mir deshalb Brandis »Spezialwachmacher« gemixt – vier Löffel Instantkaffee mit Milch und einem Energy-Schokoriegel.

13 Uhr

Ich liebe meine Granny! Sie weigert sich, in Würde zu altern. Als ich in ihr Pflegeheim kam, machte sie gerade Boxgymnastik mit den anderen alten Leutchen. Eine Weile spielte ich mit Schlagpolstern an den Händen die Sparringspartnerin von Grannys neuem Freund, einem Mann mit einem freundlichen Gesicht, der – wie Granny stolz behauptet – noch »echte Zähne« hat. Er mag Granny wirklich, aber sie musterte schon interessiert einen neuen Bewohner – einen Mann mit einem eigenen elektrischen Rollstuhl.

Nach der Boxgymnastik machten wir Pfannkuchen, die Granny mit Ahornsirup und Nussnougatcreme bestrich und dann mit Liebesperlen bestreute.

Anschließend gingen wir Lebensmittel einkaufen. Im Pflegeheim gibt es drei Mahlzeiten am Tag, aber die sind Granny zu gesund. Wir beluden ihren Einkaufstrolley mit Bonbons, kleinen Törtchen, Instantdessertcremes, Scheibenweißbrot und Whisky-Sahne-Likör.

Nach unserer Rückkehr ins Pflegeheim zeigte Granny mir ein »tolles Kleid«, das sie bei eBay gekauft hatte. Es war knallpink, aus Lycra und hauteng. Sie kauft mir immer solche Klamotten.

Ich bedankte mich, sagte aber, dass ich eigentlich nicht mehr die Figur für solche Sachen hätte.

Granny erwiderte, das Kleid sei nicht für mich, sondern für sie selbst. Sie zog es an, um es mir vorzuführen, und sagte: »Siehst du? Perfekt für die nächste Séance. Dein Opa erscheint immer, wenn ich leuchtende Farben trage.« Dann fügte sie noch hinzu, ich solle meine Figur nicht schlechtreden. Ich sei eine »echte Augenweide«, und sie würde für einen Körper wie meinen töten.

Mum und Granny lieben ihre Rundungen, Schwabbelspeck hin oder her.

Früher fühlte ich mich auch wohler in meinem Körper. Bevor ich Daisy bekam. Aber damals hatte ich ja auch noch eine bessere Figur.

Dann redeten Granny und ich über die Hochzeitsblumen, die Nick bisher noch nicht gekauft hat, und sie sagte: »Warte nicht darauf, dass ein Mann dir Blumen kauft. Lass sie lieber in deinem eigenen verdammten Garten wachsen.«

Mittwoch, 10. Februar

Aschermittwoch

Helen hat uns ein »Geschenk« organisiert – einen Putzmann namens Juan. Er kommt einmal die Woche, um »auszuhelfen«. Das ist Helens Art, mir zu sagen, dass ich die Wohnung nicht sauber halte, aber es ist mir egal, was sie denkt.

Juan arbeitet stundenweise als Masseur. Das bedeutet, dass er viel Kraft in den Händen hat. Nachdem er heute Morgen geputzt hatte, war der Wasserhahn in der Küche locker, und die Uhr am Backofen baumelte an ihren Kabeln. Und Juan breitet gern Sachen aus. Werbeprospekte. Fernbedienungen. Meine Damenbinden auf der Toilette.

Es ist befremdlich, Personal zu haben. Dafür bin ich einfach nicht gemacht. Ich habe mich die ganze Zeit entschuldigt. »Tut mir leid, dass es hier nicht besonders ordentlich ist. Tut mir leid, dass ich im Weg bin. Tut mir leid, dass Daisy ständig auf den Staubsauger zu klettern versucht …«

Donnerstag, 11. Februar

Habe heute eine Nachricht von Helen bekommen. Sie schreibt ihre Nachrichten immer wie Briefe:

Liebe Juliette,
Nicholas sagte mir, dass du immer noch keine Hochzeitsblumen ausgesucht hast, deshalb finde ich, dass wir uns treffen sollten. Du MUSST UNBEDINGT zu Perfect Petals in der Dalton Road gehen. Die Besitzerin und ich sind alte Freundinnen. Sie wäre sehr gekränkt, würden wir die Blumen woanders kaufen. Was hast du heute vor?

Grüße
Helen Jolly-Piggott

Als ich von Nick das erste Mal den Nachnamen seiner Mutter hörte, dachte ich, er würde scherzen. Erst als er richtig sauer reagierte, begriff ich, dass es kein Witz war.

Er sagte, der Name Jolly-Piggott sei in den richtigen Kreisen sehr berühmt.

Woraufhin ich erwiderte, dass ich eben nicht in den richtigen Kreisen verkehrte.

»Das liebe ich an dir«, meinte er. »Du gibst nicht vor, etwas zu sein, was du nicht bist.«

Eigentlich ist Nicks Nachname auch Jolly-Piggott, aber er verwendet immer seinen Künstlernamen Spencer, nach seinem Vater. Henry Piggott ist sein Stiefvater.

Helen will allerdings, dass wir den Familiennamen weiterführen, wenn wir heiraten. Wir werden dann also zu Nick und Juliette Jolly-Piggott.

Ich schrieb ihr zurück:

Liebe Helen,
ich habe heute zu tun, weil Daisy das ganze Sofa vollgeschissen hat.

Grüße
Juliette

Freitag, 12. Februar

Habe Althea in der Bücherei von Great Oakley getroffen, bei der Vorlesestunde für Kinder.

Wolfgang versuchte die ganze Zeit, der Bibliothekarin

das Bilderbuch zu entreißen. Anfangs lachte sie noch, dann wurde daraus ein echter Kampf. Am Ende schlug Wolfgang ihr seinen großen Vorderzahn in die Hand, entwand ihr das Buch, und niemand konnte ihn dazu bewegen, es wieder herzugeben. Die arme Frau wusste nicht, ob sie darüber lachen oder weinen sollte.

Althea aber war ganz stolz. »Er ist so selbstbewusst«, schwärmte sie.

Samstag, 13. Februar

Mittagessen mit der Familie im Pub, weil Dad gerade den Esstisch benutzt, um seine *Herr-der-Ringe*-Figuren sauber zu machen. Ich esse sogar lieber im Gastraum. Daisy bekommt raschelnde Chipstüten zum Spielen, und die Stammgäste machen so einen Wirbel um sie, dass sie vergisst zu weinen.

Mum hat mich gefragt, was sie in ihrer Rede auf meiner Hochzeit sagen soll. Sie meinte, sie habe bereits Witze gegoogelt.

»Mum«, flehte ich, »bitte halte keine Rede. Überlass das Dad. Er wird einfach eine aus *Ansprachen für christliche Anlässe* nehmen.«

Mum schnaubte. »Dann schlafen doch alle ein.«

»Hör zu, Mum, wenn du UNBEDINGT eine Rede halten musst, dann sag bitte, bitte, kein schlechtes Wort über Helen«, beschwor ich sie.

»Aber ich habe lauter tolle Witze über ihre Nase gefunden!«

Ich erklärte ihr, dass sie keinen davon erzählen könne. Nein – nicht einmal einen einzigen.

Verstimmt wollte sie wissen, ob denn Helen eine Rede halten würde.

Ich erwiderte, dass sie sich dazu noch nicht geäußert habe.

»Jedenfalls sollte sie besser keine Witze über dich machen«, sagte Mum. »Das ist meine Sache.«

»Keine Sorge, Mum«, beruhigte ich sie. »Sie hat absolut keinen Sinn für Humor.«

Sonntag, 14. Februar

Valentinstag
Nick versuchte heute, ein romantisches Valentinstagessen zu zaubern. Ich schreibe »versuchte«, weil am Ende Helen kochte. Sie schneite am frühen Nachmittag herein und führte für die nächsten drei Stunden Regie über jeden Handgriff, den Nick in der Küche machte.

»Nein, Liebling, so hält man doch keinen Dosenöffner. – SCHÜTTE DAS JA NICHT IN DEN AUSGUSS! – Es ist mir egal, was in dem Rezept steht. In eine Bolognese-Sauce kommt kein Ketchup.«

Das Essen wäre für Nick und mich eine gute Gelegenheit gewesen, über die Hochzeit und unsere Zukunft zu reden. Aber wir kamen nicht dazu, weil Helen am Tisch saß und ständig fragte, ob wir mehr Parmesan wollten.

Dienstag, 16. Februar

2 Uhr morgens

Daisy will einfach nicht einschlafen. Gott sei Dank ist Nick noch nicht da – er wäre inzwischen total gestresst. Ich glaube, ich werde mich eine Weile aufs Wohnzimmersofa legen und vor mich hin heulen. Es heißt, man solle nicht länger als zehn Minuten am Stück weinen. Also werde ich mich auf zehn Minuten beschränken. Das kriege ich hin. Nur zehn Minuten.

2:05 Uhr morgens

Meine Güte! Daisy schreit, als wäre sie am Verhungern. Vielleicht hat sie gerade einen Wachstumsschub. Oder hat sie vielleicht ihre Milch wieder ausgekotzt? O Gott, womöglich hat sie sich übergeben und ist am Ersticken. Dass sie so laut schreit, kann doch nicht normal sein. Es muss etwas wirklich Schlimmes passiert sein.

Ich schaue nach.

2:25 Uhr morgens

Die kleine Schwindlerin. Kaum hatte ich die Tür geöffnet, strahlte Daisy übers ganze Gesicht. Ich nahm sie in den Arm, aber danach wollte sie sich nicht wieder schlafen legen lassen, deshalb gab ich ihr schließlich Milch.

3 Uhr morgens
Sie ist schon WIEDER wach!!! Aber sie kann keinen Hunger mehr haben – ich habe sie erst vor einer halben Stunde gefüttert! BITTE, HÖR AUF ZU HEULEN! Bitte, lieber Gott, hilf ihr einzuschlafen. Bitte, bitte, bitte.

3:10 Uhr morgens
Gerade ist mir klar geworden, warum Gott Hungersnöte und Erdbeben geschehen lässt. Weil er von Millionen von Müttern abgelenkt wird, die ihn anflehen, ihre Babys endlich einschlafen zu lassen.

3:30 Uhr nachts
Habe nachgegeben und Daisy noch mal gefüttert. Sie schlief sofort ein.

Mittwoch, 17. Februar

SOOO müde.

Donnerstag, 18. Februar

Alex kam vorbei, um mit mir zu trainieren, aber ich erklärte ihm, ich könne wirklich nicht bei diesem Marathon mitlaufen.

Letzte Nacht ist Daisy viermal aufgewacht. Beim letzten Mal wollte sie gar nicht mehr aufhören zu heulen. Am Ende bekam ich drei Stunden Schlaf. Das reicht nicht. Ich kann momentan nicht auch noch für einen Marathon trainieren. Einfach unmöglich. Ich muss eine Hochzeit und einen Umzug planen und mich um ein schlafloses Baby kümmern.

Ich ließ Alex zur Wohnung hochkommen und erwartete eine heftige Standpauke. Aber er wirkte nur enttäuscht – was ich noch schlimmer fand.

Er umarmte mich verständnisvoll, küsste mich auf den Kopf und sagte, ich solle auf mich achtgeben. Dann fragte er, ob irgendwer da sei, der sich heute Abend um mich kümmert. Ich versicherte ihm, dass Nick bald heimkommen würde.

Tatsächlich kam Nick erst um Mitternacht zurück. Er hatte zum Trost etwas trinken gehen müssen, weil er erkannt hatte, dass es dem Film, für den er gerade einen Vertrag unterschrieben hat, »an künstlerischer Seriosität mangelt«.

Ich meine, du liebe Güte! Er hat doch das Drehbuch gelesen. Wie viel Seriosität hatte er denn von einem Film mit dem Titel *Dead Stars on Mars* erwartet, in dem es um ein Dreiecksverhältnis zwischen Marilyn Monroe, Elvis und einem Außerirdischen geht?

Freitag, 19. Februar

Wow – die Hochzeit ist doch schon SEHR bald – in nicht einmal einem Monat! Und je näher der Termin rückt, desto miesepetriger wird Nick. Ich glaube, das liegt daran, dass ich ihn zum Sparen zwinge.

Er verschwendet gerne Geld für supertolles Spielzeug für Daisy, thailändisches Take-away, Bier und *Star-Wars*-Schnickschnack. Aber nun, da wir eine Hochzeit und eine Kaution für ein größeres Zuhause bezahlen müssen, können wir uns das einfach nicht mehr leisten. Außerdem braucht Daisy wirklich nicht noch mehr elektronisch gesteuerte Teddybären.

Samstag, 20. Februar

Heute haben Nick und ich Jahrestag. Wir sind genau fünf Jahre zusammen.

Ich weiß, Nick hatte nicht daran gedacht, denn als ich ihm einen »fröhlichen Jahrestag« wünschte, wurde er blass und lief davon, er müsse im Supermarkt noch »Milch besorgen«. Als er zurückkam, überreichte er mir eine biedere Grußkarte für »meine bessere Hälfte« und eine Flasche Rotwein.

Sonntag, 21. Februar

Ein richtig schöner Tag! Nachmittagstee mit Laura und Brandi im Dalton in der Bond Street.

Laura hatte das Treffen arrangiert – ich glaube, weil sie hoffte, Zach dort zu sehen. Und er war tatsächlich da. Sie sah blendend aus in ihrer schwarzen Jeans, den kniehohen

Stiefeln und der eleganten Bluse. Brandi trug ein sexy Sekretärinnen-Outfit – enger schwarzer Bleistiftrock, enge weiße Bluse, viel Goldschmuck und dazu roter Lippenstift.

Ich hingegen hatte versucht, meine schlabbrigen Leggings mit einer Chanel-Jacke, von Helen ausgemustert, und einer dicken Halskette hochzustylen. Die Jacke saß zu eng, und die Ärmel waren zu lang. Aber sie war immerhin von Chanel.

Als ich von Laura wissen wollte, ob sie Zach oft sehe, wurde sie ganz rot und nuschelte, es sei noch zu früh für solche Fragen. Also klagte ich, ich würde in meinen Leggings fett wirken.

»Du hast nicht einmal Übergewicht«, erwiderte Laura. »Du bist nur an den richtigen Stellen ein bisschen kurvig.«

Ich sagte ihr, dass Nick das nicht so sah, und begann dann zu weinen.

Laura und Brandi umarmten mich und sagten, ich sei wunderschön.

Dann meinte Brandi, dass ich die Hochzeit absagen sollte. Sie hasst Nick wirklich.

Manchmal, wenn ich sehr deprimiert bin, überlege ich, wie es wäre, eine alleinerziehende Mutter zu sein. Manches wäre besser. Ich könnte zurück nach Great Oakley ziehen und in einem Haus wohnen, in dem nicht jeden Abend Nicks Mutter »vorbeischaut«. Ich müsste nicht mehr Nicks Launen ertragen oder Mülleimer voller leerer Bierflaschen entsorgen. In mancher Hinsicht hätte ich ein Kind weniger, um das ich mich kümmern müsste. Aber wir haben nun mal ein Baby zusammen, und ich schulde es Daisy, dass es mit uns klappt.

Ich ging zur Toilette, um mich frisch zu machen, und entdeckte am Ausgang eine Klofrau. Klofrauen versetzen mich immer in Panik, weil ich nie weiß, was ich zu tun habe. Hängt die Bezahlung davon ab, was man auf der Toilette gemacht hat? Ich war nur pinkeln, wurde aber so nervös, dass ich schließlich einen Fünfer auf ihren Teller legte. Sicher dachte sie, ich hätte ein großes Geschäft gemacht.

Als ich durch die Lobby zurückging, sah ich Alex Dalton. Mit seinen dunklen Haaren und seinen langen Beinen schritt er über den dicken Teppich.

Er blieb abrupt stehen, als er mich entdeckte. »Juliette, was machst du denn hier?«

Ich erzählte ihm, dass ich mit meinen Schwestern zum Fünfuhrtee verabredet sei.

»Du hättest Bescheid sagen sollen, dann hätte ich euch den Privatsalon reserviert«, sagte er. Und überlegte kurz. »Warte mal. Laura ist auch da, oder? Ich habe mich schon gefragt, wohin Zachary verschwunden ist. Sag ihm, er soll sich beeilen.«

Alex hatte recht. Zach stand im Restaurant vor Lauras Stuhl, die Arme auf die Lehne gestützt. Laura und er sahen einander an, wie ich Daisy ansehe. Brandi seufzte. Sichtlich gelangweilt tippte sie mit langen glitzernden Fingernägeln auf ihrem Handy herum.

Ich sagte Hallo und erzählte Zach, dass ich gerade seinen Bruder getroffen hätte.

»Oje – ich muss gehen!«, sagte Zach. »Er reißt mir die Ohren ab, wenn ich zu spät komme.«

Just als Zach sich verabschiedete, traf eine Flasche Sekt »mit den besten Wünschen von Mr Dalton« an unserem

Tisch ein. Wir lächelten alle und dankten Zach überschwänglich.

»Aber der Sekt ist nicht von mir«, sagte er. »Er muss von Alex sein.«

Ich blickte in die Lobby, wo Alex noch immer mit verschränkten Armen stand, und fragte Zach, warum Alex uns Sekt schicken sollte.

»Warum denn nicht?«, erwiderte Zach. »Drei schöne Ladys, deren Eltern einen berühmten Pub betreiben. Mist – jetzt muss ich aber wirklich gehen. Er hasst es, wenn ich nicht pünktlich bin.«

Nach dem Nachmittagstee wollte ich Alex für den Sekt danken, konnte ihn aber nirgendwo entdecken. Also schrieb ich ihm eine kurze Notiz auf ein Blatt Papier mit dem Briefkopf des Hotels.

Plötzlich hörte ich ihn hinter mir sagen: »Wenn das ein Beschwerdebrief ist, kann ich ihn dem Manager direkt aushändigen.«

Ich erwiderte, dass ich mich nur bei ihm bedanken wollte. Für den Sekt und dafür, dass er mich so oft zum Training mitgenommen hatte.

»Eine Geste, die nicht nur einen Brief, sondern fünf Küsse wert sein dürfte«, sagte er mit hochgezogenen Augenbrauen.

Da kam Brandi angerannt und rief mir zu, unser Taxi würde warten.

Alex verschränkte wieder die Arme und sagte: »Auf Wiedersehen, Juliette.«

Als wir das Foyer verließen, sah ich seinen Rolls-Royce vor dem Hotel stehen und musste lächeln.

Nick erzählte ich nichts davon, dass Alex uns eine Flasche Sekt spendiert hatte. Das hätte nur einen Streit entfacht.

Montag, 22. Februar

Heute sollen die Hochzeitsblumen gekauft werden. Helen war stinksauer, dass Nick sich noch nicht drum gekümmert hatte. Noch stinkiger wurde sie, als ich sagte, dass ich es gern ganz natürlich hätte, mit Gänseblümchen von der Wiese.

»Kein Sohn von mir heiratet in einer Kirche voller ordinärer Gänseblümchen«, sagte sie. »Hör zu – ich bezahle die Blumen, okay?«

Ich erklärte ihr, es ginge nicht ums Geld. Ich liebe einfach wild wachsende Blumen.

Helen setzte ihr schreckliches falsches Lächeln auf und sagte: »Würdest du dir *dabei* bitte von mir helfen lassen, Juliette? Die Kirche sieht auch so schon ordinär genug aus.«

»Es ist meine Hochzeit, Helen!«, rief ich. »Und wenn ich will, dass sie ordinär wirkt, dann ist das meine Sache.«

Am Ende beschloss ich, nett zu sein und mich von Helen in ihrem großen schwarzen Land Rover zu Perfect Petals fahren zu lassen. Die Besitzerin des Blumengeschäfts und Helen begrüßten sich mit wieherndem Gelächter.

Helen fragte mich, welche Blumen mir gefielen, und erklärte mir dann, warum es ein Fehler von mir sei, diese Blumen zu mögen. Ich versuchte, Blumen auszusuchen, die natürlich und schön aussahen, aber die Dame vom Laden sagte, bei meiner Auswahl handele es sich um Trauerblumen.

Schließlich entschied ich mich für riesige weiße Tausendschönchen, die Helen nicht mochte. Trotzdem war es eine Art Kompromiss, weil die Blumen wenigstens bezahlt und nicht auf der Wiese gepflückt wurden.

Dienstag, 23. Februar

Die eklige Tatsache des Tages: Meine Scheiße wiegt fünfzig Gramm. Das weiß ich, weil ich mich vor und nach dem Toilettengang gewogen habe. Es hat langsam etwas Zwanghaftes, dass ich mich ständig auf die Waage stelle. Aber bei meiner Hochzeit wäre ich wirklich gerne schlanker.

Mum und Dad hatten sehr unterschiedliche Vergleiche dafür, wie schwer fünfzig Gramm sind. Dad sagte, das sei das Gewicht von einem Schweizer Armeemesser, von zwei AA-Batterien oder von einem großen Brief. Mum sagte, das sei das Gewicht von einer halben Tafel Schokolade oder einer kleinen Tüte Chips.

Mittwoch, 24. Februar

Daisy ist letzte Nacht nur einmal aufgewacht. Nicht schlecht. Und nach dem Füttern schlief sie gleich wieder ein. Warum kann das nicht jede Nacht so sein? Einmal ist wirklich erträglich.

Das Problem war nur, dass *ich* danach nicht mehr schlafen konnte. Die ganze Zeit dachte ich über die Hochzeit nach. Nicht dass ich befürchten würde, Nick könnte abspringen. Aber er hat so lange gebraucht, um mir einen Antrag zu machen … Und dass er wegen der Hochzeit so deprimiert ist, macht es natürlich nicht gerade besser. Ich wünschte, er könnte wenigstens so tun, als wäre er glücklich. Ich weiß, das ist alles Mädchenkram, aber die Heirat sollte ihm doch auch etwas *bedeuten*.

Donnerstag, 25. Februar

HÄMORRHOIDEN!!! Und das nur rund einen Monat vor der Hochzeit! Gerade hatte ich mich damit abgefunden, dass meine Brüste drei Zentimeter tiefer hängen, dass ich unten herum ziemlich ramponiert bin und dass ohne Grund Pipi aus mir herausläuft, da macht auch noch der Hintern Probleme. Von den komischen Flecken auf meinen Armen ganz zu schweigen … Aber ich habe etwas Wichtiges gelernt. Man sollte NIEMALS das Wort Hämorrhoiden googeln und sich die Bilder dazu ansehen.

Ich fuhr nach Great Oakley, um Doktor Slaughter aufzusuchen. In London ist es praktisch unmöglich, einen Arzttermin zu bekommen. Er stellte mir ein Rezept für Zäpfchen aus und gab mir auch die Telefonnummern von drei anderen Frauen im Dorf, die zurzeit das gleiche Problem haben. Vielleicht könnten wir uns treffen, meinte er. Doktor Slaughter hält nicht viel von der ärztlichen Schweigepflicht.

Die Dorfapotheke war »wegen eines Problems mit dem Kassensystem« geschlossen. (Was bedeutet, dass sich der Besitzer einen faulen Tag machte.) Und weil von den Londoner Apothekern keiner Doktor Slaughters Handschrift entziffern konnte, ging ich ohne die Zäpfchen wieder nach Hause.

Dort googelte ich nach Hausmitteln, zerquetschte schließlich eine Knoblauchzehe und schmierte mir den Brei auf den Hintern. Solche Schmerzen hatte ich noch nie. Schreiend vollführte ich einen Veitstanz um die Küchentheke.

Als Helen vorbeikam, fragte sie mich, ob ich Guacamole gemacht hätte.

Freitag, 26. Februar

Heute mit einer neuen Diät begonnen – die 5:2-Diät. Im Grunde besteht sie darin, zwei Tage in der Woche zu hungern. Nachdem ich das Frühstück und das Mittagessen ausgelassen hatte, fühlte ich mich ganz krank, schwach und schwindlig. Also entschied ich, dass es unverantwortlich war zu hungern, wenn man ein Baby hatte. Dann aß ich eine große Schüssel Nudeln mit Pesto. Vielleicht versuche ich die Diät morgen noch mal.

Samstag, 27. Februar

Weil Nick den Rest der Woche in Leeds arbeitet, bin ich

mit Daisy wieder bei Mum und Dad. Obwohl Great Oakley nur eine halbstündige Zugfahrt von London entfernt ist, ist es hier wie auf einem anderen Planeten.

Es gibt Blumen.

Bäume.

Leute, die Kinder nicht hassen.

Es tut unendlich gut, weg von Helen zu sein, die inzwischen jeden Abend hereinschneit. Je näher die Hochzeit rückt, desto mehr spinnt sie rum. Gestern hatte sie eine Hochzeits-Sonderausgabe der *Vogue* dabei und zeigte mir eine spindeldürre, schmollmündige Model-Braut mit Löwenmähne.

»Schön stylish, findest du nicht?«, fragte sie und strich über die Hochglanzseite. »Viv West in Bestform.«

Ich erwiderte, dass ich die ganze Aufmachung total lächerlich fand.

Helen reagierte pikiert und begann, die Edelstahl-Küchenschränke zu polieren. (Das ist nur eines von vielen Problemen, die man in schicken Manager-Zweitwohnungen hat: Auf der Hochglanz-Einrichtung sieht man den kleinsten Fleck. Einmal habe ich ein Spiegelei gemacht. Nie wieder!)

Während Helen hektisch herumwienerte, wollte sie wissen, was Mum auf der Hochzeit tragen würde.

»Wahrscheinlich etwas, für das sie zehn Jahre zu alt ist«, erwiderte ich.

Helen blinzelte nervös. »Bitte überrede sie dazu, etwas *Geschmackvolles* anzuziehen«, sagte sie. »Vielleicht mit einem Schal? Wegen der Fotos …«

Das erheiterte mich. *Meine* Mutter! Mit einem Schal!

Helen träumt wohl. Die Vorstellung, *irgendwer* könnte meine Mutter dazu überreden, etwas anzuziehen, das nicht hauteng ist, ist wirklich zum Totlachen. Vor ein paar Wochen hat Mum mir ihr Siebzigerjahre-Outfit für *Mamma-Mia* vorgeführt, das selbst Christina Aguilera erröten hätte lassen.

Sonntag, 28. Februar

Heute ging ich mit Daisy auf den Spielplatz. Jemima, die kleine Schwester von Alex und Zach, war auch dort. Wie üblich war sie die bestgekleidete Siebenjährige im Park. Selbst der knallorangefarbene Schal um ihren Hals war perfekt gebunden. Zuerst dachte ich, die Dalton-Brüder wären vielleicht auch da, aber ihr Schwesterchen war mit seinem Kindermädchen gekommen.

Jemima und ich spielten nett miteinander. Sie ist so höflich, dass sie nicht einmal lachte, als ich mit meinem Hintern in der Rutsche stecken blieb. Auch um Daisy kümmerte sie sich rührend und half mir, sie beim Schaukeln anzuschubsen. Ich glaube, Jemimas Kindermädchen freute sich. Sie hockte am anderen Ende des Parks, trank einen Coffee to go und schaute auf ihrem Handy YouTube-Videos.

Jemima fragte mich, ob ich irgendwann mal wieder mit ihr spielen würde.

Ich sagte natürlich Ja.

Dann fügte sie hinzu: »Ich wünschte, ich hätte hier Freundinnen in meinem Alter zum Spielen.«

Die arme Kleine.

Ich habe wirklich Glück, dass ich Schwestern habe. Ich meine, Brandi und ich haben uns zwar oft gestritten, als wir Kinder waren, aber wir hatten trotzdem jede Menge Spaß.

Ich fragte Jemima, ob sie immer noch alle Wochenenden auf dem Dalton-Anwesen verbringe.

Ja, sagte sie, mit ihren großen Brüdern und Charlotte, ihrem Kindermädchen. Sie erzählte mir, wie witzig Alex sei und dass er immer mit ihr spiele. Sie dürfe sogar auf die Hupe des Rolls-Royce drücken. Schließlich flüsterte sie: »Mein Kindermädchen ist kein richtiges Kindermädchen, weißt du? Mum hat Charlotte nur eingestellt, weil sie die Tochter ihrer alten Schulfreundin ist.«

»Das ist aber nett«, sagte ich, weil mir nichts anderes einfiel.

»Nein, das ist nicht nett«, sagte Jemima. »Ich mag sie nicht.«

Montag, 29. Februar

Babys wachsen so schnell! Es kommt mir vor, als hätte ich Daisy erst gestern Strampler für Babys von null bis drei Monaten gekauft. Und jetzt ist sie schon fast aus ihnen herausgewachsen. Aber weil die Strampler für drei bis sechs Monate alte Babys ihr noch nicht passen, muss sie entweder mit eingequetschten Füßen oder Schlabberhosen leben.

Schon die ganze Zeit will ich die Gurte vom Kinderwagen anpassen. Sie sitzen inzwischen ein bisschen fest. Aber das ist so eine Fummelei! Ich kriege es einfach nicht hin. Und wofür zum Teufel sind diese kleinen extraweichen schwarzen Dinger? Ein ewiges Rätsel. Aber ich weiß, wenn ich sie wegschmeiße, wird mir gleich danach klar werden, dass sie wichtig sind. Und mit dem Flaschenwärmer und dem Kindersitz fürs Auto habe ich auch Probleme.

Früher war ich immer so gut in praktischen Dingen. Was ist nur passiert? Sind alle Erfindungen für Babys einfach idiotisch kompliziert oder eine Menge meiner Gehirnzellen abgestorben?

Dienstag, 1. März

Bin losgezogen, um mir ein Hochzeitskleid zu kaufen, und habe DAS KLEID gefunden!

Der verdammte Nick! Er hatte Helen erzählt, wo ich hinwollte, weshalb sie ungebeten mit jeder Menge Stoffmustern und Zeitschriften auftauchte. An jedem Kleid, das ich anprobierte, mäkelte sie herum, und während ich mich umzog, lästerte sie über den Teppich im Laden und die Vorhänge der Umkleidekabinen. (»In einem Londoner Brautmodengeschäft würdest du niemals TRODDELN sehen …«)

»PAILLETTEN, Juliette?«, sagte sie. »Um Himmels willen, nein. Das Kleid muss edel sein. Du heiratest doch keinen Fußballer.«

Zum Glück entschärften drei kostenlose Gläser Prosecco die Situation etwas, und ich konnte das Verlangen unterdrücken, laut zu fluchen.

Brandi, die mich unter anderem begleitete, flüsterte: »Diese alte Hexe. Sie glaubt, es sei ihre Hochzeit.«

Als auch die anderen Mädchen ihre Brautjungfernkleider anprobierten, drohte Althea: »Sag kein verdammtes Wort, Helen. Sonst bekommst du diesen Prosecco ab.«

Danach überschlug Helen sich vor Komplimenten.

Und dann tauchte Nick auf.

Ich brüllte ihn an, dass es Unglück bringt, wenn er das Kleid vor der Hochzeit sieht.

Er tat es augenrollend als »schwachsinnigen alten Aberglauben« ab und sagte zu mir, dass es mit uns beiden klappen wird, weil uns wahre Liebe verbindet.

In dem Moment wurde ich bei dem Gedanken, ihn zu heiraten, tatsächlich ein bisschen aufgeregt – zum ersten Mal seit seinem Antrag.

Nick ließ seinen Charme spielen und sagte uns »Ladys«, wie schön wir alle aussähen. Außer Sadie, über die er sagte, sie erinnere ihn an ein Verkehrsschild – dünn mit großem Gesicht.

Sadie entschied sich für ein anderes Kleid als alle anderen. Es war ziemlich *weiß*, aber das ist typisch Sadie. Sie muss immer mit der Tradition brechen.

Mein Hochzeitskleid wurde am Ende ein dezentes Modell. Lang und aus Seide. Hübsch. Eher schlicht, aber, wie Nick sagte, man soll es ja auch nicht übertreiben, wenn man gerade ein Baby bekommen hat.

Mittwoch, 2. März

Ich habe das Hochzeitskleid noch mehrere Male anprobiert. Es ist ein bisschen zeltartig, aber ich denke, wenn ich abnehme, wird es sich in das fließende, ätherische Prinzessinnenkleid verwandeln, das es sein soll.

Donnerstag, 3. März

HUUUNGER.

Freitag, 4. März

Seit dem Wochenende habe ich ein halbes Kilo abgenommen! Nicht schlecht.

Samstag, 5. März

Heute war die Probe in der Kirche. Im Hochzeitskleid. Mum war ganz souverän. Sie sagte nur einmal: »Jetzt sei endlich still, Helen.«

Da im Grunde Nick mein Hochzeitskleid ausgesucht hat, dachte ich, ich könnte ebenso gut darin proben. Je mehr ich übe, mich darin zu bewegen, desto geringer ist das Risiko zu stolpern.

Alle meine Brautjungfern waren da, außer Sadie. Sie hatte am Vorabend irgendeinen Theaterdirektor getroffen und war schließlich auf einer Jacht in Richmond gelandet.

Brandi hatte einen Kater, riss sich aber ganz gut zusammen. Allerdings hatte sie für ihr Brautjungfernkleid die falsche Unterwäsche an – die total durchschien.

Als Helen sah, dass Brandi ihr Kleid zu einem Minirock hochgerollt hatte, blähten sich ihre Nasenlöcher.

Schnell bedankte ich mich bei ihr dafür, dass sie mir geholfen hatte, passende Hochzeitsblumen zu finden.

Sie schnaubte. »Zum Glück! Sonst hätte diese Kirche womöglich so ordinär ausgesehen wie die Unterwäsche deiner Schwester.«

»Was ist denn falsch an ein bisschen Farbe?«, fragte Brandi, während sie am Träger ihres neonpinken BHs herumspielte.

Dann wurde Helen abgelenkt, weil eines der Gebetskissen »einen nicht identifizierbaren braunen Fleck« hatte.

Sonntag, 6. März

Muttertag

Laura hat mir zum Muttertag eine große Freude gemacht – und mir eine kosmetische Gesichtsbehandlung in Kensington gebucht. Vermutlich ahnte sie, dass Nick es vergessen würde. Er hat echte Probleme mit Terminen. Oft vergisst er sogar seinen eigenen Geburtstag, deshalb nehme ich es nicht persönlich.

Als ihm klar wurde, dass er in der Zeit der Behandlung allein für Daisy verantwortlich sein würde, geriet er in Panik.

Ich rief Mum an, um sie zu fragen, wie lange sie andere auf uns aufpassen ließ, als wir noch Babys waren.

»So lange, wie es nur ging«, erwiderte sie.

Also entschied ich, dass ein paar Stunden wohl schon okay sein würden.

Nachdem ich mit Nick Daisys Programm durchgegangen war (sie schläft NUR mit ihrem Teddy Snuggles, ihrem rosaroten Schlafsack und ihrer Waffelpiqué-Decke), nahm ich mir meine Auszeit. Die Gesichtsbehandlung war sehr angenehm, und ich blieb die meiste Zeit über sogar wach.

Als ich heimkam, hatte Daisy ein ganz rotes Gesicht und schrie wie am Spieß. Nick hatte sie ohne ihren Teddy, ihren Schlafsack und ihre Kuscheldecke schlafen gelegt.

Nachdem ich ihn angebrüllt hatte, ging ich eine halbe Stunde lang mit Daisy in der Wohnung auf und ab und redete leise auf sie ein, um sie zu beruhigen. Schließlich schlief sie ein, aber nur, um fünf Minuten später wie ein wildes Teufelskind wieder hochzufahren. Ich musste die ganze Prozedur wiederholen.

Nick versuchte zu helfen, indem er Daisy *Strangers in the Night* ins Ohr sang, was sie aber nur noch mehr aufregte.

Als sie endlich wieder eingeschlafen war, schimpfte ich eine volle halbe Stunde lang mit Nick.

Er gab zu, dass er in Panik geraten war und meine Anweisungen vergessen hatte. Und dass ich sie vielleicht hätte aufschreiben sollen.

Großer Gott! Ich kann mich nicht einmal einen Nachmittag lang auf ihn verlassen.

Ich habe EIN HALBES KILO ZUGENOMMEN!

Mist!

Laura hob hervor, dass ich um die Taille und die Hüften null Komma sieben Zentimeter schlanker geworden bin, und ich weiß, das sollte mich aufmuntern, tut es aber nicht. »Was wäre dir lieber?«, fragte sie. »Ein flacherer Bauch oder eine niedrigere Zahl auf der Waage, die niemand außer dir sieht?«

Die blöde Wahrheit ist, dass eine niedrigere Zahl auf der Waage mir tatsächlich lieber wäre. Mit wehmütiger Stimme beklagte ich mich bei Laura, dass ich nie mehr ein bauchfreies Top tragen könnte.

»Aber du hast doch noch nie bauchfreie Tops getragen«, entgegnete sie.

Das stimmt. Aber ich würde es gern können …

Dienstag, 8. März

Habe Einladungen für die Hochzeit gebastelt. Als Helen erschien, versuchte ich gerade, Weißleim von Daisys Babytrainer zu entfernen.

Sie sah mich missbilligend an und sagte: »Das ist eine Hochzeit und keine improvisierte Teenie-Party. Um Himmels willen, *kauf* die Einladungskarten! Ich habe Nick gestern dreihundert Pfund gegeben – die kannst du doch nicht schon ausgegeben haben.«

Als Nick heimkam, erkundigte ich mich nach dem Geld.

Er sagte, er habe einen Theaterdirektor zum Essen ins

Claridge's eingeladen, und der Mann habe viel Wein getrunken. Dann sang er *The Circle of Life* direkt über Daisys Kinderbettchen, sodass sie aufwachte.

Ich war so wütend, denn ich hatte fast eine Stunde gebraucht, um sie in den Schlaf zu wiegen. Selbst als ich Nick ein Kissen um die Ohren schlug, fühlte ich mich kaum besser.

Mittwoch, 9. März

Beschloss, heute die Atkins-Diät auszuprobieren. Zum Frühstück gab es ein einfaches Omelette mit Gemüse und sehr viel Öl. Gar nicht schlecht. Aber gegen Mittag hätte ich vor Hunger die Wände hochgehen können. Und mir war absolut nicht nach Schinken, Eiern oder Butter.

Dann beging ich den Fehler, bei Mum und Dad vorbeizuschauen, um zusammen mit Mum die letzten Hochzeitseinladungen fertig zu machen. Der Kühlschrank war voller Take-away-Menüs vom Vorabend. Doppelte Portion. Die Menüs sind eine alte Duffy-Familientradition und bestehen aus gebratenem Reis mit Ei, süßsauren Garnelenklößchen und Pizzastücken.

Ich entschied mich, wieder aufs Kalorienzählen umzusteigen. Aber weil ich keine Ahnung habe, wie viele Kalorien das Omelette von heute Morgen hatte, werde ich erst morgen wieder damit anfangen.

Aß den gebratenen Reis mit Ei, süßsaure Garnelenklößchen und die letzten paar Pizzastücke.

Donnerstag, 10. März

Hab also wieder mit dem blöden, langweiligen Kalorienzählen angefangen. Jetzt ist mein Kopf voller Zahlen. Mir ist aufgefallen, dass eine Büchse Pringles TAUSENDE von Kalorien enthält. Das könnte einen großen Teil von Mums Übergewicht erklären.

Freitag, 11. März

Heute habe ich mich wieder gewogen, in der Annahme, durch das ganze Kalorienzählen mindestens drei Kilo oder so losgeworden zu sein.

Aber nein. Ich habe überhaupt nicht abgenommen. Wenn Diäten nicht funktionieren, welche Hoffnung besteht dann noch für mich?

Ich rief Laura an, die mir erklärte, dass Muskeln mehr als Fett wiegen würden. Deshalb sollte ich mich erst nach mindestens einer Woche Diät wieder auf die Waage stellen. Das munterte mich auf.

Dann telefonierte ich mit Brandi, die sagte: »Die Sache mit den Muskeln und dem Fett ist totaler Quatsch. Google das mal.«

Ich googelte es, und sie hatte recht. Muskeln und Fett wiegen gleich viel.

Ich fragte Brandi, ob sie fand, dass ich etwas schlanker wirkte. Sie erwiderte: »Du *könntest* schlanker wirken, wenn du dir von mir die Haare glätten lassen würdest. Du hast ein rundes Gesicht. Da sind lockige Haare keine gute

Idee.« Dann schlug sie mir vor, morgen in ihren Poledance-Kurs zu kommen. Eine Studentin habe dadurch »in etwa einer Woche« sechs Kilo verloren, behauptete sie.

Ich erwiderte, dass ich an einen Elefanten in Netzstrümpfen denken musste, wenn ich mir vorzustellen versuchte, wie ich – so schwabbelig und fett, wie ich seit der Schwangerschaft bin – an einer Stange tanze.

Aber Brandi versicherte mir, dass ich bestimmt nicht die Dickste im Kurs sein würde.

Samstag, 12. März

POLEDANCE!!! Was habe ich mir bloß dabei gedacht?

Ich war eindeutig die Fetteste von allen. Die megadicke Stangentänzerin, von der Brandi gesprochen hatte, war nicht erschienen. Falls sie denn überhaupt existiert.

Die Kursleiterin war ein fröhliches Mädchen und von Kopf bis Fuß in Orange gekleidet. Ihr Körper schien nur aus Muskeln zu bestehen. Sie trank zwei Energy-Drinks, dann hüpfte und turnte sie eine volle Stunde am Stück herum. Sie war wie eine verschwommene Linie, die durch den Raum tanzt.

»Und Step, Step, Spin, Squat, BEINE!, Spin, Drop – HAARE!«

Wir sollten auch die Stange *raufklettern*. Mit meinen dünnen Hühnerarmen und meinem dicken Hintern kam ich kaum drei Zentimeter hoch. Als es vorbei war, taten meine Muskeln so weh, dass ich kaum meine Jacke anziehen konnte.

Brandi hüpfte neben mir herum und schwärmte, wie energiegeladen sie sich fühle. Dann schlug sie mir vor, etwas trinken zu gehen.

Ich sagte, dass ich das wegen Daisy nicht könne.

Brandi sah mich verdutzt an. »Aber ist Mum denn nicht bei ihr?«

»Doch, aber Daisy könnte aufwachen«, erwiderte ich.

»Na und?«, fragte Brandi. »Mum kommt schon mit ihr klar.«

»Hast du dir denn keine Sorgen gemacht, als Callum noch ein Baby war?«, fragte ich.

»Ehrlich gesagt habe ich das erste Jahr komplett verdrängt«, sagte Brandi. »Es war so schrecklich.«

Ich wollte wissen, ob Callum inzwischen besser schlafen würde.

»Nicht wirklich«, erwiderte sie. Dann zählte sie etwas an ihren mit Goldringen bestückten Fingern ab und sagte, er wache immer noch drei- oder viermal pro Nacht auf. Sie gestand, dass sie sich dann unter der Bettdecke verstecke, und fügte hinzu: »Ich liebe Callum wirklich über alles, aber ich wünschte, ich hätte mit dem Kinderkriegen gewartet, bis ich etwas älter bin. Es erschwert schon vieles. Ich meine, ich habe praktisch KEIN Sozialleben mehr.«

Dann kontaktierte sie über Facebook ihre Freunde und verabredete sich mit ihnen, um durch die Klubs zu ziehen.

Sonntag, 13. März

Die Hochzeit rückt immer näher. Sie ist schon nächsten

Monat. Aber ich glaube, wir haben alles Wesentliche im Griff. Und über den Schnickschnack kann Helen sich Gedanken machen – mir ist es egal, ob die Tischkärtchenhalter zu den Servietten passen.

Auf Facebook läuft gerade eine Aktion mit dem Titel »No-Make-up-Selfie«. Man soll sich abschminken und ein Selfie von seinem Gesicht posten, wie die Natur es geschaffen hat. Brandi wollte mich zum Mitmachen überreden, aber ich werde auf keinen Fall eine Nahaufnahme von meinem erschöpften Frau-mit-Baby-Gesicht machen. Niemals.

Montag, 14. März

Habe Nick das Versprechen abgerungen, morgen ein Familienpicknick im Hyde Park zu machen. Am Ende musste ich ihn dafür bestechen und einen langweiligen Kriegsfilm anschauen, aber das war es mir wert. Denn dafür machen wir morgen mit Daisy ein schönes Picknick im Grünen und reden über unseren Hochzeitstag. Ich habe sogar einen Picknickkorb gekauft, der innen mit kariertem Stoff gefüttert ist und kleine elastische Schlaufen fürs Besteck hat.

Dienstag, 15. März

Ich packte ein Baguette, ein kleines Stück Brie, Chips und eine Flasche Wasser mit Holundergeschmack in unseren neuen Picknickkorb.

Dann regnete es in Strömen.

Nick fand das lustig. Er hockte den ganzen Tag auf dem Sofa, mampfte Kartoffelchips und Sandwiches mit Brie, sah sich den *Zauberer von* Oz an und sagte: »Wer auch immer diesen Blechmann gecastet hat, ist eine Niete. Der Schauspieler ist miserabel.«

Mittwoch, 16. März

Hatte wieder einen Riesenkrach mit Nick. Ich ertrage Helens Besuche einfach nicht mehr. Wenn ich noch einen Tag länger miterleben muss, wie sie an allem herummäkelt und Dinge wegräumt oder putzt, die absolut sauber aussehen, werde ich verrückt.

Helen gehört zu den Frauen, die alles haben, aber nie zufrieden sind. Sie ist dünn wie eine Bohnenstange, unglaublich reich und arbeitet nur zum Vergnügen. Trotzdem hat sie an allem etwas auszusetzen. Der Farbton des Granits in der Küche ist »eine totale Katastrophe«, in ihrer neuen Kaschmirjacke sieht sie »widerlich fett« aus, und ihr Ehemann Henry bekommt allmählich »eine schreckliche Glatze«.

Wenn Helen da ist, ist die Wohnung kein Zuhause mehr, sondern ein Vorzeige-Apartment. Nicht einmal ein Kissen darf woanders als an seinem angestammten Platz liegen. Hier zu wohnen ist wie ein Rund-um-die-Uhr-Vorstellungsgespräch für einen Job. Ständiger Stress.

Heute Morgen lag eine Socke von Daisy auf dem kleinen Zottelteppich, und Helen starrte ihn an, als wäre er eine nicht explodierte Bombe. »Juli-ette!« Nie Ni-ck. »Die sollte hier nicht rumliegen.«

Ich erwiderte, wenn sie mir anbieten würde, die Wäsche für mich zu waschen, wäre das eine große Hilfe.

Sie warf mir ihren giftigen Helen-Blick zu, sah dann auf ihre schmale goldene Armbanduhr und sagte: »Ich habe zwanzig Minuten, um letzte Hochzeitsdetails zu besprechen.« In perfekter Ballerina-Pose, mit eingezogenem Bauch und einer Hand auf der Arbeitsfläche aus Granit, stand sie da und fügte hinzu: »Du hast zugenommen.«

»Danke für deine aufbauenden Worte«, antwortete ich. »Mit einem Baby ist es schwer, eine Diät zu machen.«

Sie gab mir »ein paar Tipps von ehemaligen Ballerinen«, wie man schlank wird. Im Grunde lauteten sie: »Trink nur Diät-Cola, und wenn du dich *sehr* schwach fühlst, iss einen Löffel Honig.« Dann ließ sie sich über die Hochzeitsfotos aus und sagte, dass sie mit Mum vielleicht über den »Dresscode« reden sollte.

Ich entgegnete, es gebe keinen Dresscode und Mum habe ihr Kleid bereits gekauft.

Helen fragte, wo.

»Bei Forever 21.«

Sie kniff die Augen zusammen und sagte: »Der Himmel sei uns gnädig!«

Donnerstag, 17. März

St. Patrick's Day

Heute Abend veranstalten Mum und Dad im Oakley

Arms ihre übliche Paddy's-Night-Party. Ich wollte wirklich hingehen, nur für eine Stunde oder so, aber Daisy ließ sich nicht beruhigen.

Als ich Dad anrief, um ihm Bescheid zu sagen, klang es, als wäre im Pub ziemlich viel los. Ich hörte eine irische Band und den Lärm von Leuten, die auf dem Tresen tanzten. Im Hintergrund sang Mum völlig blau *The Irish Rover* und brüllte zwischendurch Brandi an, weil sie direkt aus dem Zapfhahn trank.

Freitag, 18. März

All meine Freundinnen haben mich für ein No-Make-up-Selfie nominiert.

Samstag, 19. März

Hatte eine tolle Idee und habe ein Foto von Taylor Swift als No-Make-up-Selfie von mir gepostet. Hoffentlich finden alle das witzig und drängen mich nicht mehr, ein echtes zu machen.

Sonntag, 20. März

Fünfundzwanzig erboste Kommentare auf meiner Facebook-Seite wegen meines Taylor-Swift-Fotos. Also postete ich ein Foto von meinem wirklichen müden Gesicht und bekam eine Menge total netter Kommentare, wie schön ich doch ohne Make-up aussähe. Aaaah …

Montag, 21. März

Heute bin ich es ziemlich leid, Mutter zu sein. Das Schlimmste ist, dass ich manchmal nicht mehr weiß, was ich tue.

Letzte Nacht wollte Daisy einfach nicht schlafen. Ich glaube, sie war übermüdet. Ich konnte sie nur beruhigen, indem ich im Zimmer herumlief, Darth-Vader-Atemgeräusche und gleichzeitig im Rhythmus von *Hokey Cokey* Kniebeugen machte.

Dienstag, 22. März

Nur noch wenige Wochen bis zur Hochzeit, und ich habe seit letzten Samstag kein bisschen abgenommen. Gerade versuche ich es mit einer Milchshake-Diät.

Zum Frühstück und zum Mittagessen habe ich einen Milchshake getrunken, aber am Nachmittag war ich am Verhungern. Ich kochte also Spaghetti bolognese und aß am Ende auch noch Nicks Portion, weil er zu spät heimkam.

Dann nahm ich Daisy in diesen Supermarkt mit, der rund um die Uhr geöffnet ist, und kaufte einen Schokoladenpudding mit flüssigem Kern und eine Tüte Toffee-Popcorn.

Ich werde morgen mit der Diät weitermachen. Vielleicht sind die Erdbeer-Milchshakes ja leckerer.

Mittwoch, 23. März

Habe die Erdbeer-Milchshakes probiert. Sie schmecken wie Kreide gemischt mit Frauen-Deo.

Heute kam Nick mit einem weiteren riesigen Spielzeug für Daisy nach Hause – einem Schaukelstuhl, der blinken kann. Er war ganz aufgeregt und sagte, damit würde sie sich zu einem Musikgenie entwickeln: »Wäre ich mit solchen Spielzeugen aufgewachsen, würde ich mehr Rollen bekommen.«

Es stellte sich heraus, dass er heute für ein Musical vorgesprochen hat und abgelehnt wurde, weil er nicht tanzen kann. Was ich unfair finde, weil Nick eigentlich ein recht guter Tänzer ist. Er ist der einzige Mensch, den ich kenne, der richtig voguen kann.

Ich sagte zu ihm, dass das egal ist und dass ich ihn liebe, komme, was da wolle. Und dass Daisy ihn auch liebe.

Wir sind eine Familie und gehören zusammen, egal, ob wir viel oder wenig Geld haben. In guten wie in schlechten Zeiten.

Freitag, 25. März

Karfreitag

Habe das Gefühl, dass ich etwas mit Daisy unternehmen

sollte – Ostereier suchen oder so was. Aber ich bin einfach zu erschöpft.

Für ein bisschen Normalität haben meine Kräfte heute immerhin gereicht. Ich habe es geschafft, in den Supermarkt im Dorf zu gehen und für Callum ein Schokoei mit Schokolinsen drin zu kaufen. Daisy ist noch zu klein für Schokolade (auch wenn Mum sagt, wir hätten »praktisch von Geburt an« Ostereier gegessen), deshalb habe ich ihr Socken mit kleinen Küken drauf gekauft.

Ich werde Callum sein Ei erst am Ostersonntag geben. Dad bestand früher immer darauf, dass wir unsere Ostereier erst dann bekamen, was uns Geduld und Selbstbeherrschung gelehrt hat.

Samstag, 26. März

Habe etwas Schlimmes getan: Ich habe Callums Osterei gegessen. Zum Glück war der Supermarkt im Dorf noch offen, sodass ich ein neues kaufen konnte.

21 Uhr

Ich habe wieder etwas Schlimmes getan: Ich habe auch das Ersatzei gegessen. Und der Supermarkt hat jetzt geschlossen.

Sonntag, 27. März

Ostersonntag
Habe mich schon früh rausgeschlichen, um ein neues Ersatzei zu kaufen, aber der Supermarkt war zu. Schließlich fuhr ich mit Daisy nach London und kaufte in einem Spirituosenladen, der rund um die Uhr geöffnet hat, einen riesigen Schokohasen – er war fast so groß wie Daisy.

Natürlich verputzte Callum das ganze Ding auf einmal. Dann sprang er auf jeder federnden Oberfläche im Haus herum, bis er mit dem Fuß in einem aus Weiden geflochtenen Beistelltischchen stecken blieb.

Montag, 28. März

Ostermontag
Kann keine Schokolade mehr sehen, aber Mum hat zu Ostern einen Schokoladenkuchen gebacken, der mit Schokoglasur überzogen und mit Küken und Häschen aus Schokolade verziert ist. Und in der Mitte ist er mit einer Überraschung gefüllt: Schokoladenfondant.

Dienstag, 29. März

Habe beschlossen, vor der Hochzeit noch in ein Fitnessstudio zu gehen. Ich weiß, dass ein Besuch keinen großen Unterschied machen wird, aber ein bisschen Krafttraining kann nicht schaden. Im Internet bin ich auf einen Sonderangebotsgutschein für ein Fitnesscenter gestoßen und habe mich online angemeldet. Morgen fange ich an.

Mittwoch, 30. März

Nur noch zwei Wochen bis zur Hochzeit, und ich habe es ins Fitnessstudio geschafft.

Ich brachte Daisy in die Kinderkrippe, wo sie jedoch heulte und heulte. Ich dachte schon, ich müsste sie wieder mit heimnehmen, doch dann setzten die Betreuerinnen sie in eine Art Hüpfschaukel, und sie war schlagartig glücklich. Also musste ich zum Training gehen.

Im Fitnesscenter schlenderte ich ewig lange herum und guckte mir die Geräte an, traute mich dann aber nicht drauf. Schließlich brachte ich doch den Mut auf, mich auf so eine Maschine zu setzen und zog an ein paar Griffen.

»Schau, so macht man es richtig«, sagte ein Muskelmann.

Als ich die korrekte Technik anwandte, zerriss es mir fast die Arme. Deshalb joggte ich lieber eine Weile auf dem Laufband und schaute dabei auf einem Minifernseher eine Folge von *EastEnders* an.

Im Fitnessstudio tragen heutzutage alle Klamotten aus Kunstfaser. Mode kann wirklich grausam sein.

Donnerstag, 31. März

Letzte Nacht konnte ich vor Hunger nicht schlafen. Typisch, dass Daisy nicht ein einziges Mal aufwachte.

Seufz.

Als ich um ein Uhr nachts Sahne auf Oreo-Kekse sprühte, erschien mir Helen wie ein bleicher langnasiger Geist.

Als ich aufgehört hatte zu schreien, erklärte sie mir, dass sie nach einer »Nachtschicht« in der Stadt beschlossen hatte, auf dem Gästebett zu schlafen, ohne uns Bescheid zu geben. Sie blickte auf meine Kekse und sagte: »Kinder schlagen sich nachts den Bauch voll. Erwachsene Frauen achten auf ihr Gewicht, Juliette.«

Ich entgegnete, dass ich wenig Sinn darin sah, so kurz vor der Hochzeit noch eine Diät zu machen. Nick würde mich nehmen müssen, wie ich bin, mit Babyspeck und allem. Dann fragte ich Helen, ob sie nach Nicks Geburt auch zugenommen habe.

Sie strich sich über ihre knochigen Hüften, die in engen schwarzen Jeans steckten, zog ihre Kaschmirjacke um ihre Rippen und sagte: »Nein, ich habe sogar abgenommen. Die ganze Erfahrung war so traumatisch. Das Krankenhauspersonal war besorgt, weil ich *zu* dünn war.« Und anschließend ließ sie sich darüber aus, wie perfekt ihr Hochzeitstag gewesen sei.

Ich wollte wissen, wie er Henry gefallen habe.

Sie erwiderte: »Ich habe damit nicht meine Hochzeit mit Henry, sondern die mit dem Vater von Nicholas gemeint. Der Tag, an dem ich ihn heiratete, war der beste meines Lebens.«

Bei Helens Anblick muss ich oft an einen boshaften Raben denken, der in den Innereien eines toten Tieres herumhackt. Wenn sie lächelt, sieht sie aus wie ein böser Kaspar.

»Was ist mit dem Tag, an dem Nick geboren wurde?«, fragte ich.

»Oh, *der* Tag war schrecklich«, antwortete sie. »Ich war total entsetzt, als man mir dieses dünne, hässliche, kleine Etwas reichte, überzogen mit … Gott, ich will es nicht einmal aussprechen. Ich wollte mich ernsthaft bei jemandem beschweren. Aber den Vater von Nicholas liebte ich wirklich. Von dem Augenblick an, an dem ich ihm begegnete.« Dann bekam sie wieder ihren typischen harten Blick und sagte: »Männer sind unvollkommene Geschöpfe. Das darfst du nicht vergessen. Liebe einen Mann nie zu sehr. Er wird dich nur enttäuschen.«

Freitag, 1. April

Heute ist Nicks Junggesellenabschied. Seufz. Ich will gar nicht darüber nachdenken, was er wohl vorhat.

Ich werde keinen richtigen Junggesellinnenabschied feiern, aber Mum, Laura und Brandi haben trotzdem etwas geplant.

Helen erschien wieder unangekündigt und sagte: »Oje, das wird doch wohl nicht so ein grässliches Spektakel mit Bingo und viel Alkohol, oder? Das ist so was von geschmacklos.«

Ich erwiderte, dass wir wahrscheinlich nur irgendwo in Great Oakley nett essen gehen würden. Ich bin jetzt schließlich eine Mum, für mich gibt es keine wilden Nächte mehr.

Daisy hat mir einen Aprilstreich gespielt. Ich dachte,

ihre Windel müsste gewechselt werden, aber es war falscher Alarm. Wir lachten uns schlapp.

Sonntag, 3. April

Morgens

Bingo!

Schilder mit »Achtung, Anfänger!« drauf!

ROSAROTE TUTUS!

Wir sind ins West End gefahren und haben bis morgens um drei getanzt. Eins muss ich mir allerdings merken: Schwarzlicht macht weiße Flecken deutlich sichtbar. Wie hat es Daisy nur geschafft, ihre Nase an meinem Rücken abzuwischen? Verrückt.

Mum führte ihren Party-Trick vor: Sie trank ein Glas Guinness aus ihrem Dekolleté.

Gegen drei Uhr morgens waren wir so betrunken, dass wir alle auf der Heimfahrt mit der U-Bahn *Let it Go* sangen.

Heute Morgen war ich hundemüde, aber das war es wert.

Natürlich wachte Daisy auf, kaum dass ich eingeschlafen war. Und dann noch einmal und noch einmal. Als hätte sie gewusst, dass ich spät ins Bett gekommen bin, und mich dafür bestrafen wollen.

Nachmittags

Iiih! Brandi hat Fotos von mir, wie ich beim Junggesellinnenabschied auf Tischen tanze, auf Facebook gepostet.

Nick hat sie heute Morgen entdeckt und ist durchgedreht. »Du musst erwachsen werden, Juliette«, sagte er. »Du bist kein Teenager mehr.«

Ich fauchte, dass er mich mal könne. Nach seinem Junggesellenabschied war er erst um vier Uhr morgens heimgekommen, den ganzen Tag im Bett geblieben, und Helen hatte ihm Eistee und Alka Seltzer gebracht.

Weil ich verkatert und angeödet war, fuhr ich mit Daisy zu meinen Eltern. Als ich eintraf, liefen Mum und Brandi immer noch in ihren Bademänteln herum und tranken Red Bull. Laura war in der Bücherei. Callum hatte sich in eine Rolle Klopapier eingewickelt, rannte herum und brüllte: »KACKAMONSTER! KACKAMONSTER!«

Ich fragte Mum, ob sie mit ihrem Diabetes und allem überhaupt solches Zeug trinken dürfe.

»Warum sollte ich nicht?«, fragte sie.

Ich erklärte ihr, dass Energy-Drinks viel Zucker und Koffein enthielten.

»Möchtest du auch einen?«, fragte sie.

»Ja, bitte«, sagte ich.

Callum drehte immer stärker auf. Wie sich herausstellte, hatte Brandi ein bisschen Red Bull in seinen Hulk-Trinkbecher gekippt.

»Wer hätte gedacht, dass er darauf so empfindlich reagiert«, sagte sie. »Er trinkt die ganze Zeit Cola, und das zeigt bei ihm kaum Wirkung.«

Ich hing also im Pub herum und trank Energy-Drinks.

Später kam Laura mit einem selbst gebackenen Vollkorn-Bananen-Kuchen vorbei. Sie hatte den Tag mit Lernen und Backen verbracht, obwohl sie auch bis drei Uhr morgens gefeiert hatte. Ich weiß nicht, warum sie sich die Mühe macht, für Mum gesund zu kochen oder backen. Wenn es keine Tiefkühlkost ist, will sie eh nichts davon wissen.

Als wir begannen, über die Hochzeit zu reden, bekam Dad feuchte Augen und sagte, der Tag seiner Hochzeit sei der beste in seinem Leben gewesen.

Mum sagte, für sie sei es der zweitbeste gewesen – der beste sei noch immer der von Brandis Geburt. Sie entschuldigte sich dafür, dass ihr die Tage, an denen Laura und ich geboren wurden, nicht gefallen hatten, aber anscheinend waren die Schmerzmittel damals noch nicht so gut gewesen.

Letztendlich war es ein netter Nachmittag. Dad ging mit Daisy eine Weile an die frische Luft. Ich habe immer ein sicheres Gefühl, wenn sie bei ihm ist. Er ist so umsichtig mit ihr, hat sich sogar einen Plan geschrieben, wann sie ihre Milch bekommt, und stellt dann einen Wecker.

Montag, 4. April

Daisy ist offiziell alt genug, um feste Nahrung zu sich zu nehmen. Das bedeutet, dass sie von nun an besser schlafen MUSS. Oder?

In allen Ratgebern steht, dass man mit Babyreis anfangen soll, aber der sieht so klebrig und fad aus.

Ich habe Althea angerufen, um sie um Rat zu fragen. Sie sagte, Babys könnten Körner nicht verdauen, bis sie mindestens ein Jahr alt sind. Ich solle Daisy besser den

Dotter eines weich gekochten Eies geben, damit habe sie auch schon Wolfgang gefüttert. Dann werde ich das mal so machen.

24 Uhr
O mein Gott! Habe fast einen Herzinfarkt bekommen. Daisy hat gerade gekotzt und gekotzt, bis nichts mehr hochkam.

Ich war kurz davor, einen Krankenwagen kommen zu lassen, rief aber stattdessen direkt beim Gesundheitsdienst an und wurde scharf zurechtgewiesen, weil ich Daisy ein halb rohes Ei zu essen gegeben hatte.

Als ich mich bei Althea meldete, sagte sie: »Ach ja, Wolfgang hat damals auch gekotzt.«

»Warum hast du mir das nicht gesagt?«, fragte ich sie.

Sie erwiderte, das habe er nur die ersten paar Tage gemacht. Danach sei es ihm wieder gut gegangen. Allerdings hasse er jetzt Eier.

Dienstag, 5. April

Habe Babyreis gefüttert. Daisy mochte ihn.

Mittwoch, 6. April

Die schlimmste Nacht überhaupt. Ich glaube, Daisy hat Blähungen wegen dem Babyreis. Sie ist alle zwei Stunden aufgewacht und war einfach nicht zu beruhigen. Und ich dachte, es würde leichter werden, wenn Babys feste Nahrung bekommen.

Donnerstag, 7. April

Komisch, wie das Leben sich ändert. Früher stand ich auf Pubs, Vintage-Klamottenläden, Bingo-Abende und Musikfestivals.

Heute bin ich glücklich, wenn ich Daisy so den Rücken tätschele, dass sie ein kräftiges Bäuerchen macht.

Freitag, 8. April

Nur noch eine gute Woche bis zur Hochzeit, und ich bin aufgeregt und nervös. Ich weiß, dass Nick nicht perfekt ist. Aber ich glaube, es ist gut, dass ich all seine Fehler schon kenne, bevor wir heiraten. Sonst wäre ich hinterher noch furchtbar enttäuscht.

Heute bin ich zu meinen Eltern gefahren, damit Brandi meine Hochzeitsfrisur üben konnte. Am Ende sah ich aus wie Dolly Parton.

»Aber du stehst doch auf Dolly Parton«, verteidigte sich Brandi.

Selbst Dad, der normalerweise findet, dass ich in allem gut aussehe, sagte: »Mit der Frisur solltest du wegen der offenen Flammen in der Kirche aufpassen.«

Ich hatte einen kurzen Anfall, mutierte zum Brautmonster und schrie Brandi an, ich wolle an meinem Hochzeitstag nicht dreißig Zentimeter größer sein als Nick.

Sie wurde ein bisschen grantig, versprach aber, es nach einer Zigarettenpause noch mal zu versuchen.

»Rauch bloß nicht in der Nähe von Juliettes Haaren«, sagte Dad. »Sie könnten in Flammen aufgehen.«

Nach viel Gefrotzel und Gekämme und mit Hilfe eines Fotos von Ellie Goulding schafften wir es schließlich, dass meine Haare ganz hübsch aussahen. Aber ich glaube, schminken werde ich mich selber.

Samstag, 9. April

Nach dem Babyratgeber müsste Daisy sich inzwischen im Bettchen umdrehen können.

Ich bin ein bisschen beunruhigt. Ich versuche immer wieder, ihr zu zeigen, wie es geht, aber das interessiert sie nicht die Bohne. Sie strahlt mich an, als würde ich ihr einen lustigen Trick vorführen.

Althea sagte, dass Wolfgang sich mit drei Monaten umdrehen konnte. Wahrscheinlich lag ein Stück Beef Jerky in der Nähe.

Montag, 11. April

Heute mit Daisy zum Singen für Babys in die Bücherei von Great Oakley gegangen. Alle anwesenden Mütter sangen mit Inbrunst und perfekten Judy-Garland-Stimmen

Little Peter Rabbit Has a Fly Upon His Nose. Ich nuschelte mit, so, wie wenn ich auf einer Hochzeit Kirchenlieder mitsingen muss.

Daisy genoss die Musik und kaute genüsslich auf den Zimbeln herum. Und wirklich ALLE Babys in Daisys Alter konnten sich schon umdrehen. Ich mache mir langsam ernsthafte Sorgen. Was ist, wenn mit ihr etwas nicht stimmt?

Als wir wieder in London waren, dachte ich, dass ich an Daisys musikalischer Früherziehung dranbleiben sollte. Ich legte Techno auf und tanzte dazu.

Plötzlich stand Helen mit verschränkten Armen im Apartment, während ich mit Daisy auf und ab hüpfte und »Yeah!« grölte. Ich wünschte wirklich, sie würde sich nicht so in die Wohnung schleichen.

Sie zog ihre schmalen schwarzen Augenbrauen hoch und fragte: »Ist das altersgerecht?«

Ich erwiderte, jede Art von Musik fördere die Gehirnentwicklung.

Helen verzog das Gesicht, sagte, Daisy würde ein Satansbraten werden, wenn ich nicht aufpasse, ließ dann eine Yves-Saint-Laurent-Tüte aufs Sofa fallen und meinte, sie habe Nick einen neuen Anzug gekauft. Als sie sich in der Wohnung umblickte, stöhnte sie: »Du lieber Himmel, wie sieht es denn hier wieder aus? War Juan diese Woche nicht da?«

Ich muss zugeben, dass in der Wohnung ein ziemliches Chaos herrschte. Ich hatte alle Kissen vom Sofa genommen und aus ihnen eine Art Nest für Daisy gebaut. Außerdem lagen auf dem Fußboden überall zerkrümelte Reiswaffeln.

Ich wollte zu Helen sagen: »Du warst doch auch mal Mutter eines Babys«, aber überlegte es mir anders. Sie gehört zu diesen überorganisierten, kontrollsüchtigen Frauen, die lügen und behaupten, ihr Baby hätte ihnen nie Mühe gemacht.

Helen zufolge hat Nick schon mit zwei Monaten durchgeschlafen, aß alles, was er sollte, schrie nie und »verstand Worte, die für ein Kind seines Alters eigentlich viel zu schwierig waren«.

Wenn ich Nick nicht kennen würde, würde ich ihn mir als adrett frisiertes Wunderkind vorstellen. Nicht als einen saufenden Schauspieler, der nur kleine Nebenrollen bekommt.

Dienstag, 12. April

Daisy hat gelernt, sich umzudrehen! Endlich! ENDLICH! Das einzige Problem ist, dass sie noch nicht weiß, wie sie sich wieder zurückdrehen soll. Sie rollt sich auf den Bauch, schreit, bis ich sie wieder auf den Rücken lege, und dann dreht sie sich wieder auf den Bauch.

Es war mir lieber, als sie einfach nur auf dem Rücken lag. Ich weiß wirklich nicht, warum Babys in einem bestimmten Alter fähig sein sollten, sich umzudrehen. Wie Mum immer sagt: Sie lernen alles zu ihrer Zeit.

Donnerstag, 14. April

Jetzt werde ich allmählich ziemlich nervös wegen der Hochzeit. Ich weiß, es ist nur ein Tag, aber ein sehr wichtiger. Und er ist so nah.

Freitag, 15. April

Abends
Übernachte bei meinen Eltern. Ich will nicht, dass Nick mich vor der Hochzeit sieht. So wie es zwischen uns beiden gerade läuft, kann ich für die Zukunft alles Glück der Welt gebrauchen. Es war ein richtig netter Abend. Laura kam vorbei, und wir spielten alle zusammen Monopoly. Es ist lustig, mit meiner Familie Gesellschaftsspiele zu spielen. Dad und Laura halten sich immer STRIKT an die Regeln. Mum und Brandi schummeln immer.

Irgendwann wurde ich wehmütig und sagte, dass ich morgen heiraten und sie alle zurücklassen würde.

»Was redest du denn da?«, widersprach Mum. »Ihr habt ja noch nicht einmal ein eigenes Zuhause.«

Wir spielten weiter Monopoly, tranken Tee und aßen Doppelkekse mit Vanillecremefüllung. Es wurde so spät, dass Laura den letzten Zug zurück nach London verpasste. Deshalb schläft sie nun wie früher mit mir in einem Zimmer – ich unten im Stockbett und sie oben. Daisy liegt im Reisebettchen. (Ich habe immer noch nicht rausgefunden, wie man das Ding aufstellt. Es bricht immer über mir zusammen wie eine x-beinige Giraffe.)

Mum, Dad, Brandi und Callum schlafen ein Stück den Flur runter. Es ist wie in alten Zeiten. Schön, wieder eine Familie zu sein. So behaglich und warm.

Samstag, 16. April

Hochzeitstag
Heute kann ich nichts schreiben. Einfach unmöglich.

Sonntag, 17. April

Oh, Tagebuch. Tagebuch, Tagebuch, Tagebuch. Ich habe noch nie so gelitten! Darüber werde ich niemals hinwegkommen! In meinem ganzen Leben nicht.

Montag, 18. April

Laura sagte, dass heute die Sonne schien, aber was soll's? Ich habe den ganzen Tag im Bett verbracht, bei zugezogenen Vorhängen.

Daisy schreit, lächelt und schläft, so wie immer. Als hätte sich nichts geändert. Sie versteht nicht, dass vorgestern unsere ganze Welt zusammengebrochen ist.

Dienstag, 19. April

Ich blieb wieder mit Daisy in meinem Schlafzimmer und heulte vor mich hin.

Mum brachte mir Frühstück von McDonald's und redete mir gut zu: »Schau, dass du was in den Magen bekommst, und dann gehen wir raus.«

Aber schon beim bloßen Gedanken an Essen wurde mir schlecht. Und bei dem Gedanken rauszugehen musste ich würgen.

Mum sagte, sie würde Nick grün und blau schlagen, wenn ich das wollte.

»Aber was bringt das?«, schluchzte ich. »Das ändert doch auch nichts.«

»Vielleicht würdest du dich dann besser fühlen«, erwiderte Mum.

»Im Moment kann mir nichts helfen, mich besser zu fühlen.«

»Früher oder später wird es dir wieder besser gehen, Liebes«, sagte Mum. »Das verspreche ich dir.« Und als sie Daisy auf ihrem Knie reiten ließ, fügte sie hinzu: »Egal, was du durchmachst, wenn du Kinder hast, hast du das Gewinnerlos gezogen.«

Mittwoch, 20. April

Heute bekam ich eine SMS von Althea:

Der größte Schmerz bewirkt das größte Wachstum. Das

Universum schaut auf dich herab und lächelt, weil es weiß, dass all das Teil eines größeren Plans ist. Das Leben ist schön, und du bist es auch.

Donnerstag, 21. April

Brandi stürmte heute Morgen in mein Zimmer und riss die Vorhänge auf. »Du hast dich jetzt lange genug vergraben!«, rief sie. »Daisy braucht Sonnenlicht. Genau wie du. Es ist Zeit, aufzustehen und sich mal wieder in der Welt blicken zu lassen. Gib dich nicht auf.«

Sie zwang mich, mich anzuziehen, und dann machten wir einen Spaziergang. Wir beschränkten uns auf Wege, wo niemand mein verhärmtes und verheultes Gesicht sehen konnte. Ich hatte gar nicht gewusst, dass ich so viele Tränen in mir hatte. Und es kamen noch mehr.

Ich habe keine Ahnung, was ich täte, wenn ich Daisy nicht hätte. Sie ist im Moment mein einziger Lichtblick.

Als ich zu jammern begann, dass ich jetzt keine Bleibe mehr hätte, sagte Brandi: »Blödsinn. Du wirst mit Mum, Dad, Callum und mir über dem Pub wohnen.«

O Gott. Eine alleinerziehende Mutter, die bei ihren Eltern wohnt, zusammen mit ihrer kleinen Schwester, die bereits als Teenager ein Kind bekommen hat.

Brandi ist immer noch jung, doch ich bin eine alte Jungfer, die sitzen gelassen wurde. Ich fragte Brandi, ob es so gekommen ist, weil ich fett geworden bin und keine Schals mag.

»Red keinen Stuss!«, erwiderte sie. »Mum wird jedes

Jahr fetter, und Papa liebt sie trotzdem noch. Außerdem bist du gar nicht SO fett.«

Aus Brandis Mund war das ein ziemlich großes Kompliment. »Aber warum hat er mir das dann angetan?«, heulte ich.

»Weil er ein Idiot ist, Jules. Ein Vollidiot«, sagte Brandi.

Freitag, 22. April

Heute klopfte Papa an meine Zimmertür. Er versuchte, mich aufzumuntern, indem er mir seine braune Hornby-Elektrolock aus den Fünfzigerjahren zeigte. »Du bist zehn von seiner Sorte wert, Liebes«, sagte er zu mir. »Das weißt du, oder?« Aber warum ist es dann passiert?

Samstag, 23. April

Granny Joan war mit dem Elektromobil zu Besuch, das sie sich bei ihrem neuen Freund ausgeliehen hatte. Typisch Granny Joan – sie legte den Sicherheitsschalter um, sodass das Gefährt über fünfundzwanzig Stundenkilometer schnell wurde, und überfuhr beinahe einen Hund. Ich schimpfte mit ihr, weil sie sich allein auf den weiten Weg gemacht hatte, aber sie sagte: »Im Augenblick ist nichts wichtiger als meine Julesy.« Sie nahm meine Hand in ihre Finger voller Goldringe und sagte: »Ich glaube, ich habe Nick an eurem Hochzeitstag ein blaues Auge verpasst. Vielleicht sogar Schlimmeres.«

Es stellte sich heraus, dass sie Nick anscheinend mit ihren Krücken angegriffen hat, nachdem ich die Kirche verlassen hatte. Zwei Leute waren nötig, um sie zu bändigen.

Gerade merke ich, dass ich über meinen Hochzeitstag bis jetzt noch gar nichts geschrieben habe. Mein Gott – ich bin so eine Chaotin!

Sonntag, 24. April

Okay, also dann, mein Hochzeitstag: Am Morgen machte Mum uns Sandwiches mit Würstchen zum Frühstück (wenn ich es mir recht überlege, war das wohl meine letzte richtige Mahlzeit). Während ich mich von Brandi frisieren ließ, schaute Laura ihr auf die Finger (»Nein, Brandi! Nicht toupieren. STELL DAS HAARSPRAY WEG!‹), sodass die Frisur schließlich aussah wie geplant.

Laura schickte Brandi in den Laden an der Ecke, um ein paar Dosen Red Bull zu besorgen, dann half sie mir schnell, mich schön und im Natural-Look zu schminken.

Schließlich zog ich das Hochzeitskleid an ... Ich meine, ich habe mich auch davor darin nie supertoll oder so gefühlt, aber es war hübsch. Ein bisschen wie ein Zelt, aber hübsch.

Mum flößte mir die ganze Zeit über Red Bull ein – für meine Nerven. Aber ich war nicht nervös. Ich empfand gar nichts. Ich fühlte mich nur irgendwie leer. Immer wieder sagte ich zu Daisy: »Das ist mein Hochzeitstag. Mein HOCHZEITSTAG! Papa und ich heiraten!« Aber das änderte auch nichts.

Selbst in dem schwarzen Mercedes (Helen hatte auf dem Wagen bestanden – ich wollte eigentlich in Brandis rosarotem Mini fahren) spürte ich nichts. Ich saß eingequetscht zwischen meinen Brautjungfern (nur für Althea und Wolfgang war kein Platz mehr gewesen) und dachte: »Jetzt geht's los. Ich heirate wirklich.« Aber es fühlte sich immer noch nicht real an.

Sadie zappelte während der Fahrt nervös herum und sagte, ihr sei schlecht. Typisch Sadie – sie hasst es, wenn jemand anderes als sie im Mittelpunkt steht.

Auch als wir ein bisschen zu spät zur Kirche kamen, machte ich mir keine Sorgen oder so. Ich war einfach … bereit, die Sache hinter mich zu bringen. Laura und Brandi halfen mir, mein Hochzeitskleid aufzuschütteln, und Sadie tigerte herum, eine Hand auf ihren Magen gelegt.

Plötzlich packte sie meine Hand und sagte: »Jules, ich muss mit dir reden. JETZT SOFORT.«

»Alles in Ordnung, Sadie?«, fragte ich.

»ICH MUSS MIT DIR REDEN!«, zischte sie.

Das war alles so seltsam. »Lass uns erst die Hochzeit durchziehen, einverstanden?«, schlug ich vor.

Doch Sadie schluckte heftig und sagte: »Ich weiß etwas über Nick.«

Da wurde ich ein bisschen zickig. Ich glaube, das lag an dem vielen Red Bull. Gereizt gab ich zurück: »Sadie, ich weiß, dass du Nick nicht ausstehen kannst. Aber er ist Daisys Papa, und ich liebe ihn, und WIR HEIRATEN JETZT. Also, geh mir aus dem Weg.« Damit begann ich, den Gang im Kirchenschiff hinunterzulaufen. Nick stand vorne, mit dem Rücken zu mir.

Als er sich umdrehte, dachte ich: Mensch, der sieht ja total verkatert aus. Er schwitzte. Und wie! Er hatte Schweißperlen auf der Stirn und Schweißflecken auf dem Hemd. Aber er blickte nicht mich an, sondern Sadie.

Ich ging weiter, ein Roboter auf Autopilot. Kann sein, dass ich sogar lächelte.

Alle Leute in der Kirche blickten irritiert drein. Vielleicht hatten sie gehört, wie Sadie zu mir gesagt hatte, dass sie mit mir reden müsse. Oder vielleicht wussten sie, was los war.

Als ich neben Nick stand, lächelte er. Aber es war ein verschrecktes Lächeln. Und immer wieder blickte er zu Sadie hinüber.

Mein Blick fiel auf Helen, die in der vordersten Reihe saß. Sie trug einen ausladenden marineblauen Hut und lächelte auch, wirkte aber gleichzeitig wütend.

Der Pfarrer räusperte sich und sagte etwas, an das ich mich nicht mehr erinnere. Die ganze Zeit dachte ich: Was ist los? Nick sieht komisch aus. Und immer wieder blickt er zu Sadie hinüber …

Dann kam der Pfarrer in seiner Ansprache zu der Stelle: »Wenn jemand der Anwesenden einen legitimen Grund vorbringen kann, warum diese zwei nicht in der Ehe verbunden werden sollten …«

In diesem Moment rief Sadie: »SIE SOLLTE IHN NICHT HEIRATEN, UND WENN ER IHR NICHT SAGEN WILL, WARUM, DANN TUE ICH ES!«

Nick wirkte richtig panisch und nuschelte in Sadies Richtung: »Nicht jetzt! Das machen wir später.«

Doch Sadie erwiderte: »Nick, sie muss über uns Bescheid wissen!«

Mehr war nicht nötig. Ich wusste es. Ich wusste es einfach. Sadie und Nick ... *Sadie und Nick ...*

Die beiden waren bessere Schauspieler, als ich es je für möglich gehalten hatte. Ich hatte das Gefühl, gleich ohnmächtig zu werden. Das weite Zeltkleid fühlte sich plötzlich so eng an, dass ich keine Luft mehr bekam.

Alles, was ich sah, waren enttäuschte Gesichter. Leute, die ich kannte. Leute, die ich nicht kannte. Menschen, die mich liebten. Alle erlebten mit, wie diese Hochzeit platzte. Auch Daisy, die als kleines Blumenmädchen herausgeputzt auf Mums Schoß saß. Ich dachte ernsthaft, ich würde einen Herzinfarkt bekommen oder ohnmächtig werden oder so was.

Dann schnappte ich mir Daisy und rannte durch das Kirchenschiff zurück und zum Portal hinaus. Ich hockte mich in den Mercedes und umklammerte verzweifelt meine Tochter, die auf meinem seidenen Hochzeitskleid herumkaute.

Irgendwann stieg Dad neben mir ein, legte den Arm um mich und wies den Fahrer an, uns zum Pub zurückzubringen.

Später saß ich in meinem abgedunkelten Zimmer, betrachtete die schlafende Daisy und dachte: Ihr Leben ist ruiniert.

Montag, 25. April

Nick hat immer noch nicht angerufen oder mir eine Nachricht geschickt. Er hat Daisy seit der Hochzeit nicht mehr gesehen. Nicht dass ich mit ihm sprechen will. Ich will ihn nie wiedersehen. Aber ich will, dass er *versucht*, sich zu melden. Und ich weiß, dass er Daisy vermisst. Bestimmt will er sie sehen.

Althea hat gesagt, es sei immer der Verrat, der am meisten schmerzt. Aber es ist nicht der Verrat. Es ist die Tatsache, dass ich keine Ahnung hatte. Ich hätte es doch merken müssen …

Dienstag, 26. April

Alle Rechnungsbeträge wurden heute abgebucht. Ich konnte förmlich dabei zusehen, wie mein Kontostand schrumpfte. Dabei wurde mir klar, dass ich eine ganze Menge praktischer Dinge regeln muss. Die Finanzen und die Wohnsituation. Und (mir wird schlecht, wenn ich nur daran denke) das Besuchsrecht. Ich kann nicht länger für eine Wohnung zahlen, in der ich nicht mehr wohne. Aber wo werde ich wohnen?

Ein Teil von mir wünscht sich, ich hätte nie von Nick und Sadie erfahren. Dass alles einfach weitergegangen wäre wie bisher. Es lief nicht besonders gut mit Nick. Das wusste ich. Und er wusste es auch. Trotzdem dachte ich, wir hätten eine Chance. Ich war so dumm!

Mittwoch, 27. April

Habe Daisy mit zu Granny Joan genommen. Ein bisschen

Normalität in dem Chaos, das mein Leben gerade ist. In Grannys Pflegeheim hing ein großes Hinweisschild am Schwarzen Brett für Besucher:

ACHTUNG! DORIS JENKINS STIEHLT MESSER, DIE SIE MIT KLEBEBAND AN IHRER GEHHILFE BEFESTIGT, UND JAGT JEDEN BESUCHER, DER ROT TRÄGT.

Granny freute sich riesig, uns zu sehen. Sie umarmte mich, wollte mich gar nicht mehr loslassen und gurrte auf Daisy ein: »Uuuiii! Kuu kuu kuu!«

Nachdem sie mit ihrem neuen Selfiestick Fotos von uns gemacht hatte, sagte sie, ich sähe ausgezehrt aus und würde noch »ganz mager vor Kummer« werden. Sie ermahnte mich, bloß keine Essstörung zu entwickeln, und zwang mich, eine halbe Dose Teegebäck zu essen.

Doch wenn es ums Essen geht, habe ich mich noch nie auf ihr Urteil verlassen. Durch die Pralinen mit Walnussfüllung, die sie ständig in sich hineinstopft, hat sie die meisten ihrer Zähne verloren.

Granny war auch deshalb froh über meinen Besuch, weil ihre Zehennägel schon ewig lange nicht mehr geschnitten worden waren. Ich bin die Einzige, die das kann, ohne dass der Nagelknipser dabei kaputtgeht. Während ich zugange war, fragte sie mich, ob ich Nick seit der Hochzeit gesehen hätte, und ich sagte ihr, dass er sich bisher nicht gemeldet habe.

Nachdem ich Grannys Badezimmer aufgeräumt hatte, wusch ich ihr die Haare, half ihr, sie »kirschrot« zu färben, und zeigte ihr schließlich, wie man auf ihrem Handy *Angry Birds* spielt.

»Dieser Nick ist ein nichtsnutziger Mistkerl«, schimpfte sie. »Ohne ihn bist du besser dran.«

Aber er bleibt Daisys Vater.

Donnerstag, 28. April

Immer noch kein Anruf von Nick. Vielleicht hat er sich in sein Schauspieler-Lotterbett zurückgezogen und denkt, dass alle ihn hassen (wir tun es) und er nicht willkommen wäre, sollte er im Oakley Arms vorbeikommen (das wäre er auch nicht).

Aber er sollte Daisy besuchen. Er ist schließlich ihr Dad.

Freitag, 29. April

Habe Althea erzählt, dass ich überlege, Nick anzurufen.

Nie zuvor habe ich so viele Kraftausdrücke in einem Satz gehört wie in ihrer Antwort. Als sie sich beruhigt hatte, sagte sie: »Bekomm jetzt bloß kein Mitleid mit ihm. Er ist ein Arschloch. Du bist zu nett. Warum ruft er nicht *dich* an, Teufel noch mal?«

Sie hat ja recht. Absolut recht!

Und hat mir den Rat gegeben: »Wenn das Leben dir Zitronen gibt, mische sie mit Rum und Cola.«

Samstag, 30. April

Bin schwach geworden und habe Nick angerufen. Vermutlich wollte ich einfach Klarheit. Und ein paar Antworten.

Einen schrecklichen Moment lang dachte ich, er würde nicht rangehen. Das wäre die endgültige Demütigung gewesen. Aber er meldete sich. Nach dem zehnten Klingeln. Seine Stimme klang rau und müde.

Ich sagte zu ihm, er solle sich eine Möglichkeit überlegen, seine Tochter zu sehen.

»Ja, ich weiß, ich weiß«, erwiderte er. »Ich vermisse sie so sehr. Ich wollte nur nicht alles noch schlimmer machen.«

Ich antwortete, dass es gar nicht mehr schlimmer werden könne, und fragte ihn, ob er noch etwas sagen wolle.

Er meinte, er hoffe, dass keine negativen Gefühle zurückbleiben würden.

So als hätten wir uns über die Stromrechnung oder so was gestritten.

Ich entgegnete, dass nichts zurückbleiben würde *außer* negativen Gefühlen. Und dass er ein Widerling sei, der Daisys Leben zerstört habe. In einem kleinen Dorf wie Great Oakley werde jeder wissen, dass ihr Dad mit Mums Brautjungfer geschlafen hat.

»Dann bleibst du also in Great Oakley?«

Ich sagte, ich würde im Oakley Arms wohnen, bis alles geregelt sei.

»Wann kommst du das nächste Mal mit Daisy nach London?«, fragte er. »Ich vermisse sie wirklich.«

Ich erwiderte, dass ich das nicht wisse.

Nach einem kurzen Schweigen sagte Nick: »Das alles tut mir leid, Jules. Sadie und ich – wir passen einfach zusammen. Du weißt, wie ich bin. Ich folge halt meinem Herzen.«

Stärker hätte er mich wohl kaum verletzen können. Der Dreckskerl! Dreckskerl, Dreckskerl, Dreckskerl!

Ich brüllte ihm eine Kanonade wüster Beschimpfungen ins Ohr, dann legte ich auf und pfefferte das Handy aufs Kissen.

Sonntag, 1. Mai

Schäme mich zu sehr, als dass ich das Haus verlassen könnte.

Habe mich im Pub versteckt und versucht, mich mit viel Essen zu trösten. Was hier nicht besonders schwer ist. Der Kühlschrank ist randvoll mit Käsekuchen, Dips, Würstchen im Teigmantel, Schweinefleischpastete und Cola.

Aber das Essen hilft nicht. Ich fühle mich dadurch kein bisschen besser. Ich stecke zu tief in meinem Depressionsloch. Alles ist so leer. Sinnlos. Hoffnungslos.

Alles außer Daisy. Ich weiß nicht, was ich täte, wenn ich sie nicht hätte.

Der Pub ist voller Gäste, die die Feiertage genießen. Es ist seltsam, sie lachen zu hören. Wissen sie denn nicht, dass gerade die Welt untergegangen ist?

Montag, 2. Mai

Feiertag

Heute ist so gut wie jeder im Dorf verkatert. Das ist wohl der Vorteil, wenn man ein schweres Trauma erlitten hat: Ich bin sogar zu ungesellig, um zu viel zu trinken.

Dienstag, 3. Mai

Was für ein Chaos mein Leben ist. Dad fragte mich heute, ob ich schon über die rechtliche Seite des Ganzen nachgedacht hätte. Habe ich nicht. Aber sollte ich wohl.

Dad hat recht, ich muss mich darum kümmern, dass ich das Sorgerecht für Daisy bekomme und Nick Unterhalt zahlt. Doch ich bezweifle, dass wir viel von ihm bekommen werden. Es sei denn, er leiht sich Geld von Helen.

Mittwoch, 4. Mai

Ich kriege es einfach nicht aus dem Kopf, was Nick gesagt hat. *Ich folge halt meinem Herzen.*

Liebt er sie *wirklich*? Ich meine, was soll das sonst bedeuten?

Heute kann ich an nichts anderes denken als an Nick und Sadie. Ein verrückter Teil von mir will alle Einzelheiten wissen. Wie oft haben sie es getrieben? Wann? Wo? Liebt er sie? Liebt sie ihn? Wie lange läuft das schon?

Althea ist zu meiner Spionin geworden, weil sie mit Rylan, Sadies schwulem Visagisten-Kumpel, befreundet ist. Offenbar wurden Sadie und Nick in Soho häufig zusammen gesehen. Übel, wie schamlos sie sind … Sie haben anscheinend gar keine Achtung vor mir.

Sadie hat Rylan erzählt, dass sie und Nick Sex in ihrer Wohnung gehabt hätten, weil Nicks Mutter ständig in seiner Wohnung auftauche. Kein Wort davon, dass die Mutter seines Kindes auch anwesend war.

Wie konnte sie mir das antun? Nach allem, was ich für sie getan habe.

Althea will versuchen, mehr herauszufinden, hat mich aber gewarnt, dass ich es vielleicht gar nicht wissen will.

Ich erzählte ihr, was Nick gesagt hatte. *Das alles tut mir leid, Jules. Ich folge halt meinem Herzen.*

Althea platzte vor Wut und schimpfte, er sei immer schon ein gedankenloser und taktloser Mistkerl gewesen.

»Aber meinst du, das bedeutet, dass er sie liebt?«, fragte ich.

»Nick liebt niemanden außer sich selbst«, erwiderte sie.

»Und was ist mit Daisy?«, fragte ich.

»Daisy liebt er auch«, sagte Althea, »aber nur, weil sie zur Hälfte von ihm ist.«

Donnerstag, 5. Mai

Ich muss immer wieder daran denken, dass Daisy keine Familie mehr hat, und breche dann jedes Mal in Tränen aus.

Freitag, 6. Mai

Heute kam Helen vorbei.

Mum schrie: »Mach, dass du von meiner Haustür wegkommst, du Edelnutte!«

Ich sagte zu Mum, es sei schon okay. Ich wollte hören, was Helen zu sagen hatte.

Dad bat Mum und Brandi taktvoll, ihm im Pub zu helfen, und versprach Callum, wenn er ein braver Junge sei, dürfe er mit den Bierpumpen Eisverkäufer spielen.

Helen und ich hatten also das obere Stockwerk für uns. Aber während ich uns einen Tee machte, kam Brandi herauf, weil sie Callums Sonnenbrille suchte.

»Ist der Tee für die gnädige Frau?«, flüsterte sie.

Als ich nickte, spuckte Brandi in die Tasse, und ich musste das erste Mal seit der Hochzeit lachen.

Als Helen erschien, reichte ich ihr den Tee – es hätte verdächtig gewirkt, hätte ich ihn weggekippt.

»Genießen Sie Ihre *köstliche* Tasse Tee«, flötete Brandi.

Helen begann, über den Garten des Pubs zu schwadronieren, wie hübsch er für Familien sei und so was. Mums Garten ist voller Windspiele, Zwerge und Wunschbrunnen. Keine mit Schiefer eingefassten Blumenbeete oder Hecken aus rund gestutzten Bäumchen wie in Helens. Aber ein Paradies für Kinder. Helen versuchte also, nett zu sein. Was seltsam war und mich aufhorchen ließ.

Zum Glück dauerte die Phase nicht lange an.

Irgendwann erklärte sie, sie strebe eine »Umgangsregelung« für Nick an und würde gerne als »Vermittlerin« fungieren.

Ich wollte wissen, warum Nick das nicht selbst regeln könne.

Sofort ließ sie sich darüber aus, wie sensibel Nick sei und wie sehr er sich als Versager fühle. »Du weißt doch, wie Männer sind«, sagte sie. »Wenn sie deprimiert sind, trösten sie sich gern mit niederen Genüssen.« Dann legte sie ihre eklige knochige Hand auf meine und sagte: »Nicholas ist wie sein Vater. Ein Charmeur, der die Frauen liebt.«

»Hast du dich von Nicks Vater nicht scheiden lassen?«, fragte ich.

»Ja«, sagte sie. »Im Nachhinein ein Fehler. Alle Männer lügen und betrügen. Ich hätte ihm verzeihen sollen.« Dann erzählte sie mir, dass Henry etwas mit einer seiner Fabrikarbeiterinnen am Laufen hatte – mit einer Frau, die eine Presse für Klopapierspender bedient.

Als ich sie jedoch fragte, ob Henry je mit ihrer Brautjungfer geschlafen habe, sagte sie nichts mehr. Stattdessen wollte sie wissen, ob ich Sadie inzwischen gesehen hätte.

Ich erwiderte, dass ich weder Sadie noch Nick je wiedersehen wollte.

»Vielleicht hättest du mehr Verständnis, wenn du mit Sadie sprechen würdest«, sagte Helen. »Sie ist gerade … ziemlich verletzlich.«

Ich fragte sie, was sie da rede. Sadie sei ungefähr so verletzlich wie ein Kampfpanzer.

»Aufgrund ihres … Zustands«, fügte Helen hinzu.

»Was für einen Zustand meinst du? Den, dass sie ein hinterhältiges Miststück ist?«

»Sie ist *schwanger*«, sagte Helen mit leiser, ruhiger Stimme. Dann legte sie wieder ihre Hand auf meine und ergänzte: »Nick ist der Vater.«

O MEIN GOTT! O MEIN GOTT! O MEIN GOTT!

Ich flippte total aus, schrie, fluchte und heulte.

Immer wieder wiederholte ich: »Wie konnten sie Daisy das antun? Wie konnten sie nur?«

Dann verabschiedete sich Helen.

Ich war wirklich froh, dass Brandi in ihren Tee gespuckt hatte.

Samstag, 7. Mai

Ich kann es nicht glauben. Ich kann es einfach nicht glauben. Sadie ist schwanger.

SCHWANGER!

Seit wann? War sie es schon an unserem Hochzeitstag?

Und ich hatte gedacht, ich könnte nicht noch mehr gedemütigt werden. Was kommt als Nächstes? Werde ich an den Sohlen meiner Hochzeitsschuhe vielleicht Hundescheiße finden?

Ob Sadie das Baby behält?

Eigentlich eine dumme Frage. Natürlich wird sie das. Sie ist Schauspielerin, und ein Baby bedeutet neun Monate Drama.

Ich frage mich, wie Nick wohl reagiert hat, als er es erfuhr. Den Abend, an dem ich ihm sagte, dass ich schwanger sei, werde ich nie vergessen.

Ich machte den Schwangerschaftstest, während er

Game of Thrones schaute, und schrie dann: »Nick, NICK! Ich glaube, ich bin schwanger!«

»Selbst wenn sie schwanger ist«, schrie er zurück, »denke ich, dass sie in dieser Folge sterben wird!«

»Nein, ICH bin schwanger!«, brüllte ich.

»Verdammt!«, fluchte Nick. »Als hätte ich nicht schon genug Sorgen.«

Was hat er gesagt, als Sadie es ihm mitteilte? Gott, mir ist richtig schlecht.

Sonntag, 8. Mai

Ich bin total fett, schrecklich, einfach nicht liebenswert. Jetzt gibt es keinen Grund mehr abzunehmen. Was soll's?

Habe mich mit den üblichen Snacks vollgestopft, die bei meinen Eltern immer im Haus sind: Backofen-Pommes, Kroketten in Smiley-Form, Pizza und Chips mit Sauerrahm-Dip.

Ich aß so viel, dass selbst Mum beunruhigt aussah. Sie hat mir eh geraten, mich etwas zu bremsen. Ich glaube, weil keine Pringles mehr übrig waren und sie eigentlich gern eine Packung isst, während sie sich im Fernsehen *The Apprentice* anschaut.

Niemand scheint überrascht darüber zu sein, dass Sadie schwanger ist. Ich habe mich sogar schon gefragt, ob sie es alle vor mir wussten, aber ich glaube, zumindest Brandi hätte es mir gesagt. Sie kann schlecht Geheimnisse bewahren.

Mum hat Sadie Drillinge mit großen Köpfen gewünscht.

Die ganze Zeit quälen mich Gedanken an Sadie. Ich meine – ja, ich hasse sie. Sie hat mein Leben und Daisys Chance auf eine glückliche Familie zerstört. Aber wenn sie schwanger und allein ist … Ich meine, das ist ziemlich übel.

Montag, 9. Mai

Habe bei Althea nachgehakt, was sie über Sadies Schwangerschaft weiß. Aber sie hatte nichts Neues zu berichten. Ihr schwuler Visagisten-Freund spielt gerade Seemann auf einem Kreuzfahrtschiff und hat keinen Handyempfang.

Dienstag, 10. Mai

Grrrr! Habe einen Brief von den Anwälten der Familie Jolly-Piggott bekommen. Sie wollen einen DNA-Test von Daisy! DAS DRECKSPACK!!!

Ich rief Nick zwanzigmal an, aber er war nicht erreichbar (oder wollte nicht rangehen). Also fuhr ich zum Haus von Helen und schlug so lange gegen die Haustür, bis die Scheibe aus Buntglas schepperte.

Als Helen öffnete, blickte sie an ihrer langen Vogelnase vorbei auf meine UGG-Stiefel und meinen Schlafanzug und sagte: »Du kommst besser rein, bevor dich noch jemand so sieht.«

Die Jolly-Piggotts lassen gerade ihre Küche renovieren.

Überall lagen Fliesenmuster mit Helens wildem Kugelschreiber-Gekritzel auf der Rückseite:

Schauderhaft.

Scheußlich.

Grauenvoll – wie aus einer Sozialwohnung in Manchester.

Ich tobte und schimpfte über den Brief und den DNA-Test.

Helen setzte ihre seriöse Brille auf und tat so, als überfliege sie den Brief. Offenbar wusste sie genau, was drinstand, denn nach nur zwei Sekunden sagte sie: »Das ist nur die übliche juristische Vorgehensweise. Nichts Persönliches. Unser Anwalt hielt es für das Beste.«

Ich schrie, dass es wohl nichts Persönlicheres gebe, als meine *Tugend* infrage zu stellen. Ich weiß nicht, warum ich dieses Wort benutzte. Vermutlich habe ich zu oft *Downton Abbey* geschaut …

»Versteh das doch«, sagte Helen. »Nicholas muss möglicherweise bald für *zwei* Kinder aufkommen. Deshalb müssen wir uns vergewissern, dass die Sache klar ist.«

Ich fragte sie, ob Sadie auch einen DNA-Test machen lassen müsse, wenn das Baby da sei.

Helen erwiderte, sie sei »sehr kooperativ«. Das bedeutet dann wohl: ja.

Sadie ist es bestimmt egal, ob ihre Aufrichtigkeit angezweifelt wird. Sie wird nur interessieren, wie viel Geld ihr zusteht.

Ich brüllte Helen an, dass Nick für seine Tochter zahlen müsse.

»Sofern Daisy *wirklich* seine Tochter ist«, erwiderte sie nur.

Ich glaube, daraufhin fluchte ich ziemlich übel drauflos, denn ich erinnere mich, dass Helen zusammenzuckte und etwas von »ordinärer Ausdrucksweise« faselte.

Immerhin schaffte ich es bis zum Auto, bevor ich in Tränen ausbrach. Ich drückte Daisy an mich, die noch immer an einem Fliesenmuster nagte, und rief dann Laura an. Sie war mit Zach in der Cafeteria der Uni.

Im Hintergrund hörte ich Zach sagen: »Entschuldigung, die Frage tut mir *schrecklich* leid, aber ist das Fairtrade-Tee? Ich will mich nämlich nicht an der Ausbeutung der Teebauern beteiligen. – Danke.«

Toll, dass die beiden sich verstehen, aber auch schlechtes Timing. Warum konnte sich Laura nicht schon vor Jahren, als ich noch mit Nick glücklich war, einen wundervollen Freund anlachen?

Mittwoch, 11. Mai

Fünf Voicemails. Ich dachte, sie wären von Nick, aber alle waren von Althea. Sie hat nie kapiert, wie man auflegt, wenn sich niemand meldet.

Donnerstag, 12. Mai

Ich bin es leid, ständig mein Handy nach Nachrichten von Nick zu checken. Damit ich mich nicht mehr verrückt mache und jedes Mal zum Handy renne, wenn es piept, habe ich beschlossen, seine Nummer zu blockieren.

Samstag, 14. Mai

Lauras Geburtstag! Ich fühle mich mies, weil ich nicht dran gedacht habe.

Brandi hat ihn auch vergessen, aber sie vergisst jeden Geburtstag und kommt als Jüngste in der Familie mit allem davon.

Ich rief Laura an, um sie um Verzeihung zu bitten. Sie war mir nicht böse und sagte, die Gesundheit und das Glück ihrer Familie und Freunde seien das einzige Geschenk, das sie sich wünscht.

Zach wird sie heute Abend in ein piekfeines Restaurant ausführen. Laura hat panische Angst, dass sie die Speisekarte nicht versteht, deshalb hat sie Feinschmecker-Vokabeln gebüffelt. *Lardon* ist offenbar nur ein anderes Wort für Speck.

Sonntag, 15. Mai

Immer noch keine Neuigkeiten über Nick und Sadie.

Daisy ist wieder erkältet. Das arme rotznäsige kleine Ding. Ich halte es kaum aus, sie nach Luft schnappen zu hören, und mache mir große Sorgen.

»Das ist nicht schlimm«, beruhigte mich Mum. »Schau, wie groß ihre Nasenlöcher sind. Ihr drei wart als Babys ständig erkältet und habt es gut überstanden …«

Schlussendlich habe ich eine Art Sauger gekauft, um Daisy den Rotz aus der Nase zu ziehen. Er landete allerdings schnell bei den anderen Erfindungen, die Mutter und Kind das Leben erleichtern sollen, aber nicht wirklich funktionieren.

Ich habe inzwischen eine ganze Kiste davon. Sie enthält:

* ein Thermometer fürs Kinderzimmer, das immer anzeigt, dass der Raum zu warm ist
* einen Sensor, der einen plötzlichen Kindstod verhindern soll, aber jedes Mal ausgeht, wenn Daisy einschläft
* einen Flaschenwärmer fürs Auto, der eine halbe Stunde braucht, um ein Fläschchen zu erhitzen
* einen Wärmer für Feuchtpflegetücher
* und diverse Artikel für zahnende Babys – eine Zahnungshalskette aus Bernstein, Tütchen mit Zahnungspulver sowie monströse Beißschlüssel aus Plastik

Im wievielten Monat Sadie wohl ist? Ist ihr übel? Und war sie SCHON AN MEINEM HOCHZEITSTAG schwanger? Ich wünschte, ich könnte aufhören, mich mit diesen Fragen zu quälen. Aber das ist unmöglich – warum auch immer.

Montag, 16. Mai

Mum sagte heute, sie würde mir Daisy eine Weile abnehmen, damit ich mich ausruhen kann. Als ich ihr Daisys Wohlfühlprogramm erklären wollte, reagierte sie wie üblich: »Du brauchst mir nicht zu sagen, was ich machen soll, Jules. Ich habe schließlich drei Kinder großgezogen.«

Das hat sie tatsächlich. In den Siebzigerjahren.

Und Mums Philosophie lautet noch heute: »Solange das Baby nicht tot ist, ist alles okay.« Sie weiß immer noch nicht, wie man Wegwerfwindeln benutzt. Wenn ich Daisy in der Vergangenheit in ihrer Obhut gelassen habe, hatte sie die Windel hinterher JEDES MAL verkehrt herum an, und die Klebestreifen pappten an ihren Klamotten.

Trotzdem war es heute nett, eine Stunde für mich zu haben. Allerdings war Daisy anschließend so in Tränen aufgelöst, dass ich gut anderthalb Stunden brauchte, um sie zu beruhigen.

Dienstag, 17. Mai

Heute rief Althea an und fragte mich, ob ich immer noch vorhätte, im Winter den Marathon zu laufen.

»Auf keinen Fall«, erwiderte ich. Eigentlich hatte ich das eh nie gewollt.

Althea sagte, Sadie sei inzwischen aus dem Training ausgestiegen, was mich natürlich freute. »Aber du hast dich bereits angemeldet und damit großzügig die Kinderhilfe unterstützt«, fuhr sie fort. »Warum willst du jetzt wegen dieser hinterhältigen mondgesichtigen Kuh das Handtuch schmeißen?«

Ich sagte, ich würde darüber nachdenken, meinte aber damit schlichtweg: Nein.

Wenn die traumatische Erfahrung, am Tag der eigenen

Hochzeit sitzen gelassen zu werden, nicht Grund genug ist, einen Marathon abzusagen, was dann?

Mittwoch, 18. Mai

Alle schwärmen immer, was für ein fröhliches Baby Daisy ist, aber ich wünschte, sie wäre ein müdes Baby. Ich bin so neidisch auf Althea, die sagt, dass Wolfgang überall im Haus einpennt. Anscheinend muss sie ihm nur ein Stück Beef Jerky zu kauen geben, und schon döst er weg. Grrr.

Donnerstag, 19. Mai

War heute mit Callum bei McDonald's, damit Brandi in Ruhe für ihre Kosmetikerinnen-Prüfung lernen konnte. Der Mann an der Bestellannahme verstand einfach nicht, dass ich zu Callums Happy Meal Karottenschnitze wollte.

»Ein Happy Meal mit Cheeseburger und Karottenschnitzen, bitte«, sagte ich.

»Also Pommes?«, fragte er.

»Nein«, erwiderte ich. »Karottenschnitze *statt* Pommes.«

»Karottenschnitze?«, fragte er, so als hätte ich gegrillten Hummer verlangt.

»Tante Julesy, aber ich will Pommes«, quengelte Callum.

»Also Pommes?«, fragte der Mann hinter der Theke noch mal.

»NEIN. Karottenschnitze!«

Das Happy Meal kam schließlich mit Pommes.

Während wir aßen, fragte Callum mich: »Hasst du Onkel Nick?«

»Ich hasse ihn nicht. Ich werde nur sehr traurig, wenn ich an ihn denke«, erklärte ich ihm.

»Mum sagt, Onkel Nick ist ein richtiger Mieskerl«, sagte Callum.

Ich nickte. »Das stimmt, Callum. Onkel Nick ist ein richtiger Mieskerl, aber er ist immer noch Daisys Dad.«

»Ich sehe meinen Dad nie«, sagte Callum. »Und das ist mir egal. Daisy ist es sicher auch bald egal.«

Manchmal ist Callum sehr klug für sein Alter. Vielleicht, weil er eine Mum hat, die selbst noch ein halbes Kind ist.

Freitag, 20. Mai

Heute bekam ich einen handgeschriebenen Brief von Nick. Das ist ungewöhnlich für ihn, sonst bevorzugt er den Computer. Seine Handschrift sah aus, als hätte er einen dornenbesetzten Stift benutzt.

Zunächst fragte ich mich, warum er mir keine Nachricht geschickt oder mich nicht angerufen hatte, aber dann fiel mir ein, dass ich ja seine Nummer blockiert hatte. In dem Brief schrieb er:

Juliette,
Baby. Ich weiß, ich habe Scheiße gebaut. Der DNA-Test – das war wirklich nicht meine Idee! Ich vermisse meine kleine Daisy schrecklich. Sagt sie schon Dad? Sieht sie

immer noch so aus wie ich? Kann ich meine kleine Tochter sehen? Bitte, bitte, bitte! Ich weiß, ich war ein Arschloch, aber ich bleibe ihr Dad.
Können wir miteinander reden?
Nick

Unter seinen Namen hatte er einen großen schwungvollen Schnörkel gesetzt, so wie er es immer macht, wenn er Autogramme auf Theaterprogramme schreibt.

Ich konnte gar nicht mehr aufhören zu heulen.

Den ganzen Tag über habe ich den Brief immer und immer wieder gelesen. Ich kann Nick noch nicht vergeben, aber … vielleicht bin ich zu hart. Vielleicht können wir das Ganze ja doch noch zum Guten wenden. Daisy zuliebe. Wir sollten eine Familie sein.

Samstag, 21. Mai

Mum und Brandi brüllten mich heute abwechselnd an – es ging um Nicks Brief. Ihrer Meinung nach soll ich noch nicht mal daran denken, zu ihm zurückzugehen. Er sei ein Scheißkerl. Schlicht und einfach. Einfach für sie. Aber nicht für mich.

Ich war der Meinung, wir sollten heiraten, Kinder haben und glücklich bis ans Ende unserer Tage leben. Wo oder wann war es schiefgelaufen?

Montag, 23. Mai

Heute ist Nicks Geburtstag.

Ich frage mich, was er gerade macht. Wahrscheinlich geht er mit seiner von Helen finanzierten Kreditkarte shoppen, kauft Klamotten bei Abercrombie & Fitch und besucht eine weitere Bar aus seinem Lieblingsbildband *Londons 100 coolste Bars*.

Der Mistkerl.

Dienstag, 24. Mai

Als ich Daisy zur Welt brachte, dachte ich, wir würden bald in einem richtigen Haus wohnen, mit Brettspielen im Schrank und einem Gemüsebeet im Garten. Ich dachte auch, ich würde ein Nudelholz besitzen und fähig sein, einen Kinderwagen zusammenzuklappen, ohne mir die Finger dabei aufzureißen.

Und jetzt bin ich hier, wohne in meinem alten Zimmer mit der gestreiften Tapete aus den Achtzigerjahren – zusammen mit meinem Baby, das in einem klapprigen Reisekinderbett schläft, während mein Exverlobter mit meiner ehemals besten Freundin schläft. Schon komisch, wie es im Leben manchmal läuft.

Mittwoch, 25. Mai

Habe mich mit Laura und Althea über Nicks Brief unterhalten. Auch die beiden brüllten mich an. Sogar Laura, die sonst nie laut wird.

Althea schimpfte, Nick sei ein hundsgemeiner Scheißschmierenkomödiant, und ich und Daisy seien ohne ihn besser dran. Inzwischen hatte sie Rylan, Sadies schwulen Visagisten-Kumpel, auf dem Kreuzfahrtschiff erreicht. Seiner Aussage nach ist Sadie erst nach der Hochzeit schwanger geworden. Das ist zumindest etwas. Aber er sagte auch, dass Nick schon seit Januar mit ihr schläft.

Wie dumm ich doch bin! Nick ist wirklich ein Dreckskerl, und ich bin ohne ihn besser dran. Aber er ist Daisys Vater. Er muss doch mit ihr in Kontakt bleiben.

Donnerstag, 26. Mai

Daisy nagte an Dads Bibel, während ich auf dem Klo war, und das große, schwere Buch klappte dabei auf einer Seite auf, auf der es um Vergebung ging.

Und ich dachte – könnte das ein Zeichen sein? Ein Zeichen, dass ich Nick vergeben sollte? Dass ich ihm vielleicht sogar eine zweite Chance geben sollte?

Alle Menschen machen Fehler. Ich kann Daisys Familie doch nicht einfach abschreiben, nur weil ich stocksauer bin.

Ich werde heute zur Wohnung fahren. Vielleicht können wir dann reden.

Freitag, 27. Mai

Diese verdammten A*********!!! Sadies Sachen waren in der ganzen Wohnung verstreut. Sie WOHNT bei ihm!

Nick hatte wenigstens den Anstand, verlegen zu wirken. Aber nur eine Minute lang. Dann wirbelte er Daisy herum und fragte sie, ob ihr sein neuer Bart gefalle.

Daisy kicherte und krähte vergnügt und grapschte nach seinem Kinn. Die kleine Verräterin.

Nick fragte mich, ob ich meine restlichen Sachen mitnehmen wolle, unter anderem meine Laufklamotten. Er habe alles für mich schon in einen Müllsack gepackt.

Ich log und sagte, er solle sich darauf einstellen, dass er seine Wette verlieren würde und mir eine neue Garderobe kaufen müsste, weil ich den Marathon laufen und ins Ziel kommen würde. Reine Angeberei, ich weiß.

Mit erhobenem Kopf schritt ich aus der Wohnung. Und brach vor der Tür in Tränen aus.

Samstag, 28. Mai

Wieder heulte ich bei zugezogenen Vorhängen. Aber nicht den ganzen Tag, weil ich und Daisy mit Althea und Wolfgang verabredet waren. Althea hämmerte gegen meine Zimmertür und hörte nicht auf zu brüllen, bis ich mich anzog und herauskam.

Wir landeten im Töpfer-Café von Great Oakley, in dem Kinder ihre eigenen Teller bemalen können. Meiner Meinung nach sind Daisy und Wolfgang noch viel zu jung dafür, aber Althea bestand darauf, dass die Kleinen sich kreativ ausleben sollten.

Wolfgangs Tellerdesign war sehr ausdrucksstark – lauter wütende Pinselstriche in violetten, schwarzen und roten Farbtönen. Entweder wird aus ihm mal ein Künstler, oder er braucht eine Therapie. Er machte nur zwei Sachen kaputt, hätte allerdings noch ein weiteres Ausstellungsstück zerschlagen, wenn eine Töpferin es ihm nicht aus den Händen gewunden hätte. Sie warf uns nicht direkt raus, gab uns aber klar zu verstehen, dass wir keinen Tee mehr bekommen würden.

Ich erzählte Althea von meinem Abstecher in Nicks Wohnung.

»Der Drecksack!«, wetterte sie und bot mir an, Nicks Reifen zu zerstechen.

Althea ist wirklich eine gute Freundin.

Sonntag, 29. Mai

Laura und ich unterhielten uns über die »nächsten Schritte«, was Nick und Sadie betrifft.

»Regle möglichst schnell den Unterhalt, denn es scheint, als würde Sadie sich Nick krallen«, sagte sie. »Wie schwanger sieht sie denn aus?«

Ich erwiderte, dass ich das nicht wusste. Sadie hatte unter der Bettdecke gelegen, als ich in der Wohnung gewesen war. Außerdem gestand ich Laura, großspurig behauptet zu haben, den Marathon mitzulaufen.

»Warum auch nicht?«, erwiderte sie. »Zeig den beiden,

was du draufhast, und zwinge Nick, seinen Wetteinsatz einzulösen.«

»Aber das kann ich nicht, Laura«, stöhnte ich. »Ich schaffe kaum drei Kilometer, und das auch nur, wenn es nicht zu kalt ist.«

»Natürlich kannst du das«, entgegnete Laura. »Weißt du, was die Trainer aus meinem Martial-Arts-Kurs sagen? Ein schwarzer Gürtel ist ein weißer Gürtel, der nie aufgegeben hat. Wir können wieder anfangen zu trainieren. Wann immer du willst.«

Ich sagte, ich würde es mir überlegen. Aber was ich wirklich meinte, war: Danke, aber nein.

Montag, 30. Mai

Feiertag

Habe von gemeinsamen Freunden gehört, dass Sadie schon seit ein paar Wochen »quasi bei Nick wohnt«. Also praktisch seit der Hochzeit.

Ich dachte wirklich, ich hätte keine Tränen mehr übrig, aber das war ein Irrtum. Arme Daisy. Arme, arme Daisy.

Dienstag, 31. Mai

Habe verzweifelt versucht, mehr über Sadie und Nick herauszubekommen, aber bin auf Facebook auf nichts außer die üblichen täglichen Selfies von beiden gestoßen. Immer wieder checke ich Sadies Beziehungsstatus. Aber offiziell ist sie Single. Wie Nick. Vielleicht wohnen sie gar nicht *richtig* zusammen. Vielleicht ist Sadie an dem Tag meines Besuchs ja nur vorbeigekommen, um Nick zu sehen, und hat dabei ihre Sachen überall verstreut …

Mittwoch, 1. Juni

Brandis Geburtstag. Ihr Lieblingsgeschenk war das T-Shirt von Mum. Es ist hauteng und knallpink, und auf der Vorderseite steht: »Ich bin eine Mum, keine Nonne«.

Beim Basteln von Brandis Geburtstagskarte hatte ich drei verschiedene Sorten Glitter verwendet.

Aber Brandi fragte nur: »Was ist denn dieser große funkelnde Klecks auf der Vorderseite?«

»Der Handabdruck deiner Nichte«, erklärte ich.

»Meiner Nichte?«, fragte Brandi. »Wer ist meine Nichte?«

»*Daisy* ist deine Nichte.«

Sie nickte ganz langsam. Als würde plötzlich alles einen Sinn machen. Dann fragte sie: »Also ist Daisy auch *Callums* Nichte?«

Kein Wunder, dass sie in der Schule durch sämtliche Prüfungen gefallen ist.

Donnerstag, 2. Juni

Daisy war letzte Nacht erkältet. Alle zwei Stunden wachte sie auf, total verschnupft.

Ich war so besorgt, dass ich nicht schlafen konnte – ich lag neben ihr und horchte immer wieder, ob sie noch atmete.

Ich weiß, ich sollte heute etwas Schlaf nachholen, aber ich kann einfach nicht. Außerdem habe ich bei *Candy Crush Saga* Level fünfzig geknackt.

17 Uhr

Soooooo müde. Aber kann nicht einschlafen.

20 Uhr

Daisy ist aufgewacht.

23 Uhr

Daisy ist immer noch wach! In meiner Verzweiflung suche ich auf meinem Handy nach Schlaf-Apps.

23:30 Uhr

Ich habe eine App gefunden, die Föhngeräusche macht. Scheint, dass es damit geklappt hat. Daisy schläft. Und jetzt bin ich dran, Gott sei Dank.

Freitag, 3. Juni

3 Uhr morgens

Daisy ist wieder wach! Habe weinend vor Erschöpfung Mum geweckt.

»Die Duffy-Kinder waren nie gute Schläfer«, sagte sie. »Weißt du noch, dass Brandi sich nachts immer kopfüber aus dem Kinderbettchen gestürzt hat?«

Ich brach schluchzend zusammen. »Warum hat sie nur keinen Ausschalter? Warum antwortet sie mir nicht?«

»Es ist oft verwirrend, Mutter zu sein«, tröstete mich Mum.

Dann erinnerte ich mich an die Handy-App mit den Föhngeräuschen. »Ich brauche mein Handy!«, rief ich. »Wo ist es? Ich glaube, ich habe mein Telefon verloren!«

Mum wies mich darauf hin, dass ich es in der Hand hielt.

Ich bin so was von schlafbedürftig!

Dad schlug mir vor, Zimt in Daisys Milch zu tun.

Als ich schluchzte, dass wir keinen Scheißzimt dahätten, sagte Mum, sie würde zu dem Supermarkt rüberfahren, der rund um die Uhr aufhat. Aber dann fiel ihr ein, dass sie die Autoschlüssel verlegt hatte. Während sie nach ihnen suchte (und dabei mit Dad stritt), schlief Daisy ein.

Ich bin so hundemüde.

4 Uhr morgens

Ich kann nicht schlafen! Die ganze Zeit denke ich, dass Daisy jeden Moment wieder aufwachen wird.

5 Uhr morgens
Ich kann immer noch nicht schlafen.

6 Uhr morgens
Gerade ist Daisy wieder aufgewacht. Gott sei Dank ist Dad da – er gibt ihr das Fläschchen und singt dabei *Food, Glorious Food* aus dem Musical *Oliver!*.

Nachmittags
Heute kam die Krankenschwester vom Gesundheitsdienst vorbei. Eine mollige, vollbusige, gluckenhafte Frau namens Pam Fairy mit unerschütterlichen Ansichten über den richtigen und falschen Umgang mit Babys.

Ich sah Mum an, dass es sie juckte, ihr zu widersprechen. Da sie selbst drei Kinder »durchgebracht« hat, erträgt sie es nicht, wenn andere Menschen eigene Meinungen haben.

Pam zog ihre Notizen hervor und stellte mir eine Menge Fragen über die plötzliche Änderung meiner Adresse. »Die schicke Wohnung in London war doch eine gute Lösung. Und Daisys Vater war immer da«, sagte sie. »Besteht denn eine Chance auf eine Versöhnung von Mum und Dad?«

»Ich glaube nicht«, erwiderte ich.

»Er hat mit ihrer besten Freundin geschlafen, Mrs Fairy«, fügte Mum hilfsbereit hinzu. »Sie haben sich an ihrem Hochzeitstag getrennt.«

»Oh, dann sind *Sie* die geflohene Braut von Great Oakley?« Pam strahlte, als säße sie einer Berühmtheit gegenüber. Dann besann sie sich, warum sie da war, und erkundigte sich nach Daisys Ernährung.

Als Mum ihr erzählte, dass Daisy gern Maisflips mit Käsegeschmack aß, wurde Pam sehr ernst und fragte nach Gemüse.

»Sie mag Kroketten. Und Ketchup«, sagte Mum, hielt es aber nicht für nötig, das ganze Bio-Gemüse zu erwähnen, das ich für Daisy püriere!

Pam hielt uns einen langen Vortrag über Ernährung und zog Broschüren über gesunde Babynahrung aus ihrer Tasche. Dann sagte sie, wir sollten sie anrufen, wenn wir noch irgendetwas bräuchten. Offenbar bieten Helferinnen vom Gesundheitsamt eine Art Notdienst an und sind immer erreichbar, wenn man irgendwelche Probleme oder Fragen hat.

Samstag, 4. Juni

Habe mir auf der Website von Rightmove Häuser angesehen. Die einzigen, die für mich erschwinglich wären, liegen »in einer aufstrebenden Region« (= Scheißgegend), sind »urgemütlich« (= verdammt klein und eng), »günstige Schnäppchen« (= echte Löcher) oder »bemerkenswert energieeffizient« (= stinkende Kellerwohnungen). Doch ich werde nicht aufgeben.

Es wird Zeit, dass ich anfange, mir ein neues Leben aufzubauen. Seit ich Sadies Sachen in der ganzen Wohnung rumliegen gesehen habe, ist mir klar, dass es nie wieder so wie früher werden wird. Das Wissen tut weh. Aber ich muss nach vorne schauen, Daisy zuliebe.

Wie Althea sagt: Schmerz hilft, die Tür zu schließen. Er hilft mir, mein altes Leben hinter mir zu lassen und mich auf die Zukunft zu konzentrieren.

Sonntag, 5. Juni

Morgens

Heute Mittag Sonntagsessen mit der Familie. Dad hat im Pub Frühjahrsputz gemacht, die Balken, die noch aus der Tudorzeit stammen, geschrubbt und die Wände weiß getüncht, sodass jetzt alles glänzt und sauber aussieht. Der Pub ist wirklich ein schönes Gebäude. Ein Stück Dorfgeschichte mit seinen Sprossenfenstern und schiefen Eichentüren.

Schade, dass Mum eine Lichterkette in Neonrosa um die Bar gewickelt hat – sie hat einfach keinen Sinn für Tradition.

Beim Mittagessen wollte Mum Daisy gegen ihre laufende Nase einen Teelöffel Guinness geben.

Ich musste ihr den Löffel buchstäblich aus der Hand reißen. Warum kapiert sie nicht, dass Alkohol nicht gut für Babys ist?

»Sei nicht so paranoid«, zeterte sie. »Du hast dich praktisch von Guinness *ernährt*, als du in ihrem Alter warst. Und aus dir ist auch was geworden.«

Dann begann Brandi, über Nick herzuziehen. Sie sagte, ich sei zum Glück gerade noch mal davongekommen. Und dass ich nun auch Helen los sei, die ständig vorbeigekommen war und überprüft hatte, ob die Fenstersimse staubig waren. Nick sei eine totale Platzverschwendung gewesen.

Der kleine Callum fragte: »Was bedeutet ›Scheißkerl‹?«

Ich gab allen zu verstehen, dass ich nichts mehr über Nick hören wollte, und wir redeten stattdessen über ihre Neuigkeiten.

Laura überlegt sich, Veganerin zu werden, Brandi hat (schon wieder) einen neuen Freund, Dad hat letzte Nacht einen Meteor am Himmel gesehen, und Mum bringt dem Hund der Nachbarn bei, *Let it Go* zu singen.

Ich erzählte allen, fest entschlossen zu sein, meinen Babyspeck loszuwerden.

Worauf Mum erwiderte: »Okay. Dann gibt es für dich nur vier gebackene Kartoffeln. Keine Sorge. Ich habe alle in Olivenöl gebraten.«

Ich zeigte ihr die Kalorienangabe auf der Packung.

»Zweihundert«, las sie. »Ist das viel?«

Ja – wenn man sie dann noch in Olivenöl brät. Und vier davon isst. Bedenkt man, dass Mum Übergewicht und Diabetes Typ 2 hat, ist es schon sehr befremdlich, dass sie nichts über Kalorien weiß. Auf ihrem Teller lagen acht Röstkartoffeln, ein Berg Püree mit viel Butter, Pommes aus dem Backofen und drei dicke Scheiben Rindfleisch.

Einmal hat sie mich tatsächlich gefragt, ob Kaffeebohnen als eine der fünf empfohlenen Obst- und Gemüseportionen pro Tag gelten. Ich mache mir Sorgen um sie (das tun wir alle), aber ich habe es aufgegeben, ihr ins Gewissen zu reden.

Mum hat mich dann immer nur als »zwanghaft« bezeichnet und mich davor gewarnt, eine Essstörung zu entwickeln.

»Männer mögen Frauen, an denen was dran ist«, sagte sie schließlich. »Stimmt's nicht, Bob?«

»Ja, sicher«, bestätigte Dad.

Mum trägt immer noch knappe Oberteile und hautenge Leggings, und Dad pfeift ihr immer noch hinterher. Und wenn jemand ihr Gewicht kritisiert, sagt sie: »Verdammt, ich bin eben ich. Ein Original. Und das macht mich absolut unbezahlbar.«

Nachmittags

Habe gerade einen schönen Spaziergang über die Felder mit Laura, Brandi und dem kleinen Callum (Daisy kam im Tragetuch mit) gemacht und anschließend mit ihnen Tee im »familienfreundlichen Bauernhof-Café« von Mary und John getrunken. Weil Mary und John aber in Wirklichkeit Kinder hassen, mussten wir draußen neben den Schweineställen sitzen.

Abends

Denke schon wieder über Nicks Brief nach.

Heute Abend bin ich müde und deprimiert und habe die Nase voll. Es ist so zermürbend, Mutter zu sein. Es hört einfach nicht auf. Füttern, windeln, Klamotten waschen. Daisy schläft, wenn ich es nicht will, und wacht auf, wenn ich es auch nicht will, dann muss ich sie wieder füttern … Und so geht es immer weiter.

Ich will das nicht alleine machen. Natürlich hat Nick mir nie wirklich geholfen (tatsächlich habe ich jetzt mehr Zeit als vorher, weil ich seine Wäsche nicht mehr waschen muss), aber eigentlich bin ich nach wie vor eine alleinerziehende Mutter, und jeder weiß, dass alleinerziehende Mütter es schwer haben.

Montag, 6. Juni

Habe Pam angerufen, weil sie vergessen hat, Daisys Gewicht in ihr rotes Buch einzutragen. Sie war nicht erreichbar, also hinterließ ich eine Nachricht, aber bisher hat sie nicht zurückgerufen.

Dienstag, 7. Juni

Seit Brandis Geburtstag hat Daisy drei glitzernde Tupfen in ihren Haaren. Man sieht sie nur im direkten Sonnenlicht, trotzdem mache ich mir Sorgen, dass die Leute denken könnten, ich würde Daisy nicht waschen. Aber egal, wie oft ich sie auch bade, der Glitter will einfach nicht rausgehen.

Hat die Frau vom Gesundheitsamt ihn etwa auch bemerkt? Dachte *sie* womöglich, ich würde Daisy nie waschen? Ich glaube, ich rufe sie besser an und erkläre ihr, was passiert ist.

16 Uhr
Habe Pam Fairy inzwischen schon dreimal angerufen und ihr dringende Nachrichten hinterlassen, aber sie hat sich immer noch nicht zurückgemeldet.

Mittwoch, 8. Juni

Kein Anruf von Pam Fairy.

Mum lachte nur, als ich ihr von meiner Sorge wegen des Glitters erzählte. Sie sagte: »Die Leute vom Gesundheitsamt schauen, ob Kinder vernachlässigt werden. Ein glitzerndes Baby ist ein glückliches Baby.«

Donnerstag, 9. Juni

Habe online einen Test gemacht, um festzustellen, ob ich eine Wochenbettdepression habe. Nur für alle Fälle. Zurzeit leide ich unter einer ungesunden Fixierung auf Coldplay und salziges Karamell. Außerdem fühle ich mich immer so elend, wenn ich an Nick und Sadie denke. Der Test hat ergeben, dass ich keine Wochenbettdepression habe.

Als ich mit Althea sprach, sagte sie: »Alle Mütter sind manchmal traurig. Ich meine, unser Leben ist ruiniert, nicht wahr?«

Freitag, 10. Juni

Heute habe ich mich zum ersten Mal seit der Hochzeit gewogen. Als ich das Display der Waage sah, konnte ich es nicht glauben. Im ersten Moment dachte ich, Mum hätte mit ihrem Gewicht das Ding geschrottet.

Ich bin inzwischen NOCH SCHWERER als nach Daisys Geburt!

Ich zog sämtliche Klamotten aus und betrachtete meinen schwabbeligen Nach-dem-Baby-Körper im Ganzkörperspiegel. Freundlich ausgedrückt sehe ich aus wie ein Renaissance-Akt. Unfreundlich ausgedrückt fett und schlaff.

Okay. Jetzt reicht's.

Ich will wieder mehr so werden, wie ich vor der Schwangerschaft war. Und dabei geht es nicht nur ums Gewicht. Es geht auch darum, die Initiative zu ergreifen und mein Leben in die Hand zu nehmen.

Es ist Zeit, neu durchzustarten.

Ich will Daisy zeigen, wie stark ihre Mutter sein kann.

Samstag, 11. Juni

Diätbuch-Shopping mit Laura und Brandi bei Barnes & Noble. Im Gastrobereich tranken wir Kaffee – ich einen koffeinfreien mit fettarmer Milch und Laura einen Espresso. Brandi nahm einen großen schaumigen Erdbeer-Shake (diese verdammten Einundzwanzigjährigen – Brandi ist gertenschlank und isst immer genau das, was sie mag).

Dann schauten wir nach Diätbüchern (zumindest Laura

und ich – Brandi blätterte währenddessen Zeitschriften durch und stöhnte dann, Buchhandlungen seien so LANGWEILIG). Es gab so viele Ratgeber, dass ich die Qual der Wahl hatte:

* *Fett um die Hüfte* (aber ich bin überall fett!)
* *Die 5:2-Diät* (mit Hungern habe ich es schon versucht, aber dazu fehlt mir, ehrlich gesagt, die Willenskraft)
* *Die Atkins-Diät* (von der soll man schlechten Atem bekommen, hab ich gehört …)
* *Weight Watchers* (ich weiß, dass sich Sarah Ferguson dafür entschieden hat, und nichts für ungut, aber sie ist immer noch fett) und
* *Die Slow-Carb-Diät* (bäh, wer mag schon Bohnen?)

Am Ende kaufte ich ein Buch von einer Art Food Guru. Gesundes, vernünftiges Essen. Keine Modenahrungsmittel oder falschen Versprechungen. Aber trotzdem *kann* man in einer Woche viereinhalb Kilo abnehmen …

Sonntag, 12. Juni

Habe alle Sachen für die Food-Guru-Diät. Der Food Guru sagt, dass Gesundheit sich nicht mit Geld aufwiegen lässt, aber ihren Preis hat. Sie kostet rund zweihundert Pfund.

Ich kaufte also Dinge wie Steaks, Lachs, Spargel und eine Menge Zeug, von dem ich noch nie gehört hatte. Etwa Chiasamen und Flohsamenschalen.

Dad fuhr mich zum Supermarkt, weil er der Einzige ist, der mit Daisys Kindersitz klarkommt. Er ist so ein stolzer Opa und erzählte jedem im Laden, der ihm zuhörte, wie alt Daisy ist, was sie bei ihrer Geburt wog und was sie beim Windelwechseln so anstellt.

Montag, 13. Juni

10 Uhr
Heute habe ich bisher Folgendes gegessen:

* zwei gekochte Eier (ohne Toast oder so was – Weizen ist Teufelszeug)
* eine Handvoll Nüsse
* Sellerie mit Kürbiskernbutter

11 Uhr
Langsam wird es wirklich Zeit fürs Mittagessen! Ich nage noch mein eigenes Bein ab, wenn ich nicht bald etwas in den Magen bekomme.

11:30 Uhr
Vorgezogenes Mittagessen. Habe mir eine Chinapfanne ohne Sojasoße oder sonstige Würzmittel gemacht. Fühle mich ziemlich gut.

Dienstag, 14. Juni

Althea rief mich um sechs Uhr morgens an, um mich daran zu erinnern, dass ich für das, was ich habe, dankbar sein soll. Sie war gerade mit Wolfgang auf einer buddhistischen Freizeit gewesen, und anscheinend hatten sie dort jeden Morgen um sechs Uhr für das gedankt, was sie hatten. Sie glaubt, dass sich dadurch ihr Leben verändert hat. Heute ist sie dankbar für:

* ihren selbstbewussten kleinen Sohn, der seinen Gefühlen Ausdruck verleiht (niemand sonst findet das dankenswert, weil Wolfgang hauptsächlich Gefühle wie Wut, Ärger und Empörung zum Ausdruck bringt, aber die Liebe einer Mutter ist eben blind)
* lilarote Möbel und
* die undefinierbaren Blumen (Unkraut), die in ihrem Garten wachsen

Ich erwiderte, dass ich vor allem für Daisy dankbar bin, und hätte am liebsten hinzugefügt: »Und für Freunde, die wissen, dass man vor sieben Uhr morgens niemanden anruft.«

Mittwoch, 15. Juni

Ein rabenschwarzer Tag. Bin in die Stadt gefahren, um Sachen für Daisy zu kaufen, aber meine Bankkarte funktionierte nicht.

Auf der Bank sagte die Dame: »Ihr Konto wurde gesperrt, Mrs Jolly-Piggy.«

Ich erklärte ihr, dass ich nicht Mrs Jolly-Piggy bin, sondern die Exfreundin von Mr Jolly-Piggott, und dass das Geld auf dem Konto mir gehört.

Nach einer regen Diskussion (na gut, Geschrei) holte sie den Filialleiter – einen verpickelten Teenager in einem Anzug, der ihm drei Nummern zu groß war.

Er sagte, sie könnten nichts machen. Das Konto sei vor vier Tagen gesperrt worden, und niemand habe darauf Zugriff, bis »die Vermögenswerte aufgeteilt sind«.

»Aber das ist *mein* Geld«, wiederholte ich.

»Das Konto lief auf seinen Namen«, sagte der Filialleiter immer wieder und fragte mich schließlich, ob ich einen Teddybären mit dem Logo der Bank als Entschuldigung akzeptieren würde.

Ich erwiderte, wenn er mir fünftausend Teddys gäbe und mir erlauben würde, sie vor der Bank zu verkaufen, könnten wir darüber reden.

Donnerstag, 16. Juni

Ich habe den ganzen Tag in der Bank verbracht, Leute angebrüllt und immer wieder versucht, Nick zu erreichen. Als er sich endlich meldete, klang er sehr misstrauisch.

»Jaaa?«

So eine verdammte Frechheit! Als wüsste er nicht, warum ich anrief. Ich brüllte ins Telefon, dass das Bankkonto gesperrt sei und ich Sachen für Daisy kaufen müsse.

Er sagte, seine Mutter und der Anwalt hätten ihn genötigt, das zu tun.

Als ich ihn fragte, was nun mit dem Geld passiere, erwiderte er, da komme niemand ran, bis »der juristische Scheiß geregelt ist«.

Während ich ihn anschrie, hörte ich im Hintergrund eine Frau reden. »Wer ist bei dir?«, fragte ich.

Stillschweigen.

Dann ertönte Sadies laute affektierte Stimme: »Nick, Liebling, wie sehe ich in diesem Kleid aus? Schwanger und stylish oder schwanger und fett?«

Ehe ich michs versah, hatte ich mein Handy gegen das Fenster der Bank geschleudert, und ein Kerl in Armeejacke rief: »Ja! Nieder mit den Kapitalistenschweinen!«

Freitag, 17. Juni

Ich erzählte Mum und Dad von der Sache mit dem Bankkonto. »Was soll ich jetzt machen?«, fragte ich.

»Deine Mutter wird heute Nachmittag mit dir alles einkaufen gehen, was du brauchst. Schreib einfach eine Liste«, sagte Dad.

Ich begann zu weinen. »Ihr kümmert euch bereits um Brandi und Callum«, schluchzte ich. »Schlimm genug, dass ich wieder bei euch wohne.«

Aber Dad entgegnete, das sei schon okay und eine gute Gelegenheit für ihn und Mum, besser zu haushalten und ihre Ausgaben mal kritisch unter die Lupe zu nehmen. Er setzte seine Lesebrille auf, holte sein Haushaltsbuch hervor und strich mit einem Werbekugelschreiber »Sky TV« durch.

Mum fuhr ihn an, er könne sie mal, und daraufhin brach ein Riesenstreit darüber aus, was wichtig war und was nicht. Richtig hitzig wurde es, als Mum drohte, Dads *Herr-der-Ringe*-Figuren zu verkaufen.

Ich warf ein, dass sich für mich niemand von irgendetwas trennen müsse.

Woraufhin Dad sagte, dass ich immer sein kleines Mädchen bliebe und er sein letztes Hemd verhökern würde, wenn es denn sein müsse.

Da weinte ich noch mehr.

Am Ende bestanden Mum und Dad darauf, mir Geld auf mein anderes Konto zu überweisen. Ich versprach, es ihnen zurückzuzahlen, aber sie sagten: »Kümmere du dich nur um Daisy.«

Althea hat recht. Ich sollte nicht vergessen, für das, was ich habe, zu danken. Ich habe die beste Familie der Welt.

Samstag, 18. Juni

Althea hat mich in dem schicken Sportklub am Dorfausgang zum Kurs »Singen und Planschen« angemeldet. Er beginnt nächste Woche.

Erfahren habe ich davon heute Morgen, als Althea sich um Viertel nach sechs bei mir meldete. Videoanruf.

»Komm schon, Jules!«, sagte sie. »Genieße den Tag! Zieh deinen BH an und wisch dir den Schlaf aus den Augen.

Wir fahren in die Oxford Street und kaufen dir einen Badeanzug.«

Dann wedelte sie mit einem Werbezettel vor ihrem Handy herum.

Darauf stand:

Singen und Planschen
Unterstützen Sie Ihre Kleinen bei ihrer sozialen und kognitiven Entwicklung.
Flaches Becken – geringes Risiko zu ertrinken.

»Ich weiß, ich weiß«, räumte Althea ein, »es wirkt ein bisschen spießig. Aber Scheiß drauf – die Kids werden einen Heidenspaß haben.«

Als ich ihr die Geschichte mit dem Bankkonto erzählte, hob sie ihre Hand mit den Türkis-Ringen vor die Kamera und winkte ab.

»Sei nicht albern. Ich bezahle das«, sagte sie.

Ich protestierte, aber es hat keinen Zweck, mit Althea zu streiten. Wenn sie etwas will, ist sie wie eine Dampfwalze.

Also fuhren wir nach London.

Althea zog mich an angesagten Läden wie Topshop, New Look oder River Island vorbei. »Du bist jetzt Mum«, sagte sie. »Du brauchst was mit Polstern und Bügeln.«

Also gingen wir in altmodische Geschäfte wie Marks & Spencer und Laura Ashley, die Kleidung für ältere Damen verkaufen, die keinen Sex mehr haben. Ich fand mich in einer Welt aus schwarzen Einteilern mit Rüschen-Dekolletés und langweiligen Blumenmustern wieder. In all diesen

Badeanzügen sah ich aus, als wäre ich immer noch im vierten Monat schwanger.

Dann war John Lewis an der Reihe. Althea schlug mir vor, einen Bikini zu probieren, aber ich will meinen schrumpeligen Bauch nicht zur Schau stellen.

»Victoria Beckham hat auch einen schrumpeligen Bauch«, sagte sie.

»Weshalb sie nie einen Bikini trägt«, entgegnete ich.

Als wir durch die Kosmetikabteilung schlenderten, wetterte Althea, dass Make-up »ein einziger großer Establishment-Schwindel« sei, der Frauen unter Druck setze. Dabei sei jede Frau auch »ohne diesen ganzen Scheiß« schön. Aber als eine Kosmetikverkäuferin ihr ein Kompliment für ihre schönen Wimpern machte, begann sie plötzlich, ausgelassen zu kichern, und willigte ein, eine neue Wimperntusche zu probieren – »nur so zum Spaß«.

Mir leuchtete die Verkäuferin mit einer hellen Lampe ins Gesicht und sagte, ich solle einen leichten Puder verwenden, um die feinen Fältchen zu kaschieren. Als sie mein Gesicht einstäubte, sah ich Nick durch die Parfümerieabteilung spazieren. Mit Sadie.

Mir rutschte der Magen in die Knie. Ich tippte Althea an, und wir starrten beide hinüber.

Nick stolzierte selbstgefällig herum, wie üblich.

Sadie sah toll aus. Blendend ist wohl das passende Wort. Man konnte schon ein bisschen was erkennen, aber nicht viel. Insgesamt wirkte sie sogar noch schlanker als vorher – besonders im Gesicht. Ihre hellbraunen Haare glänzten wie gebügelte Seide. Sie trug eine hautenge Jeans und kniehohe braune Stiefel, eine locker fallende Bluse und einen teuer aussehenden Chiffonschal um den Hals. Tatsächlich sah sie mehr wie eine Mutter aus als ich. So elegant und erwachsen. Sie griff nach einer Designer-Sonnenbrille, setzte sie auf und sah Nick mit einer Miene an, als wollte sie ihn fragen: Na, sehe ich nicht gut aus?

»Dieses Miststück«, flüsterte Althea.

Wir beobachteten, wie Nicks Hand langsam zu Sadies straffem Hintern hinabglitt und Sadie den Kopf zurückwarf und in ihr wieherndes Lachen ausbrach.

Ich glaube, ich habe mich noch nie so klein gefühlt. Ich begann zu schluchzen.

Ich bin fett …

Ich habe einen ausgeleierten Schwabbelbauch …

Mein Baby wacht immer noch nachts auf …

Ich habe Flecken auf den Oberarmen …

Und ich trage keine Schals …

Als Althea mich umarmte, erdrückte sie mich fast mit ihrem vollen Busen. »Du bist eine Million Mal schöner als diese mondgesichtige Kuh«, sagte sie. »Komm, ich kauf dir ein Stück Schokoladenkuchen.«

Als ich heimkam, ging ich direkt in mein Zimmer. Erst gegen acht hörte ich ein leises Klopfen an der Tür. Es war Mum.

Sie brachte mir auf einem Silbertablett ein Glas Guinness und erzählte mir von einem früheren Freund von ihr namens Brian Tuck, der sich an Heiligabend mit ihrer besten Freundin davongemacht hatte. Zu allem Übel hatte sie bereits ein Weihnachtsgeschenk für ihn gekauft – einen olivgrünen Pulli. Aber letztendlich habe sich doch alles zum Besten gefügt, sagte sie. Der Laden habe den Pulli zurückgenommen und sie Dad kennengelernt.

»Aber was ist mit Daisy?«, schniefte ich. »Nick hat sie in letzter Zeit kaum gesehen.«

»Kinder nehmen das Leben so, wie es ist«, sagte Mum. »Wir können das eine oder andere von ihnen lernen und sollten aufhören, Dingen nachzuweinen, die nicht zu ändern sind.«

Wir betrachteten Daisy, die im Kinderbettchen schlief.

Sie wirkte sehr zufrieden.

Vielleicht hat Mum ja recht. Ich meine, Callum hat auch keinen Dad, und er ist der fröhlichste kleine Junge der Welt. Vielleicht weil er so viel Cola trinkt, aber trotzdem …

Sonntag, 19. Juni

Vatertag

Aus einem bescheuerten Grund dachte ich, Nick würde sich heute melden. Weil Vatertag ist und so. Aber nein.

Schon vor Monaten hatte ich ein Geschenk für ihn gekauft (das von seiner Tochter sein sollte): silberne Manschettenknöpfe mit winzigen Abdrücken von Daisys Füßen drauf.

Ich schenkte die Manschettenknöpfe dann Dad, der ganz feuchte Augen bekam. Er schimpfte auf Nick und schwärmte, wie schön er es fände, Opa zu sein.

Und es stimmt ja. Nick ist ein Idiot. Ohne ihn bin ich besser dran.

Montag, 20. Juni

Als ich heute Morgen aufwachte, schien die Sonne. Ich sah Daisy an, die übers ganze Gesicht strahlte und sich gegen das Seitennetz des Reisekinderbetts warf, und erinnerte mich daran, dass Althea für das, was sie hat, dankbar ist.

Also dankte ich für das, was ich habe. Für ein wunderschönes, gesundes Baby. Eine tolle Familie und einen tollen Freundeskreis. Und dafür, dass ich Guinness trinken und Chips essen kann, wann immer ich will.

Dann sagte ich zu Daisy: »Jetzt machen wir die Vorhänge auf und heißen den Tag willkommen.« Und als ich das tat, sah ich diesen alten Mann in Laufklamotten vorbeijoggen. Er war wahrscheinlich um die siebzig, aber seine Schritte waren federleicht.

»Weißt du was, Daisy?«, sagte ich. »Ich werde diesen Marathon laufen. Ich werde trainieren und es bis ins Ziel schaffen.«

Dann packte ich Daisy in ihren Kinderwagen und rannte mit ihr den ganzen Weg bis zum Wald und wieder zurück. Und zum ersten Mal seit einer Ewigkeit nahm ich bewusst den Sonnenschein wahr.

Dienstag, 21. Juni

Heute fand der Kurs »Singen und Planschen« statt, für den Althea uns angemeldet hatte. Es dauerte eine halbe Ewigkeit, Daisy mit ihrer Schwimmwindel sowie mit Handtüchern, Badeanzug, Schwimmflügeln, Gummiring,

Gummientchen, ihrer kleinen Schwimmbrille, Snacks, Ersatzwindeln, Feuchtpflegetüchern, Kinderwagen, Regenhaube, Wechselklamotten, Beißring und der warmen Jacke (für alle Fälle) im Auto zu verstauen.

Auf dem Parkplatz vor dem Sportklub soff der Motor ab und wollte nicht wieder starten. Da ich spät dran war, kümmerte ich mich nicht weiter darum und rannte ins Gebäude.

Erst als ich drinnen war, las ich auf meinem Handy die Nachricht von Althea:

Bekomme Wolfy nicht aus dem Schlafzimmer. Er klammert sich mit Händen und Füßen am Kinderbett fest und will nicht loslassen. Will sein Kraftzentrum nicht stören, indem ich zu brutal vorgehe. Tut mir leid, Süße! Bis bald. Küsse.

Ich spielte mit dem Gedanken zu kneifen, aber weil Daisy sich in dem schicken Sportzentrum pudelwohl zu fühlen schien, dachte ich: Ach was, wo wir schon mal hier sind.

Ich trug den neuen schwarzen paillettenbesetzten Badeanzug, den Althea mir gestern gekauft hatte. Wir waren noch nicht einmal im Wasser, da hatte Daisy schon zwei Pailletten gegessen. Im Pool sah ich dann, dass drei weitere auf ihrem Gesicht klebten.

Die Kursleiterin hatte ein breites Lächeln, Zöpfe und trug einen Badeanzug mit Törtchen-Print. Wie nett es sein muss, die ganze Zeit gute Laune zu haben.

Kaum hatten wir begonnen zu singen, strampelte Daisy auch schon wie eine Verrückte im Wasser herum und spritzte die anderen Mütter und Kinder nass. Am Ende des Kurses hatten wir im Radius von zwei Metern Platz um uns herum.

Als wir das Becken verließen, merkte ich, dass eine der Mütter mich ansah. Und während wir alle zu den Umkleideräumen liefen, erkannte ich sie. Es war Clarissa Fielding.

O Gott, die hatte ich seit Jahren nicht mehr gesehen. Seit jenem Schulsporttag, an dem sie aufhörte, meine beste Freundin zu sein. Ich glaube, weil Mum in einem durchsichtigen lilafarbenen Top erschienen war. Niemand wusste, wo er oder sie hinschauen sollte, als sie beim Lauf der Mütter mitmachte.

Clarissa sah toll aus. Obwohl ihre Haare klatschnass waren, leuchteten ihre hübschen karamellfarbenen Strähnchen.

Im Umkleideraum versuchte ich, ihren Blick aufzufangen, doch ihre irritierte Miene schien zu sagen: »Ich kenne dich nicht. Okay?«

Nachdem ich mich umgezogen hatte, ging ich in die Cafeteria des Sportzentrums und rief Dad an. Er muss im Bierkeller gewesen sein, denn es meldete sich nur der Anrufbeantworter.

Als ich mir einen Tee aus dem Automaten holen wollte, lief Alex Dalton vorbei.

Die Art, wie er seinen Tennisschläger schwang, ließ mich vermuten, dass er gerade einen Gegner vernichtend geschlagen hatte. In seinen schwarzen Shorts und dem T-Shirt sah er aus wie ein sportlicher Killer.

Alex bemerkte mich und runzelte die Stirn. »Juliette. Du bist hier nicht Mitglied, oder?«

Ich erwiderte, ich sei nur zum »Singen und Planschen« hier.

»Daisy hat eine Paillette auf der Backe«, sagte er.

Dann erschien wie aus dem Nichts Clarissa neben mir und zog eine Schau ab. »Juliette!« (Lautes, gekünsteltes Lachen.) »Du bist es tatsächlich! Ich war mir nicht sicher …«

Sie blickte immer wieder zu Alex und lächelte. Auf ihrer Hüfte thronte ein schönes blondes Baby in einem fleckenlosen Kleidchen und mit weißen, Rüschen besetzten Söckchen.

»Das muss deine Kleine sein«, sagte ich.

»Ja«, sagte Clarissa und betrachtete dann Daisy. »Und das muss deine sein.«

Daisy grinste so breit, dass man ihren Zahn sah, der gerade kam. Rotz lief ihr aus der Nase, und ihre nassen Haare klebten an ihrem Köpfchen. Sie versuchte, Clarissas Schal zwischen ihre Fingerchen zu bekommen.

Clarissa wich einen Schritt zurück.

»Sie schnappt sich gerne Sachen«, sagte ich. »Ich sollte sie darauf trainieren, sich auf Schmuck zu konzentrieren. Da käme bald ein Vermögen zusammen.«

Clarissa behielt mit einem Auge Alex im Blick, während sie alles Mögliche erzählte, zuerst von den Veranstaltungen des Segelklubs und dann von der Bankkarriere ihres Mannes. Sie erkundigte sich, wo Nick sei, und ich erzählte ihr, dass wir uns getrennt hatten.

»Oh«, sagte sie, aber der Laut war drei Silben lang. »*Oh-hh-hh.*« Dann fügte sie hinzu: »Dann wart ihr nicht verheiratet? Als du Daisy bekommen hast …«

Ich erwiderte, wir hätten fast geheiratet, seien aber an der letzten Hürde gescheitert, dem Jawort in der Kirche.

»Moment mal.« Clarissa legte sich eine Hand an die Wange. »Mein Gott, das warst doch nicht etwa du … die in der Dorfkirche sitzen gelassen wurde?«

»Ich wurde nicht sitzen gelassen«, entgegnete ich. »Ich bin gegangen.«

Clarissa lächelte mich mitleidig an. »Oje. Wie traurig. Besonders für Daisy. Dass es so gekommen ist …«

Ich merkte, dass ich nickte. Und dann begann ich auf einmal zu weinen.

Die schwarzen Augen von Alex wurden ganz ernst. Er fuhr Clarissa an: »Wird das bei dir zur Gewohnheit, Leute aus der Fassung zu bringen?«

Clarissa meinte, ich hätte offenbar nur »einen emotionalen Tag«. Sie kramte in ihrer Designer-Handtasche, hielt Alex eine Visitenkarte hin und sagte: »Jonathan und ich wollten uns schon seit der Granger-Sache wieder mal bei dir melden. Ruf uns an.«

Alex nahm die Visitenkarte nicht, sondern führte mich von Clarissa weg und fragte mich, wie ich heimkäme.

Ich erzählte ihm, dass mein Auto abgesoffen war und nicht mehr anspringen wollte, sodass ich wahrscheinlich den Bus nehmen würde.

Stirnrunzelnd betrachtete Alex meinen Kinderwagen, der mit Schwimmflügeln und feuchten Badehandtüchern bepackt war. »Du nimmst nicht den Bus«, sagte er. »Ich fahr dich zurück.«

Ich entgegnete, Daisy würde einen Kindersitz brauchen.

»Wir können den Kindersitz aus deinem liegen gebliebenen Auto nehmen«, erwiderte er.

Und dann kamen mir schon wieder die blöden Tränen, und ich brachte kein Wort mehr heraus.

Als wir vor seinem Rolls-Royce standen, hatte er zunächst Schwierigkeiten, den Kinderwagen zusammenzuklappen. Immer wieder trat er auf den Klappmechanismus, als wollte er ein Motorrad starten. Aber schließlich gelang es ihm.

Dann nahm er mir Daisy ab, setzte sie in den Kindersitz und überprüfte alle Gurte, um sich vergewissern, dass sie richtig saßen. Er zwinkerte Daisy sogar zu und brachte sie zum Lächeln. »Du bist genau wie Jemima als Baby«, sagte er. »Sehr aufgeweckt.«

Der Kindersitz sah im noblen Wagen von Alex ein bisschen seltsam aus. Hätte der Rolls-Royce sprechen können, hätte er vermutlich gesagt: »Von dieser Demütigung darf niemand erfahren.«

Alex forderte mich auf, vorne einzusteigen. Ich war so konfus, dass er über mich drübergreifen und mir den Gurt anlegen musste. »Es hätte mir wirklich nichts ausgemacht, den Bus zu nehmen«, schniefte ich.

»Sei nicht albern«, sagte Alex. »Du hast ein Baby dabei.«

»Babys sind in Bussen erlaubt«, erwiderte ich.

»Trotzdem«, sagte Alex. »Mit Kindern in öffentlichen Verkehrsmitteln …«

»Manche Leute *müssen* den Bus nehmen«, sagte ich. »Nicht jeder kann eine Hotelkette erben.«

»Ich habe keinen Penny geerbt«, blaffte er. »Und die Dalton-Hotels wurden mir nicht hinterlassen – ich musste um sie kämpfen. Ich habe von meiner Familie nie irgendwelches Geld erhalten. Alles, was ich besitze, habe ich mir selbst erarbeitet.«

»Auch diesen protzigen Wagen?« Die Frage sollte eine Art Scherz sein.

»Er ist nicht protzig, er ist elegant«, entgegnete Alex.

»Aber ein Rolls-Royce vermittelt doch eine Botschaft, oder?«, sagte ich. »Du weißt schon – dass man es im Leben zu etwas gebracht hat.«

»Ich fahre den Rolls-Royce nicht, um den Leuten vorzuführen, wie viel Geld ich habe«, entgegnete er. »Ich fahre ihn, damit sie sehen, dass ich Alex Dalton bin. Nicht Harold Dalton. Mein Vater hasst den Wagen.«

»Warum?«, fragte ich.

»Weil Mr Dalton senior Autofabriken in China, Indien und auf der ganzen Welt besitzt«, erwiderte er. »Er hätte mir kostenlos eine beliebige Menge brandneuer Autos überlassen können, aber ich wollte einen britischen Wagen. Und obendrein eine britische Maßanfertigung, um meinen Standpunkt deutlich zu machen.«

Als wir uns dem Pub näherten, sagte Alex: »Nur damit du es weißt, ich finde, dass Nicholas Spencer ein Idiot ist.«

»Weil?«, fragte ich.

»Weil er dich in die Kirche hat kommen lassen, ohne dich zu heiraten«, erwiderte er. »Zach hat mir von der Hochzeit berichtet.«

»Habt ihr keine interessanteren Gesprächsthemen?«, fragte ich. »Zum Beispiel den New Yorker Aktienmarkt oder den besten Marmor für die Fußböden in deinen Hotels?«

»Er dachte, ich würde es wissen wollen«, erwiderte Alex.

Ich erzählte ihm, was für ein Riesenchaos alles sei, nun, da Daisy nicht mehr bei ihrem Dad wohne.

»Soweit ich gehört habe, hatte sie eh nie viel von ihrem Erzeuger«, sagte er. »Du hast mehr drauf als Nick Spencer und verdienst etwas Besseres.«

Ich erwiderte, dass es mir nicht um etwas Besseres ging, sondern dass ich nur wollte, dass Daisy mit beiden Elternteilen aufwuchs.

»Würdest du Nick zurücknehmen?«, fragte Alex.

Ich sagte, dass sei höchst unwahrscheinlich. Diese Tür sei so gut wie zu – schon allein deshalb, weil er Sadie geschwängert habe. Aber ich könne es nicht endgültig ausschließen. Noch nicht. Er sei schließlich Daisys Vater. Aber falls wir je wieder zusammenkommen sollten, müsste es ganz anders laufen.

»Der Kerl ist eine einzige Katastrophe«, sagte Alex. »Wirf dein Leben nicht weg.«

Ich fragte ihn, was ihn zu einem Experten für Beziehungen zwischen uns gewöhnlichen Leuten mache.

»Gewöhnliche Leute?«, wiederholte Alex. »Meinst du, dass ich diesen Ausdruck benutzen würde?«

Ich sagte, dass ich das täte.

»Nur weil ich einen teuren Wagen fahre, bedeutet das nicht, dass ich auf andere hinabsehe«, entgegnete er.

»Aber das tust du«, behauptete ich. »Oder etwa nicht?«

»Nur auf Typen wie Nick Spencer«, sagte Alex. »Und zwar wegen seines Charakters. Nicht wegen seiner Herkunft.«

»Und was ist mit Leuten, die öffentliche Transportmittel benutzen?«, fragte ich.

»Ich blicke nicht auf sie *hinab*«, erwiderte er. »Du verstehst mich falsch. Trainierst du eigentlich immer noch für den Marathon?«

Ich erzählte ihm, dass ich eine Weile aufgehört hätte, aber jetzt wieder anfangen wolle.

Er lächelte. »Gut. Das freut mich.«

Wir waren noch ein paar Ecken vom Oakley Arms entfernt, da sagte ich: »Hier kannst du uns rausschmeißen. Den Rest können wir laufen.« Als würde ich mit einem Taxifahrer reden.

»Sei nicht albern«, sagte Alex. »Ich setze dich vor dem Pub deiner Eltern ab. Da wohnst du doch jetzt, oder?«

Ich fragte ihn, woher er das wisse.

Er zuckte mit den Schultern. »Ich habe es mitbekommen.«

Als wir vor dem Pub anhielten, stellte ich mir unwillkürlich die Frage, was Alex wohl von meinem Elternhaus hielt. Die meisten Leute finden unser Haus ziemlich groß. Geradezu feudal oder protzig. Es hat eine Menge Zimmer, Holzbalken aus der Zeit der Tudors, eine riesige Garage und einen großen Garten.

Aber für Alex' Geschmack war es wohl ein bisschen geschmacklos. Mit dem Neonleuchtschild, auf dem »Willkommen bei Bob und Shirl« steht. Und mit den vielen Zwergen im Garten.

Er half mir mit dem Kinderwagen und den Schwimmsachen und holte Daisy aus dem Wagen, während ich den Kinderwagen auseinanderklappte. Ich dachte, Daisy würde weinen, wenn er sie herausnahm, aber nein. Alex hielt sie nah an seiner Brust und streichelte ihr flaumiges Köpfchen. Daisy verzog den fast zahnlosen Mund zu einem unerwarteten Lächeln – das macht sie bei Fremden normalerweise nie.

Ich hatte ein bisschen Angst, Mum könnte in ihrem durchsichtigen Hausmantel auf die Straße gerannt kommen, um beim Ausladen zu helfen. Aber zum Glück tat sie das nicht.

Als Alex Daisy in den Kinderwagen gesetzt und sie angeschnallt hatte, blieb er kurz stehen und betrachtete sie. Dann sagte er: »Sie ist ein schönes Baby. Auf Wiedersehen, Juliette. Pass auf dich auf.«

Und dann war er weg.

Donnerstag, 23. Juni

Heute strahlt die Sonne groß und gelb von einem herrlich blauen Himmel. Ich liebe Mum und Dad. Aber sie sind so LAUT.

»Bob. BOB! Ich fahre in die Stadt. Soll ich eine oder ZWEI PACKUNGEN WÜRSTCHEN IN BLÄTTERTEIG MITBRINGEN?«

»SCHREI DOCH NICHT SO, SHIRLEY!«

Mum braucht nur an meinem Zimmer vorbeizulaufen, und schon wacht Daisy auf. Dad gibt sich etwas mehr Mühe, leise zu sein. Aber eigentlich ist er eher lauter, wenn er versucht, leise zu sein. Denn dann sagt er übertrieben oft: »PSSSSST! SEI STILL! DAISY SCHLÄFT!«

Daisy ist halt leider kein Baby, das problemlos ein- und durchschläft. Ich muss sie eine halbe Stunde lang beruhigen, streicheln und in den Armen wiegen, damit sie eindöst. Dann lege ich sie behutsam ins Kinderbettchen und mache ein paar vorsichtige Schritte rückwärts, als wäre sie eine Bombe, die jederzeit hochgehen kann. Bitte, bitte, lass bloß die Holzdielen nicht knarren …

Und dann dröhnt Mums Stimme die Treppe herauf: »Ich habe ZWEI TIEFKÜHLPIZZAS! Bob? Soll ich beide machen?«

Trotzdem ist es nett, daheim zu sein. Und es ist toll, dass Helen nicht jeden Augenblick auftauchen kann.

Aber ich brauche eine eigene Bleibe. Ich will bloß nicht alleine leben, und Daisy zählt nicht unbedingt als Mitbewohnerin. Ich meine, sie ist goldig, aber sie kennt den Unterschied zwischen Teppichflusen und Essen nicht. Außerdem ist es nicht so, als würden wir lange Gespräche miteinander führen. Immerhin bringt sie mich zum Lachen.

Freitag, 24. Juni

Heute war ich laufen und habe sechseinhalb Kilometer geschafft! Erstaunlich! Dabei habe ich so lange nicht mehr trainiert. Ich kann es kaum glauben.

Ich meine, okay, für die sechseinhalb Kilometer brauchte ich fast eine Stunde, aber ich bin unterwegs nicht stehen geblieben oder so. Ich bin einfach immer weitergelaufen.

Samstag, 25. Juni

Heute habe ich mit Callum einen Spaziergang gemacht. Wie schaffen andere das mit zwei Kindern?

Kaum hatten wir den Waldweg erreicht, da raste er davon, auf den See zu. Ich hastete ihm hinterher, zerrte den Kinderwagen über Äste und durch Matsch und rief: »Callum! Callum! Du ruinierst dir noch deine blinkenden Turnschuhe!«

Aber ehe ich michs versah, war er in den See gesprungen. Er planschte herum und krähte: »Ahoi, Käpt'n Sparrow!«

Ich brüllte ihn an, er solle rauskommen. Dann lockte ich ihn mit einem Keks.

»Ich will ein Cola-Eis«, sagte er.

(Woher kannte er das überhaupt? Ich verdächtigte Brandi.)

Gott sei Dank rief gleich darauf ein alter Angler ihm zu: »Komm jetzt da raus, Kleiner, dann zeig ich dir meine Angel und die Maden, die ich als Köder verwende.«

Callum liebt alles Eklige.

Der Mann zeigte ihm auch eine Stelle am Ufer, wo viele Gänseblümchen wachsen, und pflückte ihm eins zum Mitnehmen.

Das Gänseblümchen schien Callum zu gefallen, doch als wir durch den Wald zurückliefen, sagte er irgendwann: »Das Blümchen hat scheußlich geschmeckt, Tante Julesy.«

Wie werde ich wohl klarkommen, wenn Daisy erst herumrennt?

Montag, 27. Juni

Bin mit Daisy in die Krabbelgruppe gegangen. Während wir ein Lied über den Kopf, die Schultern, die Knie und die Zehen sangen, machte Daisy ihre Windel so voll, dass die Kacke durch ihre gestreifte Strumpfhose und ihr Rüschenröckchen quoll. Ich zog ihr die Ersatzgarnitur an, aber die war bald genauso dreckig, weil Daisy auch die frische Windel vollkackte. Zum Glück liehen mir die anderen Mütter alles, was ich brauchte. Frauen sind so nett.

Dienstag, 28. Juni

Lunch mit Laura und Brandi in London. Laura schlug ein Restaurant mit gesunder veganer Küche vor, Brandi wollte zu Burger King. Wir einigten uns auf Pret A Manger, auch wenn Brandi später über den Salat auf ihrem Sandwich meckerte.

Als ich den beiden erzählte, dass mein Lauftraining Fortschritte mache, sagte Brandi: »Ich fass es nicht, dass du bei dem verdammten Marathon mitlaufen willst. Das ist doch *verrückt*. Ich meine, selbst Spitzensportler haben bei den Wetterbedingungen im Winter Probleme. Erinnerst du dich noch an diese dänische Läuferin, die auf der vereisten Tower Bridge ausgerutscht ist und sich das Steißbein gebrochen hat?«

Laura bot mir an, mit mir laufen zu gehen, wenn sie Zeit hat, wobei ihr Studium gerade lernintensiver wird.

Brandi zog am Bund ihrer hautengen Jeans. »Vielleicht

laufe ich auch mit. Ich könnte etwas abnehmen. Wie viele Kilometer hat denn ein Marathon?«

»Vierzig«, sagte ich.

»Stimmt nicht, zweiundvierzig«, erwiderte Laura.

»Scheiß drauf«, sagte Brandi.

Mittwoch, 29. Juni

Ich habe immer noch Schuldgefühle, weil ich Daisy nicht stille. Es ist schwer, Mutter zu sein. Ich wollte immer, dass Daisy von allem nur das Beste bekommt, aber mit der Milch wollte es einfach nicht klappen. Es war, als würden meine Brüste nicht funktionieren. Im Krankenhaus schlossen sie mich an diese Pumpe aus den Siebzigerjahren an. Sie war so groß wie ein Ford Fiesta, aber es kam trotzdem keine Milch heraus.

Mum sagte: »Was soll's, Jules. Dann gib ihr einfach das Fläschchen. Du und deine Schwestern habt auch das Fläschchen bekommen und seid was geworden.«

Althea sagt, ich hätte Glück, dass ich ums Stillen herumkomme. »Das Stillen macht einen furchtbar durstig. Außerdem wacht man mitten in der Nacht auf und riecht komisch nach indischem Fastfood. Und das Bettzeug stinkt nach saurer Milch. Man kommt sich vor wie ein menschlicher Schnuller. Es ist einfach scheiße.«

Als ich sie mal gefragt habe, warum sie trotzdem noch stillen würde, hat sie geantwortet, sie hasse es, Geschirr zu spülen.

Freitag, 1. Juli

Heute kam Sadie im Pub vorbei. Brandi öffnete die Tür und schrie ihr ins Gesicht: »HAU AB UND STIRB!«

Doch ich sagte, sie könne reinkommen.

Sadie war total nervös und zitterte sogar.

Mum ging mit Brandi, Callum und Daisy in den Garten.

Der Pub war fast leer, sodass Sadie und ich uns in eine Sitzecke zurückzogen.

Sadie begann loszujammern und zu weinen: »Es tut mir so schrecklich leid. Ich weiß, ich habe Mist gebaut. Ich habe alles kaputt gemacht. Du bedeutest mir mehr als sonst was auf der Welt. Du bist die Einzige, die mich je akzeptiert hat. Meine einzige wahre Freundin. Und ich habe dir das angetan. Ich weiß, ich bin ein gemeines, egoistisches Miststück. Aber das wird sich alles ändern. Das verspreche ich dir. Ich bekomme ein Baby. Ein Baby!« Ihr Blick war irre. »Ich brauche dich in meinem Leben, Jules. Ich schaffe das nicht allein.«

»Du wohnst doch mit Nick zusammen, oder?«, fragte ich. »Dann bist du auch nicht allein.«

»Aber ich brauche *erwachsene* Unterstützung«, sagte sie.

Offenbar lief es nicht gut mit Nick, denn er bezahlte keine einzige Rechnung und vergaß, im Bad »danach« zu spülen. Ich sagte ihr, dass sie und Nick einander verdienten.

Sie machte große Augen. »So schlimm bin ich doch nicht, oder?« Und dann erzählte sie, dass ihre Freunde immer auf mich scharf gewesen seien und dass es ihr geschmeichelt habe, dass es einmal andersrum gewesen sei.

Ich lachte. »*Deine* Freunde waren scharf auf mich?« Normalerweise datet sie Footballspieler und männliche Models aus Zahnpasta-Werbekampagnen. Wenn sie nicht gerade mit Regisseuren schläft.

Sie sagte, natürlich, nur dass ich das eben nie gemerkt hätte, weil ich »zu nett« sei. Dann meinte sie, wir sollten etwas trinken gehen. Nur wir beide. »Es wird sein wie in alten Zeiten«, sagte sie. »Bevor du Daisy bekommen hast und alles aus dem Ruder gelaufen ist.«

Ich wollte wissen, wie sie bei Nick hatte einziehen können, nachdem sie meine Hochzeit und Daisys Leben ruiniert hatte.

Sie erwiderte, dass es wohl etwas mit Hormonen zu tun hatte. Anscheinend ist Helen sehr nett zu ihr gewesen. »Es fühlt sich einfach gut an, ein stabiles Zuhause zu haben«, sagte Sadie, offenbar ohne zu begreifen, dass sie *mein* stabiles Zuhause zerstört hatte.

Nachdem sie eine Stunde lang über sich selbst geredet hatte, war mir klar, dass sie ein hoffnungsloser Fall war. Durch und durch egoistisch.

Tatsächlich fühle ich mich viel besser, seit ich ihr zugehört habe. Denn jetzt weiß ich, dass ich keine Freundin verloren habe. Sadie ist nie eine Freundin von mir gewesen.

Als sie weg war, sagte Brandi zu mir: »Du musst dich entspannen. Los, komm, wir ziehen durch ein paar Klubs. Ich habe ein silbernes Stretchkleid, in das du dich reinzwängen kannst.«

Ich wies sie darauf hin, dass es erst vier Uhr nachmittags war.

»Na und?«, sagte Brandi. »Mum wird babysitten.«

Samstag, 2. Juli

Was ist das nur mit Babys? Es ist, als wüssten sie, dass man spät heimgekommen ist.

Daisy wachte alle zwei Stunden auf, nachdem sie wochenlang nachts durchgeschlafen hatte. Ich gab ihr süßen Beruhigungssirup für Kleinkinder, Milch, Wasser … alles. Aber sie wollte nichts davon. Sie spuckte sogar alles wieder aus.

Buhuuu! BUHUUU!

Es brach mir das Herz, sie weinen zu sehen. Aber gleichzeitig wollte ich WIRKLICH schlafen.

Ich bin viel zu müde, um über meinen Abend mit Brandi zu schreiben.

Ich gehe jetzt ins Bett.

Sonntag, 3. Juli

Irgendwie sind Brandi und ich vorgestern im West End in diesem schicken Nachtklub gelandet. Brandi hat einen schlechten Einfluss auf mich. Mums sollten sich NICHT bis samstagmorgens in Klubs herumtreiben.

Ich schwöre, ich wollte nur bis neun bleiben, aber Brandi hat sich beim DJ den Song *Independent Woman* gewünscht, und schließlich tanzten wir johlend auf den Tischen. Und auf einmal war es Mitternacht.

Ich musste wohl wirklich mal Dampf ablassen. In mir hatte sich eine Menge aufgestaut.

Wir kamen mit ein paar eleganten jungen Frauen ins

Gespräch, die mit den Daltons zur Schule gegangen waren. Sie sagten, es werde gemunkelt, dass der »schöne« Zachary eine »geheimnisvolle« Freundin hat. Es war total witzig, als sie erfuhren, dass diese »geheimnisvolle« Freundin unsere Schwester ist. Sie wollten Fotos von Laura sehen, als wäre sie ein Promi oder so was. Und alle fanden sie »ziemlich hübsch«.

Ich fragte sie, ob sie auch Alex kannten, und alle sagten, dass er auch sehr gut aussehe.

Als die Mädels gingen, sagte Brandi: »Du hattest immer schon eine Schwäche für den schnöseligen Alex, nicht? Ein Jammer, dass du dich mit Nick und nicht mit ihm eingelassen hast.«

Ich erwiderte, dass ich diese Wahl wohl kaum gehabt hätte. Alex sei der Chef einer großen Hotelkette, da sei ich wirklich keine passende Partie gewesen.

»Jedenfalls starrt er dich immer an«, sagte Brandi.

»Was? Alex Dalton? Das glaube ich kaum«, sagte ich.

Aber dann erinnerte ich mich an die Heimfahrt vom Sportklub, das Lauftraining und den Sekt bei unserem Nachmittagstee im Dalton-Hotel und dachte einen kurzen Moment lang … wäre das nicht toll?

Montag, 4. Juli

Amerikanischer Unabhängigkeitstag

Mum hat den Pub mit amerikanischen Fähnchen und Girlanden dekoriert. Sie hat auch eine rot-weiß-blaue Baisertorte gebacken, die so groß ist, dass je eine Wunderkerze für jeden amerikanischen Bundesstaat draufpasst. Ich bekam gute Laune, als ich Mum *American Pie* pfeifen hörte.

Nach einer schlaflosen Nacht mit Daisy sah ich ziemlich müde aus, aber ich wusch mir das Gesicht, trug um die Augen rum etwas Concealer auf und skypte mit Onkel Ralph in Los Angeles.

Onkel Ralph, Tante Yasmin und meine kleine Cousine Lolly waren in ihrem riesigen, sonnendurchfluteten Haus und schwenkten amerikanische Fähnchen. Onkel Ralph hat es in den Vereinigten Staaten zu etwas gebracht. Er besitzt eine Villa am Strand, ist mit einem blonden Unterwäschemodel verheiratet und hat so eine amerikanische Kühl- und Gefrierkombination, die Eiswürfel macht.

Ich dachte wirklich, ich wäre über die ganze Hochzeitstag-Horrorgeschichte schon einigermaßen hinweg. Aber als Onkel Ralph, der immer ziemlich direkt ist, mich fragte, ob ich das Hochzeitskleid schon verkauft hätte, um zumindest nicht auf den ganzen Kosten sitzen zu bleiben, brach ich in dumme Tränen aus und rannte aus dem Raum.

Dienstag, 5. Juli

Habe Althea erzählt, ich hätte beim Skypen losgeheult.

Sie schlug mir vor, mit ihr zu einer speziellen Babymeditation zu gehen, um mich zu entspannen.

Irgendwie schaffte es Wolfgang dabei, die buddhistische Gebetsschale zu zerbrechen, und ich bekam zum ersten

Mal einen ungehaltenen buddhistischen Mönch zu Gesicht.

Mittwoch, 6. Juli

Uff. Heute Morgen war ich ein halbes Kilo schwerer. Wie kann das sein? Ich muss daran denken, mich zu wiegen, BEVOR ich Wasser trinke oder frühstücke, aber NACHDEM ich gekackt habe.

Donnerstag, 7. Juli

Heute teste ich eine Suppen-Diät: Statt jeder Mahlzeit nehme ich eine Suppe zu mir, keine weißen Kohlehydrate, kein Koffein, keinen Alkohol usw. Diese Diät soll ganz einfach und effektvoll sein und meinen Körper mit genauso leckerem wie nährstoffreichem Gemüse reinigen. Um elf Uhr war ich am Verhungern.

Zu Mittag gab es Pastinaken-Ingwer-Suppe. Im Kochbuch sah sie wirklich appetitlich aus. Ein hübscher tiefer weißer Teller mit einer hellorangefarbenen Suppe, auf der ein Blatt Petersilie schwimmt. Aber nachdem ich die Pastinaken gekocht hatte, war da dieses ganze schaumige Zeug, und ich hatte keine Lust, den Mixer NOCH MAL sauber zu machen. Deshalb zerdrückte ich alles mit einer Gabel. Das Resultat war eine klumpige braune Brühe, die wie eine Dreckpfütze aussah.

Freitag, 8. Juli

Was passiert mit dem Gehirn, wenn man ein Baby hat? Einfache Dinge werden völlig unmöglich. Zum Beispiel die Bedienungsanleitung eines Fläschchenwärmers durchlesen, ein komplettes Paar Socken finden oder an einen Regenschutz für den Kinderwagen denken.

Samstag, 9. Juli

Brandi trifft sich jetzt mit einem Kerl namens »Spinne«, den sie über Facebook kennengelernt hat. Sie können sich nur bei ihm zu Hause sehen, weil er eine elektronische Fußfessel am Bein hat.

Dad wollte wissen, warum sie keinen netten Mann wie »Lauras Zachary« finden könne.

»Igitt! Da kommt mir gleich alles hoch!«, schnaubte Brandi. »Die beiden benehmen sich total affig. ›Oh, geh *du* zuerst, Laura. Nein, *du*, Zachary.‹«

Mum warf ein, dass es schön wäre, sollten Laura und Zach heiraten.

»Hör auf zu träumen!«, sagte Brandi zu ihr. »Zach kennt Prinz Harry und läuft herum, als hätte er einen Stock verschluckt. Er ist sehr nett, aber er gehört zur High Society. Er wird Laura niemals heiraten.«

Mum brüllte, dass Laura umwerfend schön sei und zudem einen Universitätsabschluss habe. Deshalb könnten die beiden sehr wohl heiraten.

»Wenn du an Märchen glaubst«, entgegnete Brandi.

Sonntag, 10. Juli

Heute hatte ich eine Superidee! Ich band ein Stück Schnur an den Kinderwagen, setzte mich aufs Sofa und zog ihn hin und her. Genial! Ich konnte eine ganze Folge *Downton Abbey* schauen, während Daisy schlief. Warum bin ich nicht schon früher darauf gekommen?

Montag, 11. Juli

Daisy hat den Trick mit der Schnur durchschaut. Sie heulte und versuchte, sie zu essen.

Mist.

Dienstag, 12. Juli

Heute kam Nick vorbei, um Daisy zu sehen. Es war ziemlich anstrengend.

Er sollte um eins kommen, erschien aber erst um drei. Anscheinend hatte er vorher Streit mit Sadie gehabt. Sie »ist schwanger und spinnt rum«, wie Nick sich ausdrückte. Und es passte ihr nicht, dass er seine Tochter besuchen wollte.

Nick wirbelte Daisy zwanzig Minuten lang in der Luft herum und rief: »Sag Daddy! Sag Daddy!« Als Daisy dann müde wurde und zu quengeln begann, bekam er Panik und fragte mich, was sie plötzlich habe.

Ich erwiderte, sie sei nur müde.

»Wieso *weißt* du so was?«, fragte er, als wäre ich irgendein magisches Orakel. Dann sah er mich mit seinem Welpenblick an und sagte: »Das vermisse ich, weißt du? Du erkennst, wo das Problem liegt, und löst es.«

Ich blieb reserviert und wollte schnippisch wissen, wann er seine Tochter wieder besuchen würde.

Nick kratzte sich schuldbewusst am Kopf und sagte, er könne sich nicht festlegen – wegen »Sadies Hormonen«. Aber er würde sich bald melden.

Mittwoch, 13. Juli

Wann immer ich an Nick denke, verspüre ich eine Art Schmerz in der Brust. Es ist nicht unbedingt so, dass ich ihn vermisse. Aber … wir waren so lange zusammen.

Es ist seltsam, ihn nicht mehr um mich zu haben. Es fühlt sich ein bisschen so an, als würde mir ein Bein fehlen. Doch wie sich inzwischen herausstellte, hat mir dieses Bein die ganze Zeit Arschtritte verpasst …

Donnerstag, 14. Juli

Heute traf der DNA-Test ein. Mum versuchte sofort, ihn mit einem Zapfhahnschlüssel zu zertrümmern, aber ich hielt sie davon ab. Die Anleitung zum Test klang kompliziert, aber eigentlich bestand er nur aus einem riesigen Wattestäbchen. Wenigstens sollte die Sache damit dann wohl geklärt sein.

Samstag, 16. Juli

Juhu! Mum hat gestern Abend beim Bingo gewonnen und will das Geld in eine »Familienerinnerung« investieren. Deshalb wird sie uns zu einem All-inclusive-Urlaub einladen.

»Siehst du«, sagte sie zu Dad. »Spielen zahlt sich doch aus.«

Dad setzte seine Brille auf, holte seinen Taschenrechner heraus und zählte alles zusammen, was Mum in den letzten zehn Jahren beim Bingo ausgegeben hatte. Es hätte für drei Urlaube gereicht.

Aber Mum ließ sich davon nicht die Laune verderben. Sie sagte, das Ding verrechne sich doch eh ständig, und erinnerte Dad an die Cherry-Brandy-Bestellung, wegen der die Kellertür immer noch nicht zugeht.

Ein Urlaub ist toll, aber mit meinen Eltern zu verreisen hat gewisse Schattenseiten. Erstens ist Mum so LAUT. Und sie trägt Bikinis für Teenager und glitzernde Hotpants. Zudem halten Mum und Brandi nichts von Sonnencreme. Für sie ist krebsrote Haut der Beweis dafür, dass man im Urlaub gewesen ist. Außerdem erkennen so alle sofort, dass wir Engländer sind, und versuchen, uns weiß Gott was zu verkaufen. Dad liest sich immer Kenntnisse über die Kultur des Urlaubslandes an und langweilt uns dann mit jeder Menge öder Fakten zu Tode. (»Habt ihr gewusst, dass Feta ein griechischer Käse ist?«)

Brandi freut sich jedenfalls sehr auf die Reise. Sie ist gleich losgerannt, um Bräunungsspray und Drogerieartikel im Miniformat zu besorgen.

Laura hatte zunächst Bedenken, aber als Mum und Dad ihr versprachen, ein Extragepäckstück für ihre Lehrbücher dazuzubuchen, willigte sie auch ein mitzukommen.

Mum redet bereits über ihre Urlaubsgarderobe. Sie will ihr neonpinkes Kleid von Cyberdog mitnehmen – und selbst Brandi findet, dass sie das nicht tragen sollte.

Doch Dad sagte: »Oh, in der Disko wird das toll aussehen.«

Als wüssten meine Eltern nicht, dass Mum fett ist. Irgendwie ist es ja auch süß.

Sonntag, 17. Juli

TOLLE Neuigkeiten! Laura hat Zach von unserem Urlaub erzählt, und er will uns kostenlos in einem Dalton-Hotel unterbringen. Wir brauchen nur noch den Ferienort auszusuchen.

Mum und Brandi sahen sich auf der Website der Dalton-Hotelkette also stundenlang voller Begeisterung die Fotos an und entschieden sich am Ende für Dubai. Das sei »ein total angesagtes Urlaubsziel«, und wir könnten dort auf Kamelen reiten.

Dad ist angetan, weil er mehr über die Geschichte von Zimt herausfinden will, ich hingegen bin ein bisschen nervös. Ich habe Visionen von Mum, wie sie in rosarotem Elasthan in das piekfeine Restaurant des Hotels stapft und nach Ketchup fragt.

Trotzdem. Wir werden Spaß haben. Und ein Luxushotel ist sicher komfortabel. Unseren letzten gemeinsamen Urlaub haben wir in einer All-inclusive-Ferienanlage verbracht. Keine gute Idee. Mum und Brandi begannen jeden Tag um elf Uhr vormittags zu trinken. Und Mum bekam Schwierigkeiten, weil sie Schokokekse und Apfelstrudel vom Buffet in ihrer Handtasche verschwinden ließ.

Montag, 18. Juli

Heute habe ich »Dubai« gegoogelt und bin jetzt wieder ein bisschen nervös. Anscheinend kleidet man sich in den Arabischen Emiraten sehr konservativ.

Ich versuchte, Mum das klarzumachen, aber sie lachte nur und sagte: »Wenn du meinst, du kriegst mich dazu, so ein einteiliges Badekleid anzuziehen, dann bist du auf dem Holzweg. Ich bin erst fünfundfünfzig und lange noch nicht tot.«

Dienstag, 19. Juli

Habe mir gestern Abend eine Doku über Weizen angeschaut, und jetzt macht ALLES Sinn. Weizen ist der Grund, warum ich so viel wiege! Das Getreide hat mich aufgebläht und verhindert, dass ich richtig verdaue.

Ich beschloss, mich heute weizenfrei zu ernähren, damit ich im Urlaub nicht aufgebläht aussehe, und Althea wollte mitmachen. Sie sagte, sie wisse schon lange, wie schädlich Weizen für den Verdauungstrakt sein kann. »Und für unseren verdammten Planeten erst recht.«

Zum Frühstück gab es ein Gemüseomelette. Kein Toastbrot. Mum hatte Schokocroissants gemacht, aber ich bin standhaft geblieben.

11 Uhr

Erstaunlich, wie viele Lebensmittel Weizen enthalten. Sogar Senf.

19 Uhr

Ich habe eine regelrechte Weizen-Orgie hinter mir. Sie bestand aus einem Sandwich mit einer dicken Scheibe Käse, zwei Packungen Kekse mit Zuckerguss (die eigentlich für Callums Lunchpaket gedacht waren, deshalb habe ich ein ganz schlechtes Gewissen), einem gefüllten und panierten Pfannkuchen und einem Becher Instant-Asia-Nudeln.

Ich habe entschieden, dass es nichts bringt, sich bestimmte Nahrungsmittel zu verbieten. Sobald man etwas nicht essen darf, giert man umso mehr danach.

Als ich mit Althea telefonierte, erfuhr ich, dass sie zum gleichen Schluss gekommen war. Sie hatte kurz zuvor einen Bagel mit Frischkäse und eine Packung Schokokekse vernichtet.

MORGEN fliegen wir nach Dubai, und ich kann meinen neuen Badeanzug nicht finden.

Mittwoch, 27. Juli

Der Urlaub war schön. Ein bisschen schade war, dass gerade Ramadan war und alle Restaurants geschlossen hatten. Aber zum Glück hatte Mum im Duty-free-Shop genügend Chips und Schokolade gekauft, sodass wir über die Runden kamen.

Ich verbrachte viel Zeit am Strand, eingesprüht mit Evian. Das war nett. Daisy aß eine Menge Sand und patschte kichernd mit den Händen im flachen Wasser.

Doch ich wünschte, ich hätte vor der Abreise meinen Badeanzug gefunden. Im Shop des Hotels gab es nur Burkinis – diese Dinger für muslimische Frauen, die die Arme und die Beine bedecken. Also musste ich mir Ersatz von Brandi ausleihen – einen glänzenden silbernen G-String-Bikini, der in meine Hüften und mein Hinterteil schnitt.

Wir schafften es sogar, einen Ausflug in die Altstadt zu machen, aber es wurde uns bald zu viel – alle Leute starrten Mum und Brandi an, die in Bikinioberteilen und fransigen Jeans-Shorts herumliefen.

Ich versuchte, ihnen zu erklären, dass in muslimischen Kulturen züchtige Kleidung üblich ist, aber keine von beiden war bereit, auf Kosten ihrer Urlaubsbräune (die eher ein Sonnenbrand war) ihre nackte Haut zu verhüllen.

Zach flog für einen Tag ein, um Laura zu sehen! Seufz …

Donnerstag, 28. Juli

Das Auspacken hat ziemlich lange gedauert. Ich hätte

nicht so viel Zeug für Daisy mitnehmen sollen – kaum etwas davon haben wir benutzt. Die Babyschwimmbrille war reine Zeitverschwendung, und die Wasser-Lernspielzeuge, die Plastikbücher und den Wasser-Babywalker hat Daisy nicht mal angefasst.

Freitag, 29. Juli

Althea rief an, um sich über ihr Liebesleben zu beklagen. Sie trifft sich mit einem zwanzigjährigen Typen, der auf einem Hausboot lebt. Aber anscheinend hat er »keine sexuelle Energie« und bringt es nur einmal pro Nacht. Sie fragte mich, wie oft ich und Nick es getrieben hätten.

Ich erzählte ihr, dass wir nach Daisys Geburt so gut wie keinen Sex mehr gehabt hätten. Daisy habe die halbe Zeit in unserem Bett geschlafen, und Nick sei immer spät nach Hause gekommen.

»Hat er mich deshalb betrogen? Weil wir nie Sex hatten?«, überlegte ich laut.

Althea stöhnte und sagte: »Such bloß nicht die Schuld bei dir. Du hast nichts falsch gemacht. Nick ist ein Teenager im Körper eines Mannes. Er muss endlich erwachsen werden, verdammt noch mal, und du musst einen Besseren finden.«

Ich erzählte ihr, dass es bei mir mit dem Abnehmen gerade ganz gut klappen würde, selbst nach dem Urlaub noch.

»Wenn dir das hilft, dich gut zu fühlen, dann hast du meinen Segen«, meinte sie.

Samstag, 30. Juli

Dieses Wochenende wird im Pub das traditionelle Bierfest gefeiert. Dad schleppte den ganzen Morgen Bierfässer an, während Mum von jeder Sorte ein Glas probierte.

Nach dem Mittagessen holte ich Granny Joan ab. Sie liebt den Event. Ich suchte ihr ein Plätzchen im Schatten, brachte ihr ein Glas naturtrüben Cider und setzte ihr Daisy auf den Schoß. Aber da sie näher bei der Band sein wollte, zeigte Dad Daisy, wie schnell seine Himbeeren gewachsen waren, während Granny neben der Bühne saß und im Rhythmus mit den Füßen stampfte.

Als ich Granny Joan schließlich heimfuhr, war sie erschöpft, aber glücklich. Ich musste ihr ins Bett helfen und war hinterher mit Glitter von ihrem Partykleid übersät.

Sonntag, 31. Juli

Der Pub ist RAMMELVOLL. Das gesamte Dorf hat sich unten versammelt und trinkt Bier mit lustigen Namen wie »Rat's Piss« oder »Bishop's Foreskin«.

Mum hat noch mal jede der dreißig Biersorten im Angebot probiert. Dann wurde sie noch lauter als sonst und nannte den Pfarrer den »größten Heuchler unter der Sonne«, weil er an einem Sonntag trank.

Der Pfarrer pöbelte zurück, und Dad musste einschreiten. Dank seiner jahrelangen Erfahrung als Wirt versteht er es, Leute zu besänftigen. Selbst den Pfarrer, der große Aggressionsprobleme hat.

Montag, 1. August

Feiertag
Mum verkündete, sie würde heute kein einziges Bier trinken. Doch als Dad ein neues Fass mit einem Bier namens »Morning Sparkle« herausholte, sagte sie: »Na gut, dann probiere ich es halt.« Und trank zu ihren Cornflakes ein Riesenglas voll.

Ich habe drei Kilo abgenommen! Das muss vom Laufen kommen, denn an meiner Ernährung liegt es sicher nicht. Nicht nach einem Wochenende mit Bier und Würstchen.

Dienstag, 2. August

Habe heute ein Buch über »kontrolliertes Weinenlassen« nach der Ferber-Methode gelesen. Dabei ist mir klar geworden, dass ich Daisy nachts möglicherweise überfüttere. Vielleicht wacht sie *deshalb* so oft auf – weil das arme Lämmchen zu viel im Bauch hat. In dem Buch steht, dass Babys lernen müssen, sich selbst zu beruhigen und Eltern ihnen dabei helfen sollen, indem sie sie ignorieren.

Daisy wachte wie üblich abends um zehn auf und schrie fast eine Stunde lang.

Während der ersten drei Minuten war ich stark und gelassen (ich dachte, ich bringe ihr bei, sich selbst zu beruhigen). Dann geriet ich immer mehr in Panik (was ist, wenn sie dabei *stirbt?*).

Ich telefonierte mit Althea, die meinte, dass ich sehr grausam sei und Daisy sich doch nur ausdrücke.

Anschließend rief ich Laura an, die mir riet, Daisy immer nur jeweils zehn Minuten am Stück schreien zu lassen.

Nach drei weiteren Minuten hielt ich es nicht länger aus und ging ins Schlafzimmer, um sie zu streicheln. Aber als ich danach wieder rausging, heulte sie noch mehr. Und aus dem Heulen wurde ein ohrenbetäubendes Schreien. Also fütterte ich sie, aber danach schrie sie *trotzdem* weiter.

Ich dachte: O mein Gott, ich habe sie gebrochen! Jetzt wird sie *nie mehr* aufhören zu schreien!

Schließlich wurde sie doch wieder still. Nachdem ich sie eine halbe Stunde lang beruhigt und in den Armen gewiegt hatte.

Inzwischen war ich zu gestresst, um zu schlafen. Im Kopf ging ich die Ferber-Methode wieder und wieder durch, wie besessen. Dann googelte ich »kontrolliertes Weinenlassen« und las mich durch eine Menge Erfahrungsberichte von Müttern, die schrieben, die Methode würde nicht funktionieren. Allerdings schrieben noch viel mehr Mütter, dass sie hervorragend klappte.

Ich will doch einfach nur tun, was das Beste ist. Aber es gibt eine Million unterschiedlicher Meinungen darüber, was das Beste ist. Warum gibt es keine Antworten! Keine Anleitungen? Warum sind Babys so kompliziert?

Mittwoch, 3. August

Gerade habe ich hier in Great Oakley Nick mit Sadie gesehen. Ich fühle mich missachtet, als hätten sie ein unausgesprochenes Abkommen gebrochen. Great Oakley ist

MEIN Territorium. Sie sollen gefälligst in London bleiben. Sie haben mit Helen zu Mittag gegessen und hielten über dem Tisch Händchen.

Schlimm genug für mich zu wissen, dass sie in London zusammenleben, aber dass sie ihre Beziehung jetzt auch noch vor meiner Haustür zur Schau stellen müssen … Sie waren sogar so unverfroren, sich auf die Terrasse zu setzen, wo alle Leute vorbeilaufen. So als *wollten* sie gesehen werden.

Jedenfalls weiß ich, dass sie mich sahen, weil sie sich plötzlich total für ihre Salate interessierten.

Ich lief mit erhobenem Kopf vorbei. Haltung bewahren. Und Würde.

Dann entdeckte ich Nicks Auto, das auf der anderen Straßenseite geparkt war, und verspritzte einen von Daisys Apfel-Banane-Quetschies über die gesamte Windschutzscheibe. Hahaha!

Donnerstag, 4. August

Ich habe noch zwei Kilo abgenommen! Yeah!

Ich werde wohl nie verstehen, wie das mit dem Abnehmen wirklich geht. In den Wochen, in denen ich diszipliniert bin, verliere ich kaum Gewicht. Aber wenn ich die Zügel schleifen lasse – simsalabim! –, dann purzeln die Pfunde nur so.

Laura meint, das käme vom Laufen. Und wahrscheinlich hat sie recht – das, was ich esse, kann nicht der Grund sein.

Nachdem ich Nick und Sadie im Restaurant gesehen

hatte, teilten Mum und ich uns eine Packung Pralinen und bestellten dann Pizza.

Seither bin ich wie verrückt am Grübeln. Tief drinnen erwartete ich wohl die ganze Zeit, dass Nick und Sadie sich trennen würden. Aber was ist, wenn sie zusammenbleiben? Wenn er nicht Daisy ein richtiger Vater wird, sondern Sadies Baby?

Helen muss überglücklich sein. Sadie hat trotz all ihrer Fehler die »richtige Herkunft«. Sie kennt sich mit Besteck aus und sitzt gerade. Und wahrscheinlich würde sie nie zulassen, dass sich ein Hund an einer vollgeschissenen Windel vergeht.

Freitag, 5. August

Dads Geburtstag. Er sagte, dass er keinen Rummel wolle, aber Mum organisierte eine Überraschungsparty. Da sie das jedes Jahr macht, ist die Party allerdings keine große Überraschung mehr. Trotzdem war Dad wie immer begeistert. Er umarmte uns alle und sagte, er sei der glücklichste Mann der Welt.

Es ist leicht, Geschenke für ihn zu finden. Er mag alles Praktische. Deshalb entschied ich mich für eine spezielle Ablage für seine Schraubenschlüssel.

Er bekam ganz feuchte Augen und sagte immer wieder: »Wie hast du das gewusst? Wie hast du das nur gewusst?«

Mum servierte allen Gästen im Pub Gläschen mit ihrem selbst gemachten Karamell-Wodka, um »die Party in Gang zu bringen«.

Ich hielt mich an Wasser mit Kohlensäure. Ich kann nicht mehr viel trinken, seit Daisy im Krabbelalter ist. Inzwischen ist sie zu einer kleinen Verwüstungsmaschine geworden. Sie braucht weniger als eine Minute, um eine ganze Klopapierrolle abzuwickeln oder den Mülleimer umzukippen und den Inhalt zu essen.

Samstag, 6. August

Daisy wollte heute kein Schläfchen machen. Zwanzig Minuten lang wiegte und schaukelte ich sie hin und her, schwang sie durch die Luft, summte *Like a Virgin* und imitierte Meeresrauschen dicht an ihrem Ohr.

Mum steckte andauernd den Kopf ins Zimmer und fragte, ob ich »alles unter Kontrolle« hätte, sodass ich immer wieder neu anfangen musste, Daisy zu beruhigen.

Montag, 8. August

Unser Anwalt Ted Grunty hat angerufen. Die Ergebnisse des Vaterschaftstests seien da. Sie belegen, dass Nick Daisys Dad ist. Natürlich.

»Was der feine Nick dir so alles zumutet«, sagte Ted.

Ich erwiderte, das würde mich nicht mehr kümmern. Und brach dann in Tränen aus und wollte von ihm wissen, warum Nick das tat.

Diese verdammten Schwangerschaftshormone. Wann ist nur endlich Schluss damit?

Dienstag, 9. August

Heute war ich zur Nachsorgeuntersuchung bei Dr. Slaughter. Er zog über Nick her. »Was für ein Mistkerl«, sagte er, und so denkt anscheinend das ganze Dorf. »Wenn es dich tröstet«, sagte Dr. Slaughter, »Nick war vor drei Wochen hier, und sein Blutdruck war bedenklich hoch.« Dann schimpfte er noch über Mum, die sich nicht um ihren Diabetes kümmere – offenbar hatte er sie im Supermarkt mit einem Einkaufswagen voller Süßigkeiten gesehen.

Ich fragte Dr. Slaughter, ob Sadie in der letzten Zeit bei ihm gewesen sei.

Er verneinte, ihre Familie sei privat versichert.

Ich hoffe, sie bekommt Krampfadern. Und Hämorrhoiden. Richtige Monsterhämorrhoiden.

Mittwoch, 10. August

Hochzeitstag von Mum und Dad. Heute Morgen sah ich Dad mit einem großen Pott Tee im Garten des Pubs sitzen und seine Hochzeitsfotos betrachten. Mit verschleiertem seligem Blick bewunderte er alle Bilder von Mum. Die Hochzeitsfotos meiner Eltern haben Postkartenformat und wurden am Kodak-Automaten ausgedruckt. Die beiden verzichteten auf »diesen ganzen Profifotografen-Quatsch«.

Auch sonst war ihre Hochzeit recht unspektakulär. Würstchen in Blätterteig und ein Fass Bier kosteten dreißig Pfund, und das war's.

Auf den Fotos starrt jeder auf Mums Brüste. Dad, der Pfarrer … alle. Aber so waren wohl die Achtziger. Durchsichtige Spitze und ein großes Dekolleté waren damals angesagt.

Donnerstag, 11. August

Habe ich Daisy nicht erst gestern die Finger- und Zehennägel geschnitten? Sie sind schon wieder richtige Krallen. Wie schaffen das bloß Leute mit drei Kindern? Das sind sechzig Finger- und Zehennägel, die eigenen nicht mitgerechnet!

Mum bot mir ihre Hilfe an, aber ich vertraue ihr lieber keine Schere an. Sie kann nicht einmal richtig Brot schneiden. Das Oakley Arms ist berühmt für seine schiefen Käsesandwiches.

Freitag, 12. August

Meine Eltern fuhren mich zu Aldi, weil mein Auto (mal wieder) nicht ansprang. Dad fuhr hin und Mum zurück. Dad fuhr acht Stundenkilometer weniger als die erlaubte Höchstgeschwindigkeit, das Gesicht dicht an der Windschutzscheibe. Und wenn es bergab ging, schaltete er den Motor aus, um Sprit zu sparen. Mum gab bei gelben Ampeln Gas und hupte ständig. Und beim Überholen auf der Autobahn stopfte sie M&M's in sich rein und spülte mit Medizin gegen Sodbrennen nach.

Samstag, 13. August

Daisys Zehen bohren schon Löcher in ihre Strampler. Nick muss wirklich anfangen, etwas zum Unterhalt seiner Tochter beizusteuern. Ich hinterließ eine demütigende Nachricht mit der Bitte um Geld auf seinem Anrufbeantworter.

Eine halbe Stunde später rief mich Penny Castle (seine Anwältin) an und wies mich an, »bis nach der Unterhaltsverhandlung von finanziellen Forderungen abzusehen«.

Penny wohnt auch in Great Oakley. In einem dreistöckigen Stadthaus mit zwei weißen Katzen. Sogar spielende Kinder herrscht sie in Juristensprache an: »Bitte ENTFERNT euren Ball vom Gelände meines Anwesens …«

Ich erklärte ihr, dass ich Daisy nicht am Wachsen hindern kann, während wir auf die Verhandlung warten. »Sie braucht die Klamotten jetzt, nicht erst in einem halben Jahr.«

»Vielleicht könntest du dir das Geld ja von einem Familienmitglied leihen«, schlug sie vor. »Sicher ist euer Anwalt gerne bereit, einen entsprechenden Leihvertrag aufzusetzen.«

Als ich sie fragte, wie die juristische Formulierung für »Leck mich am Arsch« laute, legte sie auf.

Eigentlich hatte ich keine Lust, allein in der Oxford Street shoppen zu gehen, aber Laura musste büffeln und Brandi hatte ihre Maniküreprüfung.

Es war gar nicht lustig, mit dem Kinderwagen U-Bahn zu fahren. Anders als auf dem Land hilft einem in London niemand dabei, die Treppe hoch- und runterzukommen.

In Great Oakley kann man kaum die Straße entlanglaufen, ohne dass jemand den Kopf in den Kinderwagen steckt und etwas Nettes über das Baby sagt. Doch in London hat man das Gefühl, jeden zu nerven.

Wahrscheinlich hätte ich nicht den sperrigen alten Kinderwagen mit den großen Rädern nehmen sollen. Das war Mums Idee gewesen. Sie meinte, dann hätte ich mehr Platz für meine Einkäufe. Das stimmte zwar, aber das Ding hatte seit Brandis Babytagen in der Garage gestanden. Es war voller Spinnenkokons, und die Räder quietschten.

»Niemand wird dir in die Quere kommen, wenn du dieses Monstrum vor dir herschiebst«, hatte Mum gesagt und hinzugefügt, dass es damals »der Rolls-Royce« unter den Kinderwagen gewesen sei und »vier Babys und ein Pfund Kartoffeln« hineinpassten.

Zuerst war ich in einem Fachgeschäft für Kindersachen, aber dort war nichts im Angebot. Also ging ich zu Primark. Ich habe mich schon immer gefragt, warum in dem Textil-Discounter die Hälfte der Klamotten auf dem Boden liegt.

Jetzt weiß ich es.

Weil Frauen mit monströsen alten Kinderwagen sich den Weg durch die Gänge bahnen und dabei alles von den Kleiderbügeln reißen. In Daisys Größe hatten sie auch nichts – die war ausverkauft.

Ich beschloss, zu dem Babyfachgeschäft zurückzugehen, und bemerkte erst, als ich die Oxford Street schon halb zurückgelaufen war, dass ich unabsichtlich drei Paar Socken in Neonfarben geklaut hatte. Sie waren an verschiedenen Teilen des Kinderwagens hängen geblieben.

Den ganzen Weg zu Primark rannte ich zurück, um sie

abzugeben, nur damit der Mann vom Sicherheitsdienst mich fragte, warum ich wiedergekommen sei, wo ich doch »schon damit davongekommen« sei.

Anschließend bummelte ich die New Bond Street hinunter und an all den Designer-Läden vorbei und entdeckte dabei eine todschicke braune Einkaufstasche, die Laura als Weihnachtsgeschenk sicher total gefallen würde.

Dann hielt ein Auto neben mir.

Ich begann, mich für den sperrigen Kinderwagen zu entschuldigen, der zu breit für den Bürgersteig war, verstummte dann aber, weil Alex Dalton in dem Wagen saß.

Er trug einen schwarzen Anzug und starrte mich an. »Wir haben dich gesehen und dachten, wir könnten dich mitnehmen«, sagte Alex. Seine kleine Schwester Jemima saß auf der Rückbank.

Ich deutete mit dem Kopf auf den Kinderwagen. »Danke, aber das Monstrum stammt aus der Zeit der Pferdekutschen. Ich glaube nicht, dass er in den Kofferraum passt.«

»Dann werden wir dich eben zu Fuß begleiten«, sagte Alex. »Jemima kann etwas frische Luft vertragen.« Kurzerhand fuhr er mit dem Wagen über den Bordstein.

»Du hast wieder auf einer doppelten gelben Linie geparkt«, sagte ich.

Alex wies mich darauf hin, dass wir nur wenige Meter vom Dalton entfernt waren, was bedeutete, dass er dort problemlos parken konnte. »Ein Hotelangestellter wird mein Auto schon wegfahren, wenn es in einer Stunde immer noch dasteht«, fügte er hinzu.

Ich war hin- und hergerissen. Einerseits fand ich es höchst ungerecht, dass reiche Leute parken können, wo es ihnen passt, andererseits beeindruckte es mich mächtig, dass jemand seinen Wagen einfach so im Zentrum von London abstellen konnte.

Jemima kletterte aus dem Auto. Sie war ausstaffiert wie eine junge Dame: Bluejeans, flache, kniehohe Reitstiefel, ein hübscher marineblauer Pulli und dazu eine kecke kleine rosarote Umhängetasche. Einfach hinreißend.

Alex erkundigte sich, ob ich meine Zeit in der Stadt genoss.

Ich erwiderte, dass ich mich in London eigentlich nicht mehr wohlfühlte, seit ich Daisy bekommen hatte.

Er sagte, er hasse Großstädte ebenfalls.

»Aber deine Hotels liegen doch alle in großen Städten, oder?«, fragte ich.

»Schon«, sagte er. »Ich mag auch die Hotels. Nur die Städte nicht.« Dann fragte er mich, ob ich in den Handtaschen-Shop wolle, vor dem wir standen.

»Eigentlich waren wir auf dem Weg zu einem Laden für Kindersachen«, sagte ich mit einer affig hohen Stimme.

»Oh, da würden wir SEHR gerne mitgehen!«, rief Jemima. Dann ergriff sie meine Hand und sagte, ich müsse ihr den Weg zeigen.

Alex lief neben uns her, die Hände in den Hosentaschen vergraben und mit ganz ernster Miene.

Als wir das Geschäft betraten, runzelte Alex die Stirn über die vielen Kinder, die auf den Kinderbetten herumhüpften.

Jemima fragte: »Darf ich auch …?«

»Nein«, sagte Alex.

»Aber der kleine Junge da …«

»Der sollte gar nicht auf solche Ideen kommen«, sagte Alex barsch. »Wenn du spielen willst, da drüben ist eine Spielzeugküche.«

Jemima flitzte davon und ließ Alex und mich allein.

Als Daisy ein bisschen weinte, nahm Alex sie aus dem Kinderwagen. »Du bist schlau, das ist das Problem«, sagte er zu ihr. »Du versuchst, das alles in dich aufzunehmen und bekommst davon Kopfschmerzen.«

Daisy hörte auf zu weinen und kaute an seinem Hemdkragen herum. Ich war beeindruckt.

»Ich weiß noch, wie Jemima als Baby war«, sagte Alex. »Sie hasste es, wenn zu viel um sie herum los war.« Dann sagte er: »Ich gehe davon aus, dass Nick Spencer diesen Einkaufsbummel bezahlt.«

»Warum nennst du ihn immer bei seinem vollen Namen?«, fragte ich.

»Um ihn von den Nicks zu unterscheiden, die ich mag«, erwiderte Alex und erkundigte sich dann, wer mein Anwalt sei.

»Ted Grunty«, erwiderte ich.

»Du lieber Himmel!«, sagte Alex. »Der Mann, der die Baugenehmigungen gefälscht hat?«

Ich entgegnete, dass das nie bewiesen wurde.

Dann fragte Alex mich, wie mein Training lief.

»Zäh«, sagte ich.

»Ich kann nur hoffen, dass du mit mir mithalten wirst«, sagte Alex mit einem Lächeln, bei dem sich Fältchen um seine Augen bildeten.

Ich spürte, dass ich zurücklächelte.

Dann wollte Jemima uns zeigen, was sie auf eine kleine Tafel geschrieben hatte.

Ich lobte sie für die schön geschriebenen Buchstaben.

»Das sind keine Buchstaben«, erklärte sie. »Das sind Wörter. Schau, ›Ekzem‹ und ›Architekt‹. Trinkst du mit uns Tee?«

»Ja, das tut sie«, sagte Alex.

Ich versuchte zu protestieren, sagte, dass ich ihr Familienleben nicht stören wolle und außerdem später mit Laura verabredet sei.

Aber Alex erwiderte: »Jemima möchte, dass du mitkommst, und ich ebenfalls.« Er legte Daisy in den Kinderwagen zurück. »Lass mich dieses Ungeheuer für dich schieben.«

Dann verließen wir den Laden.

Wir nahmen den Nachmittagstee im Dalton in Mayfair ein. Im nobelsten Hotel in ganz London. So etwas hatte ich noch nie gesehen. Ich versuchte, nicht die goldenen Engelsfiguren und die Seidentapeten anzustarren, aber das gelang mir wohl nicht so recht, weil ein Page zu mir sagte: »Achten Sie auf den Teppich, Madame.«

Daisy wippte im Wagen auf und ab und versuchte, die antiken Ölgemälde anzufassen.

Jemima war natürlich eine perfekte kleine Lady. Sie glitt durch das Foyer in den Raum, wo der Tee serviert wurde, und lächelte dabei dem Personal freundlich zu.

Eine von ihren Schulfreundinnen saß schon beim Nachmittagstee (wie die Reichen sich eben so ihre Zeit vertreiben), und Jemima wollte sich zu ihr gesellen.

»Kennen wir ihre Familie?«, fragte Alex, und Jemima musste eine lange und komplizierte Beschreibung der Eltern ihrer Freundin liefern.

Ich wollte wissen, warum Jemima sich einem Kreuzverhör unterziehen musste, um sich zu einem Mädchen in einem adretten Matrosenkleid setzen zu dürfen, das mit Messer und Gabel Sandwiches aß.

»In unserer Familie machen wir das einfach so«, erwiderte Alex.

So ergab es sich schließlich, dass wir über seine Familie und Erziehung redeten, was schon ein eigenartiges Thema war. Er ist nicht halb so verwöhnt, wie ich dachte. Tatsächlich hatte er eine recht streng organisierte Kindheit. Internat. Viel Büffelei. Keine Spielzeuge, wenn er sie sich nicht verdient hatte. Ich meine, nicht dass er Hunger litt oder so. Aber was er erzählte klang nicht gerade nach einer Menge Spaß.

Daisy schlief währenddessen auf meinem Schoß ein. Gott sei Dank.

Alex war sehr zuvorkommend und bat den Kellner, mir einen Strohhalm für meinen Tee zu holen, damit ich die Kleine nicht aufwecken musste. Und Daisy wachte nicht auf – nicht einmal, als mir ein Pistazien-Macaron runterfiel.

Als ich mir beim Teetrinken durch den Strohhalm den Mund verbrannte, sagte Alex: »Vielleicht wäre Champagner besser«, und bestellte eine Flasche.

Er kannte sämtliche Hotelangestellten beim Namen und wusste über ihre Familien und ihr Leben Bescheid. Und er schien sich keinen Moment unwohl zu fühlen, weil er mich am Hals hatte. Alles in allem war es ein unerwartet schöner Nachmittag.

Irgendwann sagte ich: »Deine Angestellten aus dem Dalton in der Bond Street müssen eifersüchtig sein, weil du hier die Namen von allen kennst.«

Er erwiderte, er kenne die Namen aller Angestellten in jedem seiner Hotels.

Das haute mich fast um.

»Du kennst doch auch die Namen deiner Schwestern, oder?«, sagte Alex. »Die Leute, die in meinen Hotels arbeiten, sind meine Familie.«

Das fand ich ziemlich nett.

Schließlich redeten wir über den Neujahrsball, den die Daltons jedes Jahr veranstalten. Er fragte mich, wie ich die Veranstaltung fand, weil ich doch von Anfang an bei jedem Ball dabei gewesen sei.

Ich war etwas verblüfft, dass er das mitbekommen hatte.

»Natürlich habe ich das mitbekommen«, sagte er. »Ich habe dich jedes Jahr bemerkt. Immer. Warum wundert dich das?«

»Wir kennen uns natürlich«, erwiderte ich. »Aber es ist ja nicht so, dass wir Freunde wären.«

»Du betrachtest uns nicht als Freunde?«, fragte er. »Und wie war das früher, als wir Kinder waren?«

»Als Kinder vielleicht schon«, sagte ich. »Aber bevor wir dieses Jahr gemeinsam gelaufen sind … waren wir nur Bekannte, oder?« Ich erzählte Alex nicht, dass ich mich an all die Sommer erinnere, in denen wir als Kinder zusammen gespielt hatten. Oder dass wir Mädchen ihn als Teenager beobachtet hatten. Dass wir über den großen, dunklen und gut aussehenden Alex Dalton gekichert hatten.

»Ich habe in dir nie nur eine Bekannte gesehen«, sagte er.

Wir redeten noch ein Weilchen über den Wohltätigkeitsball, und ich erkundigte mich, unter welchem Motto der nächste stehen würde.

Er erwiderte, dass seine Mutter das noch nicht entschieden habe. Aber sicherlich würde wieder so eine demütigende Versteigerung stattfinden.

Ich wurde knallrot. Wusste er, dass dieses Jahr nur alte Männer auf mich geboten hatten? Zu dem Zeitpunkt war er nicht mehr im Saal gewesen, aber irgendwer könnte es ihm erzählt haben.

Dann sagte Alex: »Wenn du gegen die Jolly-Piggotts vorgehen willst, brauchst du einen guten Anwalt.«

Ich erwiderte, Ted sei okay. Ein alter Freund der Familie.

Alex murmelte etwas von unangebrachter Loyalität, bevor er fragte: »Verdient deine Tochter nicht den besten?«

Wir betrachteten Daisy, die an meiner Brust schlief.

Ich entgegnete, dass Ted sein Bestes für uns tun würde. Vermutlich tat er mehr, als es irgendein Staranwalt tun würde, den wir kaum kannten. Ted würde bis ans Ende der Welt gehen. Weil er mich von klein auf kannte.

Dann fügte Alex noch hinzu, ich solle Nick jeden Penny abknüpfen, der mir zusteht. Er hätte ihn vor der Hochzeit in der Innenstadt gesehen, wie er durch die Bars zog und mit Frauen flirtete. Das sei abscheulich, wenn man ein Baby zu Hause hat. Heute wünschte er, er hätte mir das damals gesagt.

Ich sagte ihm, dass ich bereits damals gewusst hätte,

dass Nick durch die Bars zog und Frauen anmachte. Ich wusste nur nicht, dass er mit meiner Brautjungfer schlief. Dann wurde mir schlagartig klar, dass Sadies Baby Daisys Halbschwester sein wird, und plötzlich hatte ich das Gefühl, mich übergeben zu müssen.

Ich war wohl ein bisschen blass geworden, denn Alex fragte: »Ist dir kalt? Wir können Feuer im Kamin machen. Lass mich Daisy nehmen.«

Aber ich murmelte nur, dass mir leicht übel sei und ich einfach viel im Kopf hätte. Weil ich wirklich dachte, ich müsste mich gleich übergeben, dankte ich Alex für den schönen Nachmittag und rannte aus dem Hotel wie Aschenputtel um Mitternacht.

Er muss mich für eine totale Idiotin halten.

Während ich durch London lief, konnte ich nur an eines denken: dass Nick mich nie geliebt hatte. Jahrelang war ich mit ihm zusammen gewesen, und bis zum Schluss hatte er nicht einmal meine Lieblingsfarbe gekannt.

Und dass Alex mich auf jedem Ball seiner Familie bemerkt hatte, auf dem ich bisher war.

Sonntag, 14. August

Habe Laura zum Mittagessen eingeladen, um mich dafür zu entschuldigen, dass sie gestern von mir versetzt wurde.

Ich wollte mit ihr zu Jamie's Italian gehen, aber Daisy begann zu heulen und wollte einfach nicht aufhören. Also landeten wir am Ende bei Kentucky Fried Chicken, wo es Fläschchenwärmer gibt.

Kaum hatte Daisy sich beruhigt, da begann *ich* zu flennen. Ich redete mir alles von der Seele, dass Nick mich nie geliebt habe und mir entgangen sei, was direkt vor meinen Augen abgelaufen war.

Laura holte mir eine große Portion Hähnchenteile, um meinen Kummer zu lindern.

Ich gab Daisy einen Schlegel und bekam sofort Panik, weil er voller Salz war.

Laura erinnerte mich daran, dass Mum öfter mit uns zu KFC gegangen war, als wir Babys waren. Und zu McDonald's ebenfalls – es gibt ein Babyfoto von mir in einem Ronald-McDonald-Hochstuhl, auf dem ich Pommes in ein Erdbeer-Milchshake tunke.

Ich erzählte Laura von dem Nachmittagstee mit Alex. Wie nett es gewesen sei, aber dass ich mich total lächerlich gemacht hätte. Dann fragte ich sie, wie es mit Zach lief.

Sie gab zu, schon eine Weile nichts mehr von ihm gehört zu haben. Er sei im Skiurlaub. Ein Foto in der Illustrierten *HELLO!* zeige ihn in einer Skihütte mit einem Mädchen. »Das hat wahrscheinlich nichts zu bedeuten«, sagte sie. »Aber andererseits …«

Wir kauften die *HELLO!*-Ausgabe, um uns das Foto genau anzusehen. Ich musste einräumen, dass das Mädchen hübsch war, aber nicht in Lauras Liga spielte.

»Zach geht es nicht ums Aussehen«, behauptete Laura. »So ist er nicht.«

Nachdem wir »Körpersprache« gegoogelt und die Ergebnisse studiert hatten, gelangten wir zu dem Schluss, dass das Foto völlig harmlos war.

»Nur eine Bekannte auf einer Party«, sagte ich.

»Bestimmt«, sagte Laura. »Aber … trotzdem wünschte ich, ich hätte dieses Bild nie gesehen.«

Montag, 15. August

Heute fuhren Mum und Dad zu IKEA, um einen Schrank zu kaufen. Am Ende kauften sie den halben Laden.

Mum kaufte neonfarbene Geschirrtücher, eine Fußmatte mit rosaroten Fußabdrücken drauf, Haken, die aussahen wie schwanzwedelnde Hunde, und eine Großpackung Hackbällchen für die Tiefkühltruhe. Dad kaufte Schubladeneinsätze, Tupperware und Plastikboxen für all seine Schrauben.

Zu Hause setzte Mum die Hackbällchen auf die Spezialitäten-Karte des Pubs.

Dienstag, 16. August

Mum und Dad versuchten den ganzen Tag, den IKEA-Schrank zusammenzubauen, und das erste Mal seit Jahren hörte ich Dad fluchen.

Mum tobte durch den Raum und brüllte: »Wenn ich je wieder einen Inbusschlüssel sehe, ramme ich ihn irgendwem in den Arsch!«

Die Hackbällchen hat sie inzwischen wieder von der Speisekarte des Pubs gestrichen.

Mittwoch, 17. August

Daisy hat wieder angefangen, nachts aufzuwachen. Ich weiß, ich sollte versuchen, sie zu ignorieren, damit sie lernt, sich selbst zu beruhigen. Aber es ist, als würden in meinem Kopf zwei Personen miteinander streiten. Und es gewinnt immer die, die schreit: »SIE KÖNNTE HUNGER HABEN!«

Donnerstag, 18. August

Daisy schlief zwölf Stunden am Stück!

Um fünf Uhr morgens wachte ich voller Angst auf, dass sie womöglich tot sein könnte. Zwei Stunden lang ging ich ruhelos auf und ab und überprüfte immer wieder ihre Atmung. Um sieben wachte sie dann auf, quietschvergnügt und ausgeschlafen.

Ich hatte gerötete Augen und war vollkommen fertig, wie immer.

Freitag, 19. August

Heute haben Mum und Callum Geburtstag. Alle sagen, es sei Zufall, dass die beiden am gleichen Tag geboren wurden, aber ich denke, Gott wusste, dass sie verwandte Seelen sind.

Mum feierte, indem sie ein riesiges Trampolin für den Garten des Pubs kaufte. Es ist so groß wie ein Swimmingpool. Callum braucht eine ganze Minute, um von einer Seite zur anderen zu hüpfen.

Ich bin ein bisschen besorgt, dass er sich etwas brechen könnte. Neulich erst habe ich irgendwo gelesen, dass Unfälle von Kindern beim Trampolinspringen sich häufen. Und Callum gehört zu den Kindern, die einfach losspringen, ohne sich vorher zu orientieren.

Ich habe Mum zum Geburtstag eine XXL-Schokoladentafel mit ganzen Nüssen geschenkt. Früher habe ich ihr teure Badezusätze und hübsche Dinge fürs Zuhause gekauft, die sie immer direkt für wohltätige Zwecke spendete. Schokolade ist das einzige Geschenk, über das sie sich garantiert immer freut.

Callum bekam Sachen für die Schule – ein Schlampermäppchen, Stifte usw. Da er ein bisschen enttäuscht wirkte, werde ich ihm nächstes Jahr wohl ein brutales Computerspiel kaufen.

Samstag, 20. August

Mum hat sich beim Trampolinspringen das Handgelenk gebrochen.

Als Doktor Slaughter bei seiner Notfallvisite in den Kühlschrank sah, schimpfte er Mum aus, weil das Gemüsefach voller Schokoriegel war. Dann sagte er zu ihr, sie müsse in die Notaufnahme und dort warten, bis sie dran war.

Mum entgegnete, sie und Dad würden fünfmal so viele Steuern zahlen wie die meisten Leute und seien zudem privat versichert, deshalb sollte sie nicht warten müssen.

Worauf Doktor Slaughter erwiderte, dass die private Krankenversicherung nicht für Dummheit zahle.

Sonntag, 21. August

Ich werde Daisys Essgewohnheiten nie verstehen. Die einzigen Sachen, die sie vom Löffel isst, sind Bananenpüree, Haferbrei und Instantdessertcreme (an Letzterer ist Mum schuld). Andererseits robbt sie durchs Haus und steckt sich Blätter, Steine, Teppichflusen und alte vertrocknete Speisereste in den Mund. Sie versucht sogar, in ihre Windel zu beißen, während ich sie wickele.

Wie haben die Höhlenmenschen es nur geschafft, sich zu zivilisierten Artgenossen weiterzuentwickeln?

Montag, 22. August

9 Uhr

Ich habe noch zwei Kilo abgenommen! YIPPIE! Ich glaube, das werde ich gleich mit einer heißen Instanttrinkschokolade feiern, Geschmacksrichtung »Exotische Minze«.

10 Uhr

Der Exotische-Minze-Schokodrink schmeckt wie schlammige Zahnpasta. Selbst Daisy mochte ihn nicht. Sie hat das Gesicht verzogen und ihn auf ihr Ballerina-Kleidchen gespuckt.

16 Uhr
Gerade bin ich vom Spieletreff im Gemeindesaal zurückgekommen. Daisy hat versucht, die große Steppdecke zu essen, auf der alle Babys liegen sollten. Während ich sie wickelte, schnappte sie sich dann die volle Windel und schleuderte sie durch den Raum. Ich benötigte zwei Packungen Feuchtpflegetücher, um die Schweinerei zu beseitigen, und entschuldigte mich dabei die ganze Zeit.

Die Frau, die die Gruppe leitete, sagte: »Ist schon okay«, aber ich sah ihr an, dass sie verärgert war. Sie murmelte etwas in der Art, dass die große Decke nur chemisch gereinigt werden könne.

Dienstag, 23. August

Bin dreimal um das ganze Dorf gejoggt. Und *anschließend* den Weg entlang, der in den Wald führt, am Fluss und all den Vögeln und Booten vorbei.

Immer wieder dachte ich dabei an Alex und fragte mich, ob ich ihm wohl begegnen würde. Aber heute sah ich ihn nicht.

Ich wette, dass er bei dem Marathon eine richtig gute Zeit laufen wird. Ich will es nur ins Ziel schaffen. Und je häufiger ich laufe, desto öfter denke ich … vielleicht schaffe ich es ja tatsächlich.

Aber das Training wird anstrengender werden, wenn das Wetter wieder kälter wird. Ich erinnere mich noch, wie es war, im Januar zu laufen – die frostige Luft schmerzte beim Atmen fies in der Brust.

Mittwoch, 24. August

Heute war ein ulkiger Tag. Alex Daltons Anwalt rief mich an. Er heißt Jeremy Samuels und ist einer dieser unverblümten, lauten Männer, bei denen man das Telefon unwillkürlich ein Stück vom Ohr weghält.

»Alex sagt, ich soll Ihnen den Kopf zurechtrücken«, dröhnte er. »Er meinte, Sie seien sehr töricht und wollten sich einen örtlichen Anwalt nehmen. Er ist der Ansicht, dass Sie besser mich beauftragen sollten, und will die Kosten übernehmen. Wer ist dieser andere Anwalt überhaupt?«

Ich sagte ihm, es sei Ted Grunty.

»Du meine Güte!«, rief er. »Der Kerl, der all die Unterschriften gefälscht hat?« Dann sagte er: »Ich werde mit Ted reden. Er wird es verstehen. In der Liebe und der Juristerei ist alles erlaubt. Dann werden wir die Sache in Angriff nehmen und für Sie eine gute Regelung erzielen. Alex sagt, Sie seien eine reizende junge Frau – und verdienten einen angemessenen Unterhalt.«

Eine reizende junge Frau! Hat Alex mich wirklich so genannt?

Unglaublich!

Donnerstag, 25. August

Althea und ich trafen uns heute wieder im Töpfer-Café, obwohl uns das letzte Mal eigentlich eine Lehre hätte sein sollen. Wolfgang steht nun mal auf Kriegsfuß mit zerbrechlichen Dingen.

Innerhalb von drei Minuten hatte er schon wieder einen Teller mit Handabdrücken eines Babys und eine Suppentasse mit der Aufschrift »Ich liebe dich, Dad« zerdeppert.

Als alle sich umdrehten und uns anstarrten, keifte Althea: »Er lebt nur seine Gefühle aus. Warum darf er nicht er selbst sein? Ich bezahle den verdammten Bruchschaden auch.«

Althea macht sich nie Gedanken über Geld. Wolfgangs Vater ist ein berühmter Keyboarder und kassiert eine Menge Tantiemen. Das bedeutet, dass Althea viel Unterhalt bekommt. Die beiden haben eine sehr spezielle Beziehung, sind offiziell immer noch verheiratet und schlafen auch manchmal miteinander.

Ich erzählte ihr von Jeremy Samuels' Anruf.

»Mannomann!«, sagte sie. »Das ist keine Kleinigkeit. Wie kommt Alex Dalton dazu, so etwas zu tun?«

Ich erwiderte, ich wisse es nicht, aber Alex habe angedeutet, sich verantwortlich zu fühlen, weil er mitbekommen hatte, dass Nick durch die Bars gezogen war und mit anderen Frauen geflirtet hatte.

»Quatsch«, sagte Althea. »Der Grund ist, dass er auf dich steht.«

»Alex Dalton?«, fragte ich. »Das glaube ich nicht.«

Aber dann sagte Althea, Alex würde mich immer beobachten.

Ich entgegnete, dass das überhaupt nichts hieße.

Freitag, 26. August

10 Uhr

Einkaufen im Supermarkt. Was ich koche, schmeckt Daisy zurzeit nicht. Gebrauchsfertige Gemüse-Quetschies mag sie, aber ich finde, sie sollte lieber Selbstgekochtes essen. Ich habe eine Website mit vielen leckeren Rezepten für Babys gefunden und bin fest entschlossen, etwas zu kochen, was ihr schmeckt.

11 Uhr

Manchmal vermisse ich London. In dem verdammten Supermarkt hier im Dorf gibt es einfach *nichts*. Alles frische Gemüse war ausverkauft (bis auf ein paar dreckige Karotten), und Tofu oder Linsen waren auch nicht zu bekommen.

Stattdessen gab es eine große Auswahl an Instantdessertcremes (in Geschmacksrichtungen, von denen ich noch nie gehört hatte. Schwarze Rüben?), Instantsahneersatz und praktisch alles, was man braucht, um Trifle zu machen. Im Kühlregal standen sogar fertige Trifles. Aber ich wollte keine Süßspeisen. Ich wollte gesunde Babynahrung.

Ich fragte Pauline an der Kasse, wann sie wieder frisches Gemüse bekämen.

»Keine Ahnung«, erwiderte sie. »Ich kaufe immer bei Tesco ein.«

Samstag, 27. August

Zu Tesco gefahren, wo ich alle Zutaten bekam. Anschließend kochte ich einen herzhaften Linsenauflauf und pürierte ihn als Abendessen für Daisy. Da ich genug für die ganze Woche gemacht hatte, fror ich den Rest in kleinen Babyportionstöpfchen ein.

Sonntag, 28. August

Daisy wollte den Linseneintopf nicht essen. Sie spuckte ihn aus und machte Würgegeräusche, sobald ich ihr einen weiteren Löffel davon geben wollte.

Auch Mum versuchte, sie zu füttern. »Mach den Mund auf, du verwöhnter Fratz«, schimpfte sie. »Deine Mum hat gestern den ganzen Tag dieses gesunde Zeug für dich gekocht.« Als Daisy sich hartnäckig weigerte, sagte sie: »Na ja, ich kann es ihr eigentlich nicht verübeln. Es sieht aus wie der Inhalt einer vollen Windel. Warum gibst du ihr nicht einen Quetschie?«

Schließlich war ich es leid und gab Daisy einen Bananenfrühstück-Quetschie. Laut schmatzend zog sie sich die ganze Portion in weniger als einer Minute rein und saugte hoffnungsvoll an dem leeren Beutel.

Ich will meinen sorgfältig zubereiteten Linseneintopf eigentlich nicht wegwerfen, aber er sieht wirklich eklig aus.

Ich werde ihn morgen entsorgen.

Montag, 29. August

Feiertag
Mum hat meinen Linseneintopf weggeworfen. Bin total sauer!

Sie war gerade von Iceland zurückgekommen (mit Tiefkühlpizzas, gefüllten Geflügelbällchen und Hähnchen-Nuggets »für Callum«, aber sie isst die Dinger auch gern) und brauchte Platz in der Tiefkühltruhe.

Ich muss mir wirklich langsam Gedanken über eine eigene Bleibe machen. Hier ist es unmöglich, sich gesund zu ernähren. Mum hat dieses spezielle Popcorn-Rezept, bei dem sie ein ganzes Päckchen Butter in die Pfanne haut.

Dienstag, 30. August

Habe heute wieder meine Periode bekommen – und wie! Nach so vielen Monaten ohne Regelblutung ist sie jetzt so stark, als käme das Blut von Jahren auf einmal heraus. Zum Glück habe ich die riesigen Wöchnerinnenbinden noch nicht weggeworfen. Ich hatte meine Periode echt vergessen. Das war zumindest ein Vorteil der Schwangerschaft.

Mittwoch, 31. August

Heute rief Althea an, weil sie beim Shoppen bei Harrods Nick und Sadie gesehen hat. Die beiden saßen in der Oyster Bar und tranken Sekt. Sadie sah ziemlich schwanger aus, aber offenbar immer noch verhältnismäßig schlank.

Ich war echt angefressen. Ich hatte gehofft, Sadie wäre inzwischen aufgedunsen wie ein Sumoringer. Außerdem ist Nick mit mir nie in Luxustempel wie Harrods gegangen.

Althea sagte, sie habe Nick (mit sehr lauter Stimme) gefragt, ob er bereits irgendwelche Unterhaltszahlungen für sein Kind geleistet hat.

Sie ist wirklich eine gute Freundin.

Aber dann wurde Wolfgang von einem Sicherheitsmann bei irgendetwas erwischt, und Althea musste mit ihm das Kaufhaus verlassen. Die Firmenphilosophie von Harrods stimmt offenbar nicht mit Altheas Ansichten über persönliche Ausdrucksfreiheit überein.

Donnerstag, 1. September

Heute war der kleine Callum das erste Mal in der Schule. Zur Eingewöhnung durften die Kinder »alles anziehen, worin sie sich wohlfühlen«. Callum trug sein Spiderman-Kostüm und Mums Federboa und klammerte sich auf dem ganzen Weg zur Schule an unsere Hände.

Es fiel uns schwer, ihn dort zurückzulassen. Er wirkte so jung. Aber im nächsten Moment raufte er sich schon auf dem Spielplatz mit einem anderen Jungen, und wir wussten, dass er klarkommen würde.

Samstag, 3. September

An manchen Abenden denke ich, dass ich ewig laufen könnte. Doch an anderen schaffe ich kaum zehn Minuten, ohne das Training zu hassen, vor mich hin zu fluchen und mir zu wünschen, ich hätte Daisy nie versprochen, an diesem Scheißmarathon teilzunehmen.

Heute war wieder so ein Abend. Mit Ächzen und Würgen quälte ich mich nur eine Runde um das Dorf, um dann nach Hause zu wanken.

Sonntag, 4. September

Heute Abend kochte Brandi für die Familie, zu Ehren von Callum, der morgen seinen ersten offiziellen Schultag hat. Außerdem übt sie, weil sie für den Typen schwärmt, der die Kochshow *MasterChef* moderiert.

Es gab Nachos mit Käsesoße und Salsa – alles aus Gläsern und Tüten. Zum Nachtisch servierte sie uns einen Turm aus Ingwerkeksen, der von Sprühsahne zusammengehalten wurde und mit Liebesperlen verziert war.

Mum und Callum waren begeistert. Allerdings war Callum am Ende so aufgedreht, dass wir ihn nach draußen schickten, um sich vor dem Schlafengehen auf dem Trampolin auszutoben.

Mum erkundigte sich, ob es Neuigkeiten zu Nicks Unterhaltspflicht gäbe.

Ich verneinte, erzählte ihr dann aber, dass ich dank Alex Dalton nun einen neuen Anwalt hätte.

Alle waren beeindruckt.

»Alex muss auf dich stehen«, befand Mum.

Ich erwiderte, dass ich nicht in seiner Liga spielte.

Mum hob ihre Brüste an, die in einem Bodysuit aus Elastan steckten, und sagte: »Männer kümmern sich nicht um Ligen. Sie mögen Sex, Bier und Sport. In dieser Reihenfolge.«

Dad runzelte die Stirn. »Und was ist mit Jagden, Sternenkonstellationen und Spritzgussfiguren?«

Mum erwiderte: »Okay, alle Männer außer deinem Vater.«

Montag, 5. September

Der erste richtige Schultag für den kleinen Callum. Ich kann es kaum glauben. In seiner Schuluniform wirkte er so erwachsen. Brandi riss sich zusammen, aber ich hatte Tränen in den Augen. Es stimmt – Kinder wachsen so schnell.

Irgendwie schaffte es Callum, seine Schuluniform bereits kaputt zu machen, bevor er am Schultor stand.

Brandi war richtig stolz. »Er ist halt ein kleiner Rabauke.«

Es war schon seltsam, als Erwachsene zurück in der Grundschule von Great Oakley zu sein. Alles wirkte so winzig. Ich kann mich noch sehr gut an meinen ersten Schultag erinnern. Unsere Lehrerin, Mrs Bat, bekam eine Panikattacke und vergaß das Alphabet.

Callum rannte über den Spielplatz ins Klassenzimmer, ohne einmal zurückzublicken. Durchs Fenster sahen wir, wie er ein kleines blondes Mädchen anquatschte und dann galant einen anderen Jungen vom Computer wegschob, um das Mädchen ranzulassen. Es sieht wirklich ganz danach aus, als würde er bestens zurechtkommen. So ist Callum – er bewältigt das Leben spielend.

Auf dem Heimweg war Brandi ziemlich aufgewühlt. »Eines Tages wird er mich nicht mehr brauchen«, schluchzte sie. »Jetzt noch nicht, aber eines Tages.«

Ein komischer Gedanke, dass Callum jemanden braucht. Wenn es einen Atomkrieg gäbe, würde der Rest von uns sterben, aber Callum würde irgendwie überleben. Er ist das toughste Kind, das ich kenne.

Mittwoch, 7. September

Erstaunlich, aber heute Abend machte mir das Laufen richtig Spaß.

Und ich hätte ewig lange laufen können. Ich bin immer noch ziemlich langsam, aber das macht nichts. Ich habe schließlich nicht vor, den Marathon zu *gewinnen*.

Ich fühle mich so viel leichter, wenn ich gelaufen bin. Und zwar nicht unbedingt aufs Gewicht bezogen, sondern … in meinem Herzen.

Donnerstag, 8. September

Daisy war heute erkältet und wollte einfach nicht einschlafen. Ich wiegte und streichelte sie, sang und schimpfte schließlich sogar. Nichts funktionierte. Am Ende packte ich sie in den Kinderwagen und lief eine große Runde ums Dorf.

Als ich zurückkam, war sie immer noch wach, aber ich fast zehn Kilometer gelaufen.

Nicht schlecht!

Freitag, 9. September

Weil es in Strömen regnete, ging ich mit Daisy in die Dorfbücherei. Dort fand eine Vorlesestunde statt, und es waren viele Kinder aus dem Dorf da – auch Jemima Dalton.

Sie ist so ein süßes und höfliches kleines Mädchen. »Wie nett, dich wiederzusehen«, sagte sie und half dann, für Daisy ein Buch zu finden, auf dem sie herumkauen konnte.

Jemima wollte nicht beim Vorlesen zuhören, weil sie die Bücher alle schon gelesen hatte.

Ich entschuldigte mich dafür, neulich weggerannt zu sein, und bat sie, Alex nochmals für den Nachmittagstee zu danken. Und auch für die Sache mit Jeremy.

»Danke ihm doch selbst«, sagte sie. »Er steht direkt hinter dir.«

Ich schreckte zusammen.

Jemima lachte. »Das war nur ein Scherz. Aber er kommt bald. Du magst ihn, stimmt's?«

Verdammt, diesem aufgeweckten Kind entging aber auch nichts.

»Er ist ein sehr netter Mann«, sagte ich.

Sie schenkte mir ein wissendes Lächeln.

Ich gab vor, Daisys Windel wechseln zu müssen, dann hastete ich zur Toilette, klatschte mir eine Ladung Wasser ins Gesicht und wischte die verschmierte Wimperntusche von gestern unter meinen Augen weg.

Lässig schlenderte ich zurück und las Daisy weiter vor, behielt dabei aber immer die Tür im Auge, um Alex kommen zu sehen.

Ein paar Minuten später tauchte er auf, und ich tat so, als wäre ich überrascht, ihn zu sehen.

»Aber ich habe dir doch vorhin gesagt, dass er kommt«, sagte Jemima.

Ich wurde knallrot.

Alex' Lippen umspielte ein halbes Lächeln.

O Gott! Warum kommt es mir nur so vor, als würde der Fußboden mich in sich hineinziehen, wenn Alex mich ansieht?

Er kniete sich hin, um Daisy zur Begrüßung auf den Bauch zu pusten, und erkundigte sich dann, ob Jeremy Samuels sich gemeldet habe.

Ich erwiderte, dass ich ihm danken wollte und er recht damit hatte, dass ich einen guten Anwalt brauchte.

»Ich habe meistens recht«, sagte Alex. Und fügte dann hinzu, er habe mich ums Dorf laufen sehen, und meine Form habe sich verbessert.

Ich wollte nachfragen, an welchem Tag er mich gesehen hatte. Vielleicht am Montag, als ich in Lauras schickem schwarzem Laufdress voller Energie meine Runden drehte und dabei aus einer sportlichen Wasserflasche trank? Oder am Mittwoch, als ich mich in meiner fleckigen und ausgebeulten alten Jogginghose vorwärtskämpfte, wie ein altes

Pferd keuchte und vor mich hin murmelte: »Ich hasse diese verdammte Lauferei«?

Stattdessen sagte ich zu Alex, je kälter das Wetter sei, desto weniger würde ich mir zutrauen, es bei dem Marathon bis ins Ziel zu schaffen.

»Wird es nicht Zeit, dass ich wieder anfange, dich zu trainieren?«, fragte er.

Ich merkte, wie ich heftig nickte.

Mit einem schiefen Lächeln schlug er vor, morgen Abend um acht im Pub vorbeizukommen.

»Bist du dir sicher, dass es dir nicht unangenehm ist, deine vornehme Welt zu verlassen?«, fragte ich.

»Vielleicht bin ich gar nicht so vornehm, wie du denkst«, sagte Alex und marschierte dann hinaus zu seinem silbernen Rolls-Royce.

Samstag, 10. September

19 Uhr

Daisy ist im Bett. Alex kommt in einer Stunde vorbei. Was zum Teufel soll ich bloß anziehen???!!!

Laura und ihre Laufklamotten aus Lycra sind in London, und es ist sinnlos, Mum oder Brandi nach Ersatz zu fragen. Es sei denn, ich möchte in Stöckelschuhen, Neon und mit sieben Schichten Bräunungsspray joggen gehen.

Warum habe ich bloß nicht früher daran gedacht, als die Läden noch offen hatten?

Meine momentanen Optionen sind:

* Nicks altes T-Shirt von Abercrombie & Fitch, aber das weckt schlechte Erinnerungen, und außerdem wirke ich darin fett
* Leggings mit total ausgebeulten Knien
* Dads schneeweiße Tenniskluft aus den Achtzigerjahren

Ich brauche dringend eine neue Garderobe. Ich befinde mich in einem schrecklichen modischen Niemandsland, denn ich habe nicht die Figur für enge T-Shirts, die meinen Bauch entblößen, wenn ich die Arme hebe (zudem habe ich IMMER NOCH diese sonderbare braune Schwangerschaftslinie unter dem Bauchnabel, wird die JE verschwinden?), bin aber noch zu jung für weite wallende Blusen mit Blumenmustern.

19:50 Uhr
Habe mich für Dads Tennissachen entschieden. Die sind auch am saubersten. Verdammt – es klingelt! Das muss Alex sein.

Sonntag, 11. September

Es war schon seltsam, als ich Alex gestern vor der Tür des Pubs stehen sah. Eine gute Art von seltsam, aber seltsam nichtsdestotrotz. Ich meine, ich habe ihn schon unzählige Male in Great Oakley gesehen, aber dass er vor unserer privaten Haustür steht, durch die sonst nur die Familie reinkommt … Er sah wieder aus wie der Held aus dem koreanischen Action-Movie *Silent Assassin* – verschränkte Arme, schwarzes T-Shirt, dunkelgraue Jogginghose und todernste Miene.

»Bist du gekommen, um das Haus einzunehmen?«, fragte ich ihn.

Er sah mich mit seinem eigenartigen Lächeln an und fragte: »Hast du gedacht, wir würden Tennis spielen?«

Ich erwiderte, meine Laufklamotten seien in der Wäsche und ich sähe hoffentlich okay aus.

»Du siehst perfekt aus«, sagte er.

Ich vergab ihm seinen Witz sofort.

Dann erkundigte er sich nach Daisy und meinen Eltern und wollte wissen, ob der Pub gut laufe.

Ich sagte, er laufe immer gut, weil er der einzige Pub im Dorf ist.

Wir joggten am Flussufer entlang.

»Lauf ruhig voraus, wenn dir das Tempo zu langsam ist«, sagte ich immer wieder. »Ich will dich nicht bremsen.«

Aber er blieb die ganze Zeit an meiner Seite, obwohl klar war, dass er viel schneller hätte laufen können. Wir waren über eine Stunde lang unterwegs und redeten dabei nicht viel.

Na ja – ich konnte auch nicht viel reden. Ich war zu sehr damit beschäftigt zu keuchen. Wäre Alex nicht dabei gewesen, hätte ich nach zehn Minuten aufgehört. Eigentlich hatte ich nicht die geringste Lust, in der Dunkelheit und Kälte herumzurennen, aber in seinem Beisein konnte ich nicht aufgeben. Das wäre zu peinlich gewesen. Also lief ich weiter. Und seltsamerweise wurde es leichter, als ich den Gedanken, dass ich aufhören *könnte*, aus meinem Kopf verbannte.

Als wir zum Oakley Arms zurückkamen, war ich ganz verschwitzt, und meine Haare kräuselten sich um mein gerötetes Gesicht.

Ich dankte Alex für das Training, und er sagte: »Ich werde morgen wieder hier sein. Um die gleiche Zeit. Wir werden sechzehn Kilometer laufen. Stell dich schon mal darauf ein.«

Montag, 12. September

Gestern Abend trainierte ich wieder mit Alex. Wir liefen sechzehn Kilometer, wie er gesagt hatte. Wir redeten nicht viel. Aber es war nett, einfach zusammen zu sein.

Dienstag, 13. September

Das ganze Dorf tuschelt über Alex und mich. Ich versuche so zu tun, als wäre unser gemeinsames Training nichts Besonderes, aber insgeheim bin ich MEGAglücklich. Wann immer Alex mich abholt, habe ich Schmetterlinge im Bauch. Außerdem laufe ich schneller denn je.

Freitag, 16. September

Diese Woche liefen Alex und ich JEDEN Abend.

JEDEN ABEND!

Manchmal ist es schrecklich. Alex ist ein unglaublich strenger Coach und schont mich nicht.

»Komm schon!«, ruft er dann, während er um mich herumhüpft. »Durchhalten! Streng dich an. GIB ALLES!«

Aber ich muss zugeben, dass wir erstaunliche Fortschritte machen. Ich bin weiter und schneller gelaufen als bisher. Trotzdem gibt es durchaus Augenblicke, in denen es so schwerfällt, dass ich Alex umbringen könnte. Und mich gleich mit. Aber sie werden seltener.

Tagsüber war ich so energiegeladen, dass ich sogar schon mit dem Kinderwagen gelaufen bin. Nur zum Spaß. Daisy macht immer ein erschrockenes Gesicht, wenn ich mit ihr losrenne. Als würde ich sie kidnappen oder so was.

Samstag, 17. September

Heute rief Helen an. Sie hatte gehört, dass Alex und ich zusammen joggten. »Kaum hast du das Hochzeitskleid ausgezogen, schon zeigst du dich mit einem anderen Mann in der Öffentlichkeit«, sagte sie.

Ich entgegnete, ich könne mich treffen, mit wem ich wolle. Schließlich habe Nick meine Brautjungfer geschwängert.

»Niemand weiß, dass Sadie schon vor der Hochzeit mit Nick zusammen war oder sie so kurz danach schwanger wurde. Und ich halte es für das Beste, wenn wir das für uns behalten, um einen Skandal zu vermeiden.«

Großer Gott.

»Wenn das Baby erst da ist, kann man sich das doch verdammt leicht ausrechnen, oder?«, schrie ich.

Ich konnte beinahe durchs Telefon spüren, wie Helen zusammenzuckte.

»Kein Grund, ausfällig zu werden.« Dann führte sie aus, wie wichtig Nicks Ruf in seiner *Branche* sei.

»Er ist kein Priester, Helen«, sagte ich. »Er ist Schauspieler. Ein kleiner Skandal könnte seiner Karriere sogar guttun.«

»ABER MIR NICHT!«, fauchte sie. Dann ließ sie sich darüber aus, dass Männer eben Männer seien und Nicks Vater genauso gewesen sei.

Als ich erwiderte, dass Nicks Vater dann offenbar ein Arschloch gewesen sei, wurde sie richtig pampig und drohte, sie würde »dieses Gespräch beenden, wenn du dich nicht wie eine Erwachsene benehmen kannst!«.

Ich wies sie darauf hin, dass sie mich angerufen hatte, und sagte, ich hätte nicht das Geringste dagegen, sollte sie das Gespräch beenden. Es sei mir sogar lieber, wenn sie mich nicht mehr anrufen würde, um mir zu sagen, was ich zu tun hatte. »Ich bin nicht mehr mit deinem Sohn verlobt. Ich wohne nicht mehr in deinem Apartment. Und ich muss nicht mehr nett zu dir sein«, sagte ich. »Und wenn ich mit Alex Dalton joggen gehen will, dann tue ich das einfach.«

»Das machst du doch nur, um es Nicholas heimzuzahlen, oder?«

»Ach, hör endlich auf, dir was vorzumachen, und lass mich in Ruhe, Helen!«, blaffte ich sie an und legte auf.

Mum, Dad und Brandi applaudierten mir.

Callum fragte: »Wer war die Nervensäge?«
Manchmal klingt er ganz wie Brandi.
»Die böse Schwiegermutter«, sagte Mum.
»Hat sie nach Daisy gefragt?«, wollte Dad wissen.
»Nein«, sagte ich. »Mit keinem Wort.«

Sonntag, 18. September

Heute Morgen ist Callum etwas SCHRECKLICHES passiert. Brandi und ich waren oben im Wohnzimmer, als sein Darth-Vader-Kostüm plötzlich Feuer fing. Sein schwarzes Cape war buchstäblich ein Feuerball.

Ich schaffte es gerade noch, Callum zu Boden zu werfen und mich auf ihn zu wälzen, während ich Daisy mit der anderen Hand in die Höhe hielt. Ich dachte ja immer, ich sei schlecht in Yoga, aber wie sich gezeigt hat, bin ich ziemlich gelenkig, wenn's drauf ankommt.

Brandi reagierte ebenfalls schnell. Sie schüttelte eine Flasche Cola und benutzte sie als Feuerlöscher.

Zum Glück kam Callum mit dem Schrecken davon. Dieses Kind hat neun Leben.

Danach schrien Brandi und ich ihn sicher eine halbe Stunde lang an. Sie machte sich Vorwürfe, dass er das Feuerzeug in die Hände gekriegt hatte. Aber es war nicht ihre Schuld. Wie sich später herausstellte, hatte er ein altes Feuerzeug im Garten gefunden und es unter seiner Darth-Vader-Verkleidung versteckt.

Montag, 19. September

Anscheinend ist mein Lauftraining mit Alex jetzt *offiziell* Dorfgespräch. Jedenfalls laut Mum, die höchstwahrscheinlich auch diejenige ist, die den Leuten davon erzählt hat.

Sollen sie doch reden. Das Ganze ist völlig harmlos, sosehr ich auch wünschte, es wäre anders. Während wir gestern Abend liefen, erzählte ich Alex, ich hätte meinen Facebook-Status auf »Single« geändert.

»Dann geht es auf Facebook vor allem darum, allen mitzuteilen, ob man gerade in einer Beziehung ist oder nicht?«, fragte er.

Wie sich herausstellte, ist Alex NICHT AUF FACEBOOK!

Und ich hatte mich immer gefragt, warum ich ihn nicht finden konnte. (Ja, als ich noch etwas jünger war, habe ich versucht, ihn online zu stalken.)

Dann sagte er, ich sei »viel zu gut für Nicholas Spencer«.

Ich bekomme ganz weiche Knie, wenn er mich direkt ansieht. Macht sich nicht so gut beim Laufen.

Dienstag, 20. September

Heute war ich eine schlechte Mutter.

Ich musste die Formulare für den Rechtsstreit mit Nick ausfüllen, und während ich das erledigte, ließ ich Daisy auf ihrer Spieldecke liegen. Ich dachte, da wäre sie sicher. Aber irgendwie schaffte sie es, meine Handtasche vom Sofa zu zerren, den Reißverschluss zu öffnen, eine große

Tüte Tortilla-Chips rauszuholen, aufzukriegen (WIE?) und das meiste des Inhalts zu essen.

Ich bekam Herzrasen, als ich an das viele Salz dachte.

Eine Stunde lang googelte ich mit der heulenden Daisy im Arm wie besessen »Baby Salz Tod«. Ich las, dass ein Baby gestorben war, nachdem es Vollkornhaferflocken gegessen hatte! Und Haferflocken sind sicher nicht einmal halb so salzig wie Tortilla-Chips.

Total panisch fuhr ich mit Daisy in die Notaufnahme. Nach ein paar Stunden kamen zwei Hebammen zu mir. Sie lachten, als ich ihnen von den Tortilla-Chips berichtete, und zählten mir dann alle salzigen Lebensmittel auf, die sie ihren Babys schon zu essen gegeben hatten: Brezeln. Schinken. Hähnchen-Chow-Mein. »Und es hat ihnen nicht geschadet«, sagten sie immer wieder.

Hebammen sind seltsam. Mal ermahnen sie einen, alles zu sterilisieren, und mal lachen sie einen aus, weil man übervorsichtig ist. Man kann es ihnen nicht recht machen.

Mittwoch, 21. September

Heute nahm ich mir den Müllsack vor, in den Nick meine Sachen aus der alten Wohnung gestopft hatte. Ich hätte ihn längst auspacken sollen, aber ich hatte so viele wichtigere Dinge zu tun – zum Beispiel Daisy davon abzuhalten, die Finger in Steckdosen zu stecken.

Der dämliche Nick. Er hatte auch die Krimskrams-Dose mit der Kreditkarte für Notfälle reingepackt. Die, die über Helens Konto läuft.

Ich starrte die Kreditkarte lange an und überlegte mir, ob ich sie für eine große Einkaufsorgie benutzen sollte.

Aber nein. Ich werde mich erwachsen verhalten. Das Gericht wird Nick am Ende dazu verdonnern, mir Geld zu geben.

Samstag, 24. September

Heute gab es Essen vom Chinesen: Hähnchen-Chow-Mein, gebratenen Reis mit Ei, Hähnchen in Schwarze-Bohnen-Soße, Krabbenchips, pikantes Rindfleisch im Teigmantel und Hähnchencurry.

Momentan ist es okay, mal ein bisschen über die Stränge zu schlagen, weil ich ordentlich abnehme. Trotzdem werde ich mich gleich in meinen Laufdress zwängen müssen.

Seufz.

Ich mache mich jetzt lieber fertig. Alex wird bald vor der Tür stehen.

Sonntag, 25. September

Großer Gott im Himmel! Ich bin mit Alex unglaubliche vierundzwanzig Kilometer gelaufen (wobei Alex bereits acht Kilometer gelaufen war, als er mich abholte).

Als wir wieder am Fluss waren, sagte er: »Vierundzwanzig Kilometer. Ich finde, darauf sollten wir anstoßen, was meinst du?«

Ich stimmte ihm zu und wollte hinzufügen: »Und dazu fünf Päckchen fettfrei geröstete Erdnüsse knabbern.« Normalerweise hätte ich vorgeschlagen, ins Oakley Arms zu gehen, aber bei der Vorstellung, mit Alex im Pub meiner Eltern zu sitzen, wurde mir unbehaglich zumute.

Deshalb war ich erfreut, als er sagte: »Ich dachte an den Jachtklub. Der ist gleich um die Ecke, und der Wein ist dort sehr gut.«

»Ich wusste gar nicht, dass du Wein trinkst«, sagte ich, denn ich hatte ihn immer nur Whisky trinken sehen.

»Ich nicht, aber du. Weißwein. Und Guinness. Natürlich nicht zusammen«, sagte er.

»Woher weißt du das?«, fragte ich.

»Beobachtung«, erwiderte er.

Bisher war ich nur auf Privatpartys im Jachtklub gewesen (man muss Mitglied sein, um dort regulär zu verkehren), deshalb war es nett, an einem ganz normalen Abend hinzugehen.

Das Klublokal ist mit hellem Holz im schwedischen Stil eingerichtet und hat ein riesiges Panoramafenster, durch das wir eine tolle Aussicht auf den Fluss und all die Boote hatten, die auf dem Wasser schaukelten.

Alex hatte recht mit dem Wein – er war lecker. Nicht dass ich viel von Wein verstehe. Aber er schmeckte auf jeden Fall besser als der im Pub meiner Eltern.

Eine Weile saßen wir nur da und betrachteten den Fluss. Ich trank Weißwein, und Alex nippte an einem dunklen Whisky mit einem schottischen Namen.

Dann begannen wir zu reden, und ich erfuhr, dass Alex einen Teil seiner Kindheit in Shanghai, Singapur, Bahrain und an etlichen anderen Orten verbracht hatte. Das erklärte viel – nämlich, warum er und Zach bei den meisten Dorfveranstaltungen gefehlt hatten, aber wundersamerweise stets sonnengebräunt auf den Wohltätigkeitsbällen der Daltons aufgetaucht waren.

Ich fragte ihn, wie es gewesen sei, an so vielen verschiedenen Orten aufzuwachsen.

Das habe ihn gebildet, erwiderte er.

Dann wollte ich wissen, ob Jemima gerne in Great Oakley sei.

Er sah mich mit seinem halben Lächeln an und erwiderte: »Natürlich. Warum?«

»Ich meine, ihr Daltons seid viel gereist«, sagte ich. »Ich dachte, dass sie Great Oakley vielleicht als zu klein empfindet und später mal in London leben will.«

Alex sagte, dass Jemima Great Oakley liebe.

Während wir uns unterhielten, ging am Flussufer ein Feuerwerk los. Im Dorf wurde offenbar irgendwas gefeiert. Ich dachte an die Brandnarbe auf Alex' Arm. »Du musst Feuerwerk hassen.«

»Ja, das tue ich.« Er lächelte. »Aber das ist unser Geheimnis.«

»Wir hätten heute Abend nicht laufen gehen müssen«, sagte ich. »Du hättest absagen können.«

»Feuerwerk macht mir nichts mehr aus«, erwiderte Alex. »Allerdings würde ich nie zulassen, dass Jemima sich zur Guy-Fawkes-Nacht in Great Oakley aufhält. Ich habe also wohl doch auch ein paar andere Narben zurückbehalten.«

Zu diesem Zeitpunkt war ich ein *klitzekleines* bisschen betrunken – die ganze Lauferei hatte den Inhalt meines

Magens aufgezehrt. Deshalb sagte ich: »Es gab so viele Gerüchte über den Brand. Keiner weiß, was er glauben soll.«

Der Gesichtsausdruck von Alex veränderte sich überhaupt nicht, als er antwortete: »Great Oakley liebt seine Gerüchte. Sag mir, welches du meinst. Das Gerücht, dass mein Vater das Haus aus versicherungstechnischen Gründen angezündet hat? Oder das, dass er mich darin den Flammen überlassen hat?«

Ich fühlte mich richtig mies. Weil er recht hatte – das waren die Gerüchte.

Alex nahm einen Schluck Whisky und sagte: »Als das Haus brannte, war es mein Vater, der mich rettete. Und Zach auch. Du siehst also, Mr Dalton senior ist nicht durch und durch böse. Und nein, es war auch kein Versicherungsbetrug. Ein Feuerwerkskörper hatte die Ställe in Brand gesetzt, und das Feuer breitete sich dann auf das Haus aus.«

»Wie kam es dann zu der Brandwunde an deinem Arm?«, fragte ich. »Sonst wurde niemand verletzt.«

Ich merkte gleich, dass ich zu weit gegangen war, denn Alex blickte zu den Booten auf dem Wasser hinaus und sagte: »Das erzähle ich dir ein andermal. Lass uns über etwas anderes reden.«

Wir wechselten also das Thema und sprachen über unsere Kindheit im Dorf, über den Wald und den Bach mit den Fischen und all die Sachen, die wir beide als Kinder gemacht hatten.

Ich frotzelte, Alex sei das hochnäsige reiche Kind gewesen, und er frotzelte zurück, ich sei eine Quasselstrippe gewesen, die zu viele Klamotten in knalligen Farben trug.

»Du warst das Mädchen mit den blonden Locken, der lauten Stimme und den knallpinken Radlerhosen«, sagte er.

Dass ihm ausgerechnet die Radlershorts in Erinnerung geblieben waren!

Dann fragte er mich, ob ich mich an die Schaukel erinnerte.

»An die drei Meter hohe, an der dieses Kind bewusstlos geschlagen wurde? Natürlich. Die ist immer noch da, oder?«, erwiderte ich.

»Erinnerst du dich auch an den Tag, an dem ich mich nicht draufsetzen wollte?«, fragte Alex.

Ich sagte, das täte ich. Ich erinnerte mich sogar sehr gut daran. Ein paar ältere Jungs hatten Alex gehänselt, er sei ein Feigling. Man sah ihm an, dass er drauf und dran war, sich mit ihnen zu prügeln. Deshalb tat ich, was ich konnte, um ihn zu besänftigen.

»Mein Vater hatte mich an jenem Morgen mit einem Kricketschläger verdroschen«, sagte Alex. »So heftig, dass ich mich nicht hinsetzen konnte. Darum wollte ich nicht auf die Schaukel. Aber das wollte ich den anderen nicht sagen. Eher hätte ich mich mit allen geprügelt.«

Ich war total geschockt. Erstens, weil sein Vater ihm das angetan hatte. Ich meine, vornehme Familien tun so was doch nicht. Und zweitens, weil er das ausgerechnet mir erzählte. »Das ist … Scheiße«, sagte ich. Mir fiel kein besseres Wort dafür ein.

»Weißt du noch, dass du mir damals ein vierblättriges Kleeblatt geschenkt hast?«, fragte Alex.

Ich lachte. »Ja.«

Wer hätte gedacht, dass er sich noch daran erinnerte? Als der Streit anfing, fand ich dieses perfekte vierblättrige Kleeblatt, schenkte es Alex und sagte, es sei etwas Besonderes. Er dürfe es nicht kaputt machen, doch das würde er, wenn er sich prügelte. Mein Trick funktionierte. Alex hatte sich beruhigt, und die anderen Kinder waren abgezogen.

»Ich habe dieses Kleeblatt aufbewahrt«, sagte Alex. »Das hast du aber nicht gewusst, oder?«

»Du hast es aufgehoben? Warum?«, fragte ich.

»Es war wirklich etwas Besonderes«, erwiderte er. »Und es hat mich wahrscheinlich davor bewahrt, zusammengeschlagen zu werden. Wenn man kaum laufen kann, ist eine Prügelei keine gute Idee. Das habe ich noch nie jemandem erzählt.«

»Dass du dich nicht prügeln wolltest?«, fragte ich.

»Nein«, sagte Alex. »Die Sache mit dem Kricketschläger.«

Es kam mir vor, als würde es ganz still im Raum. Als wäre sonst niemand da. Nur wir beide.

Dann beugte Alex sich vor und küsste mich.

Es war unglaublich. Einfach UNGLAUBLICH.

Als würde ich fortgerissen.

Dann wich er plötzlich zurück. »Das hätte ich nicht tun sollen.«

»Aber warum denn nicht?«, fragte ich.

»Du und Nicholas Spencer«, sagte er. »Ich denke nicht, dass das vorbei ist. Ihr habt ungelöste Probleme.«

Ich war ganz atemlos, schaffte es aber zu sagen: »Was gibt es da noch zu lösen? Er ist mit meiner Brautjungfer durchgebrannt.«

»Aber du würdest trotzdem zu ihm zurückkehren, oder?«, fragte Alex.

»Ich weiß es nicht«, gab ich zu.

»Das ist das Problem«, sagte Alex.

Wir saßen da und hielten Händchen. Ich habe keine Ahnung, wie lange. Vielleicht zwanzig Minuten? Wir sahen einander an, ohne etwas zu sagen.

Und dann tauchte plötzlich die verdammte Helen an unserem Tisch auf. Ich hatte vollkommen vergessen, dass sie und Henry manchmal im Jachtklub etwas trinken.

Mit ihrer schrecklichen schrillen Stimme sagte sie: »Wie nett, dich zu sehen, Alex. Ich habe gerade mit deiner Mutter über den Neujahrsball gesprochen.« Dann tat sie so, als wäre sie überrascht, mich zu sehen. »Juliette, na so was! Dich hätte ich hier nicht erwartet. Wo ist denn die kleine Daisy, du Rabenmutter?« Sie trug ein Kostüm von Vivienne Westwood, in dem sie aussah wie Cruella de Vil aus *101 Dalmatiner*. Der schwankende Henry neben ihr war eindeutig sturzbetrunken.

Ich entgegnete, Daisy sei bei Mum.

»Nun, vermutlich weiß deine Mutter alles über Babys. Sie hat ja genug Nachwuchs bekommen«, erwiderte Helen.

Alex ließ mich nicht aus den Augen. Er hielt weiter meine Hand fest und sagte: »Guten Abend, Mrs Jolly-Piggott. Mein Anwalt Jeremy Samuels lässt Sie grüßen. Er vertritt jetzt Juliette. Wenn Sie ihr also etwas zu sagen haben, wenden Sie sich in Zukunft bitte an ihn.«

Helen klappte die Kinnlade herunter. Dann stotterte sie, sie habe gedacht, Ted Grunty würde mich vertreten, und warum sie nicht über diese neue Entwicklung informiert worden sei. Sie fuhr Henry an, dass er die Post nicht an sie weiterreiche. »Tja, ich fürchte, Rechtsstreitigkeiten und die Pflege gesellschaftlicher Kontakte schließen einander aus«, fügte sie dann hinzu. »Wie auch immer, Henry und ich wollten nur etwas trinken.«

»Es sieht so aus, als hätte Henry bereits genug für Sie beide getrunken«, sagte Alex.

Ich begann zu kichern. Und wenn ich einmal damit anfange, kann ich nicht mehr aufhören.

Ich kicherte noch immer, als Alex mich aus dem Jachtklub hinausführte und durch die kleinen Straßen zurück zum Pub meiner Eltern begleitete.

Vor der Haustür sagte Alex: »Du musst jetzt damit aufhören.«

Ich fragte, warum.

»Weil ich dir sonst keinen Gutenachtkuss geben kann.«

Plötzlich war ich ganz ernst. »Gute Nacht, Alex«, sagte ich.

»Gute Nacht, Juliette.«

Er stand da und sah mich mit seinem schiefen Lächeln an. »Sonst bin ich immer so beherrscht«, sagte er.

Und dann küsste er mich wieder und raubte mir den Atem. Er war so sexy. So warm. So gefährlich. Einfach … alles. Ich wollte nicht, dass es aufhörte.

Als Alex mich losließ, fühlte ich mich so benommen und schwindelig, dass ich mich an der Haustür festhalten musste.

»Ich sehe dich dann morgen Abend zum Training«, sagte er.

Ich muss wohl okay gesagt haben. Daran, dass ich nickte, kann ich mich wenigstens erinnern.

»Um acht Uhr«, sagte er. »Sei dann fertig.«

Und jetzt habe ich Schiss.

Es kommt mir vor, als befände ich mich in einer anderen Wirklichkeit. Gut aussehende Männer aus der Oberschicht küssen keine Wirtstöchter. So etwas passiert einfach nicht. Die Frage lautet also: Was nun?

Nachmittags

Wie kann Zeit nur so langsam vergehen? Wann ist es endlich acht?

Spätnachmittags

Ich bin zu nervös, um etwas zu essen. Ich kann einfach nicht aufhören, an Alex zu denken. Das ist doch Wahnsinn.

Daisy hat letzte Nacht tief und fest geschlafen, aber ich war hellwach – total verknallt wie ein Teenager.

Einfach lächerlich. Ich bin jetzt eine Mum. Eine alleinerziehende Mutter. Ich habe keine verrückten Romanzen. Das macht alles keinen Sinn.

Es waren nur Küsse. Nur dumme betrunkene Küsse.

O mein Gott!

Was soll ich nachher zu Alex sagen? Werden wir so tun, als wäre nichts passiert? Wird er das Ganze vergessen wollen?

Oder … oder?

18 Uhr
Draußen stürmt es wie verrückt. Als wüsste die Welt, dass gerade etwas Wichtiges passiert. Die ganze Energie fliegt im Himmel herum.

19 Uhr
Gerade rief Alex im Pub an. »Juliette?«, fragte er.

»Ja«, sagte ich mit ziemlich piepsiger Stimme.

Ich wusste, dass er es war, trotzdem fragte ich: »Ähm … wer ist denn da?«

Er lachte. »Du weißt, wer da ist. Wir können heute Abend nicht laufen gehen. Draußen ist es zu gefährlich. Aber kann ich dich sehen?«

Ich brachte kein Wort mehr heraus. Meine Kehle war wie zugeschnürt. Er wollte mich sehen? Warum? Um mir zu sagen, dass das von gestern Abend ein dummer Fehler gewesen war?

Es gelang mir noch, »okay« zu antworten, woraufhin er erwiderte, er käme gleich vorbei, um mich abzuholen.

Jetzt warte ich darauf, dass sein Wagen vorfährt, und habe DOPPELT Schiss.

Montag, 26. September

Gestern Abend kam Alex zehn Minuten nach seinem Anruf. Ich empfing ihn an der Haustür, und er hielt einen Schirm über mich.

Im Rolls-Royce drehte er die Heizung voll auf und umfasste meine Finger. »Du frierst«, sagte er. »Heizen deine Eltern im Pub nicht?«

Die meiste Zeit tun sie das tatsächlich nicht. Dad ist eher zurückhaltend, was Dinge wie das Heizen betrifft. Und Mum spürt wegen all der amerikanischen Pizzas, die sie isst, die Kälte nicht.

Alex sagte, er habe über mich nachgedacht. Und über gestern Abend.

Sofort wurde mir vor Nervosität ganz flau im Magen. Ich dachte, er würde mir gleich einen Liebe-Juliette-Vortrag halten. »Sollen wir dann im Auto eine Runde drehen?«, piepste ich.

Er schenkte mir sein seltsames Lächeln und sagte: »Es sei denn, du würdest lieber den Bus nehmen.«

»Das würde mir nichts ausmachen«, sagte ich. »Ich mag den Bus.«

»Aber warum denn?«, erwiderte Alex. »Der ist doch so *langsam.*«

Inzwischen hatte der Sturm sich gelegt, und die Sterne waren herausgekommen. Alex fuhr durchs Dorf, an der Maibaumwiese und den netten kleinen Läden vorbei. Und dann den Feldweg hinauf, der am Wald mit den vielen Glockenblumen entlangführt. Er parkte den Wagen direkt an dem Bach, in dem wir als Kinder oft gespielt hatten. Neben der Schaukel.

»Immer wenn ich die Schaukel sehe, denke ich an dich«, sagte er. »Weißt du das?«

»Seit wann?«, fragte ich.

»Schon immer.«

Mein Herz pochte. Alex sah mich so intensiv an. Ich

konnte ihn atmen hören, und ich hörte auch mich selbst atmen – ganz schnell, wie das Schlagen von Schmetterlingsflügeln.

Und dann küsste er mich wieder, mit einer Hand in meinen Haaren und der anderen an meiner Wange. Lange.

Ich ließ den Autositz herunter, sodass wir nach hinten kippten. Und dann war er auf mir und küsste mich so heftig, dass ich kaum Luft bekam.

Als ich meine Klamotten auszuziehen begann, packte er meine Hand, um mich aufzuhalten. »Juliette …«

Aber ich sagte, es sei okay. Wirklich. Ich sei erwachsen. Er brauche mich nicht vor mir selbst zu schützen. Ich wisse, was ich tue.

»Ach, zum Teufel damit«, sagte er schließlich und half mir, mein Oberteil über den Kopf zu ziehen.

Ich knöpfte sein Hemd auf und ließ meine Hände über seine Brust und seinen Rücken gleiten. Seine Haut fühlte sich toll an – ich konnte gar nicht genug davon bekommen –, und es war himmlisch, mich an seine nackte Brust zu schmiegen. Ehe ich wusste, wie mir geschah, war er in mir und starrte mir in die Augen.

All die Male mit Nick – sie waren nichts gewesen. Gar nichts. Mit Alex war es, als würde ich auf Wolken schweben. Danach lagen wir eine ganze Weile einfach nur halb nackt da und sahen einander an.

Irgendwann begann ich, mir wegen Daisy Sorgen zu machen, und sagte, dass ich heimgehen sollte.

Als Alex mir beim Anziehen half, fragte er mich, ob es mir gut gehe. Ob ich mich wohlfühle.

Das brach den Zauber irgendwie, und ich wurde ein

bisschen befangen. Um meine Unsicherheit zu überspielen, witzelte ich: »*Das* hätten wir im Bus nicht tun können.«

Alex lächelte. »Was geschieht nur mit mir? Sonst bin ich so beherrscht.«

Ich wusste nicht, was ich darauf sagen sollte, und sagte deshalb gar nichts.

Alex startete den Wagen. Ein paar Minuten lang fuhren wir schweigend dahin, bis er meinte: »Dieser Wagen bedeutet mir viel.«

»Hast du deshalb eine Abneigung gegen öffentliche Verkehrsmittel?«, fragte ich. »Weil du in dieses Auto verliebt bist?«

Auch das hatte ein Scherz sein sollen, aber Alex sagte: »Ich liebe den Wagen wirklich.«

»Aber er ist nur ein Ding«, sagte ich. »Wie kann man ein Ding lieben?«

»Für mich ist er mehr als das«, sagte er. »Er ist ein Symbol. Er symbolisiert, wer ich bin. Ich habe ihn gekauft, nachdem ich zum ersten Mal eine Million Umsatz gemacht hatte. Ohne Leute zu hintergehen. Ohne das Personal schlecht zu bezahlen. Ohne die Konkurrenz zu erpressen. Ich hatte bewiesen, dass ich nicht wie mein Vater war. Deshalb bedeutet der Wagen mir etwas. Er steht für das, was ich bin und was ich nicht bin. Und er ist *kein* verdammtes Protzauto.«

»Na ja, ein *bisschen* protzig ist er schon«, sagte ich. »Ich meine, du bist der Einzige im Dorf, der so einen Wagen fährt.«

»Es wäre für jeden anderen auch schwierig, so einen

Wagen zu fahren«, sagte er. »Er wurde speziell für mich hergestellt.«

Als Alex mich vor dem Pub absetzte, sagte er: »Pack dich warm ein. Keine kalten Hände mehr. Ich komme morgen wieder vorbei.«

Ich zögerte ein paar Sekunden. Ich wollte ihm einen Abschiedskuss geben oder so was. Aber dann schrie Mum von drinnen: »Dieses Scheißabflussrohr ist schon wieder verstopft!«, deshalb sagte ich nur: »Bis dann!«, und rannte hinein.

Was passiert gerade? Ist das wirklich real? Könnten Alex und ich …? O Gott, das will ich nicht einmal denken.

Genieße einfach den Augenblick und die Erinnerung. Hoffe nicht auf mehr – du könntest bitter enttäuscht werden.

Dienstag, 27. September

Morgens

Gerade rief Nick an, um mich zu fragen, ob er Daisy sehen könne. Er besaß sogar die Frechheit, mich zu fragen, ob wir »über uns« reden könnten.

»Uns gibt es nicht mehr«, erwiderte ich.

»Jetzt sei doch nicht so«, sagte er. »Gib dir einen Ruck. Du schuldest es Daisy, uns nicht abzuschreiben.«

Ich erklärte ihm, er könne über meinen Anwalt einen Besuch arrangieren, und legte auf.

Nachmittags

Gerade rief Helen an und fragte mich, ob wir es nicht einrichten könnten, dass Nick Daisy sieht.

Ich sagte zu ihr, ich müsse auflegen, weil Alex Dalton mich bald abholen würde. Ein bisschen kindisch, ich weiß. Aber ich wollte ihr klarmachen, dass ich nicht herumsitze und auf Nick warte.

Abends

Bin auf den Boden der Realität zurückgestürzt. Alex hat weder angerufen, noch ist er zum Training erschienen.

Ich habe die Nachrichten geschaut, um zu sehen, ob irgendein Hotel der Dalton-Kette von einem schweren Orkan oder einer anderen Katastrophe getroffen wurde, sodass Alex überstürzt das Land hätte verlassen müssen. Aber nichts dergleichen war geschehen.

Ich bin deprimiert und fühle mich gedemütigt. Wenn ein Mann, mit dem man Sex hatte, sich danach nicht mehr meldet, bedeutet das, dass er kein Interesse an einem hat. Ende der Geschichte.

Ich komme mir schrecklich dumm vor, weil ich mich SO getäuscht habe. Schon wieder. Ich bin so blöd.

Blöd, blöd, blöd.

Mittwoch, 28. September

Kein Anruf von Alex. Für gestern hätte es ja noch irgendeine Erklärung geben können (ein unerwartetes Ereignis wie einen Todesfall in der Verwandtschaft oder peinlichen Durchfall). Aber für zwei Tage hintereinander … Irgendwie bin ich auch wütend.

Ich meine, das ganze sentimentale Gerede über die Schaukel. Weiß er nicht, wie verletzlich ich bin? Schließlich wurde ich gerade erst von meinem Verlobten sitzen gelassen. Es ist schon mies von Alex, mit mir zu schlafen und dann einfach zu verschwinden.

Ein sehr trauriger Tag.

Donnerstag, 29. September

Heute rief Nick wieder an. Er fragte, ob er Daisy sehen könne, und fügte hinzu: »Jules, *bitte*, können wir reden? Es läuft nicht gut mit Sadie.«

Ich hätte zu ihm sagen sollen, er könne sich zum Teufel scheren, aber die Sache mit Alex hat mich ganz verwirrt.

Am Ende kam Nick ins Oakley Arms. Dass er dazu bereit war, hieß wohl, dass er unbedingt von Sadie wegkommen wollte, denn eigentlich hasst er den Pub meiner Eltern. Wir saßen in der Saloon-Bar, zusammen mit all den Stammgästen, die uns neugierig anstarrten.

Nick trug eine Lederjacke, für die er zehn Jahre zu alt ist, und eine Sonnenbrille, auch drinnen. Er warf sich in eine Sitzecke und sagte: »Verdammte Scheiße, gibt es in diesem Pub immer noch kein Peroni?«

Zum Glück bediente gerade niemand aus meiner Familie. Wenn Brandi hinter dem Tresen gestanden hätte, hätte sie ihm ein Bierglas an den Kopf geknallt.

Nick sah tatsächlich ziemlich schlecht aus. Bleich. Traurig. »Ich will dich zurück, Jules«, sagte er und stützte theatralisch die Ellbogen auf. »Bitte komm zu mir zurück.«

»Aber du wohnst mit Sadie zusammen«, entgegnete ich. »Und sie ist sehr schwanger.«

»Es klappt nicht«, sagte er. »Zwei Schauspieler in einer Wohnung mit nur einem Badezimmer. Sie verbringt Stunden darin. Stunden. Und wirft mir ständig vor, ich würde die Toilettenspülung nicht benutzen. Abgesehen davon bin ich sowieso nicht hundertprozentig sicher, dass das Baby von mir ist.« Er erzählte, Sadie habe um die Zeit, in der sie schwanger wurde, auch mit einem Regisseur geschlafen.

Ich sagte, das alles höre sich an, als würden er und Sadie einander verdienen.

»Herrgott«, sagte er. »So schlimm bin ich doch nicht, oder?«

Nick konnte nichts mehr mit Daisy unternehmen, weil es schon zu dunkel war (er war zwei Stunden zu spät eingetrudelt, weil er mit dem Fahrplan der Bahn nicht zurechtgekommen war). Also spielte er im Pub mit ihr, warf sie in die Luft und rief: »Sag Nick! Sag Daddy!«

Als er ging, dankte ich meinen Glückssternen dafür, wie alles gelaufen war.

Eigentlich hat mir die Zeit, die ich mit Alex verbracht habe, weitergeholfen. Sie hat mir klargemacht, dass es da draußen bessere Männer gibt als Nick. Selbst wenn diese besseren Männer kein Interesse an einer ernsthaften Beziehung mit mir haben.

Freitag, 30. September

Ich habe die letzte halbe Stunde damit zugebracht, aus dem Fenster zu starren und nach Alex oder seinem Wagen Ausschau zu halten.

Ich weiß nicht, warum ich mich quäle. Inzwischen sind mehrere Tage vergangen, und es ist ziemlich klar, was los ist. Alex taucht nicht auf, damit ich mir keine falschen Vorstellungen mache. Verdammte dämliche Hoffnung.

Ich gehe jetzt ins Bett.

Samstag, 1. Oktober

Wieder kein Alex.

Sonntag, 2. Oktober

Habe Laura von mir und Alex erzählt. Einiges wusste sie bereits – die Neuigkeit, dass wir zusammen im Jachtklub waren, kursiert im Dorf. Außerdem war sie darüber informiert, dass Nick angerufen hatte und im Pub vorbeigekommen war.

Ich fragte Laura, ob sie schon mit Zach geschlafen habe.

»Natürlich *nicht*«, erwiderte sie. Sie hege echte Gefühle für ihn und wolle nicht alles ruinieren, indem sie mit ihm schlief, bevor sie wusste, dass er ebenso empfand.

Scheiße. Scheiße, Scheiße, Scheiße!

Althea hingegen munterte mich etwas auf. Sie sagte,

Sex sei eine Energiequelle, und jeder Mann, der eine Frau nach dem Sex abserviert, gehöre zu dem Schlag, der nie die Spülmaschine ausräumt oder die Klopapierrolle ersetzt.

Ich sagte, Alex habe wahrscheinlich Angestellte, die für ihn die Spülmaschine ausräumen und die Klopapierrolle ersetzen.

»Er bleibt ein versnobter Mistkerl, Jules«, sagte sie. »Was hast du von so einem erwartet?«

Ich erwiderte, er sei gar nicht so übel, wenn man ihn nur näher kennenlernt.

Und das stimmt auch. Nach außen hin wirkt er megacool und sehr reserviert. Aber der wirkliche Alex ist freundlich und aufmerksam und anständig.

Scheiße, Scheiße, Scheiße.

Montag, 3. Oktober

Morgen ist Daisys Geburtstag. Mein Mutterschaftsgeld wurde inzwischen auf mein neues Bankkonto überwiesen, sodass ich jetzt für mich selbst aufkommen kann. Außerdem habe ich ein paar Rabattcoupons gefunden. Konnte also dies und das für Daisy kaufen.

Nur ein paar Sachen.

Ein Prinzessinnen-Outfit für Babys. Eine Stoffpuppe und eine Decke mit dem Alphabet drauf. Kleine Ballettschuhe und ein Ballettröckchen, ein Minidiadem, einen Bademantel mit ihrem Namen und ein personalisiertes Badetuch mit Kapuze (was ich für den halben Preis zum

Bademantel dazubekam). Dazu ein silbernes Taufkettchen mit passendem Armband. Und ein paar Spielsachen – ein Arche-Noah-Set und ein Pferdchen zum Nachziehen. Einen Lauflernwagen (der gehört praktisch zur Grundausstattung – jedes Baby scheint einen zu haben) und dann noch einige Badesachen – einen Delfin zum Wasserspritzen, einen Pinguin, der Seifenblasen macht, und ein Pflegeset für Babys.

Dad hielt mir einen Vortrag darüber, wie verwöhnt kleine Kinder heutzutage sind. Er ist nur mit einer kaputten Modelleisenbahn und einem einzigen Fußball aufgewachsen und musste sich beides auch noch mit seinen Brüdern teilen.

Dienstag, 4. Oktober

Daisys Geburtstag. Es hätte ein schöner Tag werden sollen, aber es regte mich total auf, dass Nick nichts von sich hören ließ. Ich dachte, dass vielleicht zumindest Helen an seiner Stelle anrufen würde. Aber nein.

Nick schickte Geschenke – einen Roboterhund, den man mit Befehlen trainieren kann, und ein knöchellanges Samtkleid (ich weiß, dass Helen das ausgesucht hat, weil es einfach scheußlich ist). Aber das ist nicht dasselbe, wie Daisy zu besuchen und ihr die Geschenke persönlich zu überreichen.

Ich wartete bis acht Uhr abends, bis ich Nick anrief, um ihm zu sagen, er sei ein Scheißkerl, weil er sich am Geburtstag seiner Tochter nicht blicken ließ.

Er antwortete im Flüsterton, heute sei es schwierig gewesen.

Im Hintergrund hörte ich Sadie kreischen: »Ich wollte *frischen* Grapefruitsaft, verdammt, nicht den aus Scheißkonzentrat.«

Ich glaube, Daisy gefielen meine Geschenke. Als sie in dem Prinzessinnen-Outfit steckte, wurde sie zwar ein bisschen grätig und zog sich immer wieder das Armband und die Kette aus, aber auf dem Babywalker kaute sie voller Wonne herum, und den kleinen Pinguin stupste sie mit dem Kopf.

Mum schenkte Daisy einen Schnuller, der mit Swarovski-Kristallen verziert ist und in verschiedenen Farben leuchten kann. Und ein rüschenbesetztes Mützchen mit lauter Rosen drauf. Brandi hatte einen Geburtstagskuchen gemacht, der mit Fondant zum Ausrollen überzogen war. Laura hat Daisy ein geschmackvolles Kleid, Strumpfhosen und Schuhe von Marks & Spencer gekauft, und Althea überreichte ihr eine Strickjacke mit Regenbogen drauf und ein paar kleine runde Glöckchen an einem Stab.

Ich glaube, alles in allem hatte Daisy einen netten Tag. Zum Glück ist sie zu jung, um zu wissen, dass ihr Dad mit meiner Brautjungfer zusammengezogen ist.

Mittwoch, 5. Oktober

Heute war ich so müde. Ich hatte nicht einmal die Energie, Daisy davon abzuhalten, auf meinem iPhone herumzukauen.

Donnerstag, 6. Oktober

Daisy scheint heute Nacht durchzuschlafen. Aber ich bin viel zu wach und muss ständig an Alex denken.

Zum Glück habe ich seine Telefonnummer nicht. Sonst hätte ich ihm wohl inzwischen geschrieben, und das hätte mich wirklich verzweifelt und lächerlich wirken lassen. Ich bin keine achtzehn mehr. Ich muss nicht nachfragen, WARUM ein Mann nicht anruft.

Ich weiß, warum Männer nicht anrufen. Nämlich weil sie kein Interesse haben. Und alle, die etwas anderes sagen, machen sich etwas vor.

Freitag, 7. Oktober

Habe beschlossen, wieder Diät zu halten und fit für den Marathon zu werden.

Samstag, 8. Oktober

Heute aß ich

* zum Frühstück: einen selbst gemixten Erdbeer-Joghurt-Smoothie mit Haferflocken und Kürbiskernen (die ganze Küche klebt)
* zum Mittagessen: Diät-Spinat und Grünkohlsuppe (schmeckte wie verbranntes Gras, hatte aber nur einhundertdreiundzwanzig Kalorien)

* nachmittags: weil mich ein unheimlicher Heißhunger auf Zucker überkam, verschlang ich acht Müslikekse, war aber willensstark genug, die letzten beiden in der Packung übrig zu lassen
* zum Abendessen: Käse und Bohnen auf Toast mit Worcestersoße und (egal, ich hatte mein Kalorienlimit schon überschritten) einen halben Becher Eiscreme (eigentlich wollte ich gar nicht so viel davon essen, aber dann versuchte ich die ganze Zeit, die Oberfläche schön glatt zu bekommen, und vergaß mich)

21 Uhr
Habe auch die letzten beiden Müslikekse gegessen.

Sonntag, 9. Oktober

War abends mit Laura laufen. Sie war hochmotiviert und voller Energie, sogar um acht Uhr abends in der Eiseskälte.

Ich hatte meine Fat-Girl-Laufklamotten an – weite ausgebeulte Sweathosen und eins von Nicks alten T-Shirts. Das Outfit entsprach einfach der Stimmung, in der ich momentan bin. Laura trug schnittige schwarze Sport-Leggings und ein hautenges Funktionsshirt.

Wir liefen die Straße entlang, ich schnaufend und keuchend, Laura mit federnden Schritten wie eine Gazelle. Als wir den Wald erreichten, wurde ich von meinen Gefühlen übermannt und musste stehen bleiben.

Laura war sehr verständnisvoll. Sie war vorher bereits acht Kilometer gelaufen, um sich »aufzuwärmen«, und hatte daher ein Trainingshoch. Sie hörte gar nicht mehr auf, von »perfekten Trainingsbedingungen« zu reden, weil es ungefähr so kühl war, wie es vermutlich beim Marathon im Winter sein wird.

Es war eiskalt.

Aber dann erinnerte ich mich daran, was ich Daisy versprochen hatte, wischte mir die Tränen aus dem Gesicht und lief weiter. Ich werde das durchziehen.

Montag, 10. Oktober

Alex ist wie vom Erdboden verschwunden. Es ist, als wäre er ein verrückter Traum gewesen. Habe ich mir das Ganze nur eingebildet?

Diese Woche habe ich kein Gramm abgenommen. Vielleicht ist mein Stoffwechsel so durcheinander, dass ich gar nicht weiter abnehmen kann. Vielleicht darf ich in Zukunft nur noch Spatzenportionen essen, wenn ich kein Fettkloß werden will.

Ich erzählte Althea, dass ich möglicherweise in Alex verliebt sei.

Sie hielt mir einen langen Vortrag darüber, dass Liebe ein feministisches Streitthema sei und wie die Gesellschaft Romantik ausnutze, um die Frauen zu kontrollieren. Dann erzählte sie mir von ihrem neuen Freund und wie er ihr den besten Oralsex ihres Lebens beschert hatte. Und er sei sogar nicht ausgeflippt, nachdem Wolfgang ein Loch in seinen Leinenrucksack gebissen hatte, weshalb sie meinte, er könne ein brauchbarer Partner werden.

Dienstag, 11. Oktober

Alex, Alex, Alex! Heute vermisse ich ihn wirklich. Nicht nur, weil ich auf ihn stehe. Es hat mir Spaß gemacht, mit ihm laufen zu gehen. Er war ein Freund. Ich fühle mich, als wäre jemand gestorben. Dumm, ich weiß. Aber anscheinend schwirren wohl immer noch ein paar Hormone in mir herum. Seit wann bin ich so theatralisch?

Bin mit der U-Bahn in die Oxford Street gefahren und habe mir bei McDonald's ein großes Frühstück und bei Starbucks einen Latte Vanille mit Sahne gegönnt.

Dann kehrte ich in den Pub zurück und heulte Mum vor, was für eine schreckliche Mutter ich doch sei. Ein schlechtes Vorbild für Daisy. Unfähig, meine Essgewohnheiten zu ändern.

Mum sagte, ich solle mich wieder einkriegen. Sie werde sich jetzt eine spezielle Vorweihnachtspizza bestellen – eine Riesenpizza mit Brathähnchen, Rindfleisch und Cranberry-Soße. Ob ich auch eine wolle.

Ich schluckte. »Ja, mit viel Fleisch, bitte.«

Nach der Pizza ging es mir gleich viel besser. Es ist erstaunlich, wie viel wohler man sich fühlt, wenn man nicht hungrig ist. Und in der letzten Zeit habe ich ja wirklich schon eine Menge an Gewicht verloren.

Mittwoch, 12. Oktober

Schlechte Nacht mit Daisy.

Ich bin heute Morgen hundemüde, aber Daisy ist mit einem strahlenden Lächeln aufgewacht, als wäre letzte Nacht nichts gewesen.

»Ich weiß nicht, worüber du lächelst«, sagte ich.

Und sie sagte: »Mummy.«

Ihr erstes Wort! Ich weinte. Meine kleine Tochter! Ich war so stolz wie noch nie.

Donnerstag, 13. Oktober

Habe beschlossen, den heutigen Tag als Diät-Flop abzuschreiben. »Schadensbegrenzung« oder so was.

Es war ein total verregneter und trüber Tag, und am Ende habe ich eine halbe Packung Cracker mit dicken Scheiben Cheddar in mich reingestopft.

Und trotzdem schaffte ich es, laufen zu gehen. Das erste richtig gute Training, seit Alex nicht mehr kommt.

Ich rannte STUNDENLANG! Erstaunlich. Vor dem Marathon muss ich daran denken, Cracker mit Käse zu essen.

Freitag, 14. Oktober

Heute Morgen machte ich im Dorf ein paar Einkäufe und lief, als ich aus der Apotheke kam, Clarissa über den Weg.

Mit einer Packung Zäpfchen in der Hand, auf der »Anusoids« stand. Warum gibt man den Dingern solche Namen? Warum kann man sie nicht »Privattabletten« oder »Geheimmedizin« nennen?

Clarissa setzte ihr mitleidiges Lächeln auf (das wohl sagen sollte: »Oh, du hast echte Probleme, was?«). »Hat Nick sich gemeldet?«, fragte sie. »Ich habe gehört, dass er und Sadie jetzt eine feste Beziehung haben. Sie wohnen zusammen …«

Im Dorf verbreiten sich schlechte Nachrichten schnell. »Ich sehe ihn kaum«, erwiderte ich. »Und Daisy bekommt ihn auch nicht zu Gesicht.«

Sie nickte mehrmals mitfühlend, dann erzählte sie mir, was für ein Glück sie mit ihrem Mann habe. Er bringe ihr Wasser zum Trinken, während sie stille, und hole Fertiggerichte bei Marks & Spencer, wenn sie müde sei. Dann fragte sie mich, ob ich Alex in letzter Zeit gesehen hätte.

Ich verneinte.

»Mir ist zu Ohren gekommen, dass ihr zusammen laufen geht«, sagte sie. »Ist das nur ein Gerücht?«

Ich erwiderte, wir seien eine Zeitlang gemeinsam gejoggt, aber dass ich seit Wochen auch von Alex nichts mehr gehört hätte. Dann fügte ich blöderweise hinzu: »Ich vermisse ihn, wenn ich ehrlich bin.«

Clarissa zog die Augenbrauen hoch und sagte: »Von Freundin zu Freundin: Ich habe Alex vor ein paar Tagen gesehen. Im Jachtklub. Er hat sich mit Rebecca Castle unterhalten. Penny Castles Tochter – du weißt schon, oder?«

Scheiße!

Ich meine, ja, ich weiß, dass aus Alex und mir in der wirklichen Welt nichts werden konnte. Aber die Nachricht fühlte sich an wie ein Tritt in den Magen.

Als Clarissa sich verabschiedet hatte, betrachtete ich mein Spiegelbild im Schaufenster der Apotheke und stellte fest, dass ich Zahnpasta in den Haaren hatte.

Insgeheim mag ich es zwar, nicht wie aus dem Ei gepellt auszusehen, aber Zahnpasta in den Haaren geht selbst mir einen Schritt zu weit. Mütter wie Clarissa, die schon am frühen Morgen perfekt geschminkt und frisiert und auf konservative Art modisch gekleidet sind, können uns anderen Müttern den ganzen Tag verderben.

Samstag, 15. Oktober

Ich hatte gehofft, es würde heute regnen. Dann hätte ich mit Daisy zum Indoorspielplatz für Kleinkinder fahren und dort herumsitzen und Tee trinken können, während sie auf Stofftieren herumkaute. Aber das Wetter war schön, sodass ich mit ihr an die frische Luft gehen musste.

Eigentlich war das sogar gut. Ich machte mit ihr einen Spaziergang zum großen Spielplatz im Park. Es war zwar kalt, aber die Sonne schien, und ich fühlte mich so wohl wie schon lange nicht mehr.

Ich glaube, seit meiner Begegnung mit Clarissa sehe ich klarer. Es ist wie mit Nick. Manchmal geht es einem besser, wenn man weiß, dass eine Tür endgültig zu ist. Es tut weh, aber man hat zumindest begriffen, dass es kein Zurück mehr gibt. Man muss vorwärtsgehen.

Das Kapitel Alex ist zu Ende, und ich bin bereit, ein neues aufzuschlagen. Ich fühle mich heute leichter. Das Leben geht weiter.

Sonntag, 16. Oktober

Heute habe ich wieder mit Laura trainiert. Es war anstrengend, aber ich mache Fortschritte.

Ja, verdammt, ich werde diesen Marathon laufen. Nicht wegen der Wette mit Nick. Und auch nicht, um es Alex zu zeigen. Sondern für Daisy. Um ihr zu demonstrieren, dass Frauen sich von Schmerzen und Demütigungen nicht unterkriegen lassen, sondern trotzdem die Ziellinie erreichen können.

Montag, 17. Oktober

Weil Mum heute mit Daisy rausging, um mich zu entlasten, beschloss ich, Sadie auf Facebook zu stalken.

Ihre Chronik war, wie immer, voller Selfies. *Schaut mal, ich mit Hut! Und mit einem anderen Hut! Schaut mal, ich mit dieser tollen Torte!* Und dann: *Schaut mal, ich in meinem neuen Umstandskleid mit meinem* Freund *Nick Spencer …*

Ich checkte ihren Beziehungsstatus: »in einer Beziehung mit Nick Spencer«.

Autsch.

Aber ich suhlte mich nicht in Selbstmitleid. Ich will

Nick wirklich nicht mehr zurück. Ich will nicht, dass alles wieder so wird, wie es war. Ich war zu gut für ihn.

Es tut noch weh, aber Sadie kann ihn gerne behalten.

Dienstag, 18. Oktober

ALLES GUTE ZUM GEBURTSTAG, JULESY! An meinem Geburtstag geschehen immer gute Dinge. Und dieses Jahr war keine Ausnahme. Mum machte das traditionelle Duffy-Geburtstagsfrühstück: Spiegeleier, Blutwurst, Würstchen, Kartoffelpuffer, frittierte Kartoffel-Smileys, Toast, Pommes, gebackene Bohnen in Tomatensoße mit untergerührter Butter und knuspriger Bacon und dann noch ihre besonderen Schinkenschwarten in brauner Soße.

Nach dem Frühstück las ich auf Facebook die Geburtstagsgrüße von meinem Freundeskreis und fand eine neue Nachricht. Von Alex!

In seinem Profil war kein Bild von ihm, sondern nur das kleine Gesichtssymbol mit dem Fragezeichen. Zuerst vermutete ich, dass das Ganze ein Scherz sei. Von Brandi vielleicht oder sonst wem. Die Nachricht lautete:

Ich wünsche dir einen schönen Geburtstag, Juliette.

Ich las sie immer wieder mit klopfendem Herzen.

Dann rief ich: »Brandi, hast du mir gerade eine Nachricht auf Facebook geschrieben?«

Brandi brüllte zurück, dass sie gerade gar nicht auf Facebook war, sondern »beim Scheißen«. Allerdings weiß ich genau, dass sie manchmal auch auf dem Klo mit ihrem Handy auf Facebook unterwegs ist.

»Danke schön«, schrieb ich mit zittrigen Fingern zurück.

Die nächste Nachricht kam sofort: »Wie geht es dir?«

»Gut«, schrieb ich. »Bist du das wirklich, Alex?«

»Ja, ich bin es«, lautete die Antwort. »Alex mit dem protzigen Auto.«

Da wusste ich, dass er es wirklich war, und meine Finger zitterten noch stärker. »Ich habe dich eine ganze Weile nicht gesehen. Wie kommt's?«, schrieb ich und klickte auf »senden«.

Ich wartete und hoffte inständig, er würde antworten, weil ich mir sonst wie eine Vollidiotin vorgekommen wäre.

Nach sieben Minuten (ja, ich habe mitgezählt) schrieb er zurück: »Ich habe gehört, dass du dich mit Daisys Vater ausgesprochen hast.«

WAS?

Mein Herz pochte, als ich das las.

Ich glaube, ich habe noch nie so schnell eine Antwort getippt. Ich schrieb, ich hätte Nick nur einmal gesehen, um praktische Dinge wegen Daisy zu klären. Und ja, ich hätte am Tag nach unserem letzten Treffen mit Nick telefoniert, ihn aber aufgefordert, alles über meinen Anwalt zu regeln.

»Mir ist zu Ohren gekommen, dass es um etwas mehr ging«, schrieb Alex. »Dass ihr beide an einer Versöhnung arbeitet.«

»Wer hat das behauptet?«, tippte ich. »Wer es auch war, sag der Person, dass sie damit völlig danebenliegt und Bockmist erzählt hat.«

»Genau das werde ich Helen Jolly-Piggott mit Vergnügen sagen«, erwiderte er.

Ich war stinkwütend. Diese verdammte Intrigantin! Ich holte ein paarmal tief Luft und schrieb: »Du solltest nicht auf den Tratsch hören. Schon gar nicht, wenn er von Helen kommt.«

»Du hast völlig recht«, antwortete er. »Aber wenn man erwartet, etwas Bestimmtes zu hören, wird einem manchmal genau das erzählt.«

Ich schrieb ihm, dass zwischen mir und Nick alles aus sei. Dass ich ihn zwar als Daisys Vater respektiere (mehr oder weniger), aber auf keinen Fall zu ihm zurückwolle. Jetzt nicht mehr. Nicht nach dem, was auf unserer Ausfahrt geschehen war.

»Hast du Pläne für deinen Geburtstag?«, fragte er.

Ich antwortete: »Nein, alle Leute, die ich kenne, arbeiten oder studieren oder sind in Cornwall und erklären ihrem Sohn, wie wertvoll Muscheln sind.«

Und dann schrieb Alex: »Wie wäre es, wenn ich dich ausführen würde?«

Ich wollte in dicken Großbuchstaben »JA BITTE!« antworten, aber ich versuchte »message-cool« zu reagieren, wie Brandi es ausdrücken würde, und tippte nur: »Das klingt wirklich nett.«

»Ich hole dich heute Abend ab«, schrieb er. »Um acht Uhr.«

»Gehen wir dann laufen?«, fragte ich.

»Nein«, erwiderte er. »Heute hast du Geburtstag. Wir gehen aus.«

Dann kam die Meldung, dass er nun offline war.

Ich war so glücklich, dass es mir vorkam, als würde meine Brust gleich zerspringen. Ein paar Minuten lang tanzte ich mit Daisy im Zimmer herum, dann wurde ich auf einmal paranoid.

Was wäre, wenn Alex mich nur ausführen wollte, um wieder mit mir schlafen zu können? Wenn ich als alleinerziehende Mutter für ihn nur eine leichte Beute war, ein Sexobjekt? Woher wusste er, dass Nick angerufen hatte? Und warum hatte er sich auch schon vor diesem Telefonat nicht gemeldet?

Ich rief Laura an, die mir versicherte, dass ich schön und witzig sei und sie immer schon vermutet habe, dass Alex mich mag. Und dass Zach das anscheinend auch glaubt.

Da fühlte ich mich besser. Aber seither bin ich panisch, weil ich heute Abend ausgehe. Wohin wird Alex mich ausführen? Was soll ich anziehen?

Brandi bot mir eine kosmetische Rundum-Behandlung an und schrubbte mich von Kopf bis Fuß mit einem Salzpeeling ab. Die Stellen, an denen die Haut blutete, betupfte sie hinterher mit einem beruhigenden Gel, aber ich weiß, dass sie verschorfen werden.

Als Brandi mich mit Bräunungscreme einreiben wollte, weigerte ich mich, weshalb sie mir stattdessen eine Gesichtsbehandlung verpasste. Sie brauchte zwanzig Wattebällchen, um mein Gesicht zu säubern, und schimpfte, ich würde mein Make-up nicht richtig entfernen. »Hast du gewusst, dass deine Haut in jeder Nacht, in der du das Make-up drauflässt, sieben Tage altert?«, fragte sie.

Also ehrlich! Das ist doch nur Panikmache. Das haben ihr bestimmt Leute eingeredet, die Abschminkprodukte verkaufen. Wenn das wahr wäre, müsste ich aussehen wie sechzig.

Dummerweise ließ ich zu, dass Brandi meine Augenbrauen wachste und an den dünnen Stellen mit einem schwarzen Stift nachzog. Als sie fertig war, hätte man mich mit einer blonden Kleopatra verwechseln können. Während wir über meine Augenbrauen stritten, klopfte es an der Haustür.

In meiner Panik dachte ich, es wäre Alex – vier Stunden zu früh. Ich schrie: »Versteck mich! Er darf mich so nicht sehen!«, und versuchte, in den Wäscheschrank zu klettern.

Aber dann rief Mum herauf, dass es ein Lieferant sei. Mit einer riesigen rosaroten Schachtel.

Einen Moment lang dachte ich, sie wäre vielleicht von Nick. Ein großes Tut-mir-leid-Geschenk, mit dem er mich bitten wollte, ihm zu verzeihen und zu ihm zurückzukommen. Aber er denkt ja nie an meinen Geburtstag.

Brandi las die Karte, die dabei war, und rief: »Du kommst nie drauf, von wem das ist. Das errätst du NIE!«

Die Schachtel war von Alex. Auf der Karte stand nicht etwa »Liebe Grüße« oder so etwas, sondern nur: »Das ist für heute Abend, Alex.«

Mein Magen machte Saltos vor Freude.

Ich muss wohl gekichert oder gekreischt haben oder sonst wie aus dem Häuschen gewesen sein, denn Mum sagte: »Beruhige dich, Kleopatra. Und lass uns nachsehen, was es ist.«

Es war ein wunderschönes Kleid aus rosaroter Seide. Zauberhaft. Einfach atemberaubend. Eine Art Vintage-Kleid im Stil der Vierzigerjahre, mit weitem Rock und enger Taille. Auch passende Schuhe waren dabei – graue Ballerinas aus Wildseide.

Mum schwärmte, dass das genau mein Stil sei und Alex offenbar bemerkt habe, dass ich »dieses ganze Vintage-Zeug« liebe.

Brandi googelte das Label des Kleids und fand heraus, dass es von einem sehr teuren Designer war.

Dann holte Mum ihre Schuhschachtel mit der Paillettensammlung hervor, um ihm »ein bisschen mehr Glamour« zu verpassen, aber ich hielt sie davon ab.

Das Kleid war absolut perfekt. So perfekt, dass ich Schiss hatte, es anzuprobieren. Ich meine, was war, wenn es mir nicht passte? Es hatte eine europäische Kleidergröße, die, soweit ich wusste, der britischen Größe zwölf entsprach. Ich war mir einfach sicher, dass es mir zu klein sein würde. Es ist ja bekannt, dass sich kaum ein Mann mit Damenkleidergrößen auskennt.

Aber das Kleid passte. Wie angegossen.

Und ich stellte fest, dass ich nach der ganzen Lauferei wirklich besser aussehe – Donnerwetter! Auch weil ich abgenommen habe. Meine Beine sind viel schlanker. Ich habe wieder eine bessere Figur. Und alles wirkt einfach … straffer.

Ich wollte das Kleid gar nicht mehr ausziehen, aber dann wachte Daisy auf, und ich hatte Angst, sie könnte es vollsabbern. Deshalb legte ich es behutsam in die Schachtel zurück, griffbereit für heute Abend.

Ehrlich gesagt habe ich total Schiss. Ich bin so nervös. Bei Nick war das nie so. O Gott, ich muss schon wieder pinkeln!

Mittwoch, 19. Oktober

Es hätte der tollste Abend meines Lebens werden sollen. Aber das wurde es nicht. Der verdammte Nick!

Alex holte mich um Punkt acht Uhr ab. Ich war so gut wie fertig. Er musste mich nur zweimal auffordern, mich zu beeilen.

Ein Chauffeur fuhr uns nach London. In einer großen Limousine, die an eine Art Hochzeitskarosse erinnerte. Allerdings war sie schicker als der Mercedes, der mich zur Kirche gebracht hatte. Und Alex sah auch viel besser aus als mein Bräutigam – im schwarzen Anzug mit weißem Hemd und schwarzer Fliege. Scheiße, dachte ich, wir gehen sicher irgendwohin, wo es richtig vornehm ist. Und wurde gleich noch nervöser.

Alex sagte, ich sähe »umwerfend« aus. Auf der ganzen Fahrt wollte er mir unser Ziel nicht verraten. Ich löcherte ihn, aber er schüttelte nur mit ernster Miene den Kopf.

Das kalte London wirkte wie verzaubert. Die Straßen glitzerten, der Himmel war dunkel, und die Luft roch nach gerösteten Maronen.

ENDLICH hielten wir vor dem Coliseum, das von oben bis unten mit langen Lichterketten behängt war.

Erst dann sagte mir Alex, dass wir uns *Schwanensee* ansehen würden, ein Ballett. Er fügte hinzu, es würde mir gefallen, und er hatte recht.

Es war wunderschön. Natürlich auch deswegen, weil wir in unserer eigenen Loge saßen. Mit einer Flasche Champagner.

Als ich Alex fragte, wie die Ballerinen es aushielten,

dauernd auf den Zehen zu stehen, ohne vor Schmerzen zu fluchen, erwiderte er, sie hätten ihr Leben lang Disziplin und Selbstbeherrschung geübt.

Ich sagte, ich fände es ein bisschen traurig, dass sie so viel aufgaben, nur um für andere Leute schön auszusehen.

Alex drückte meine Hand und flüsterte: »Sie hören auf, bevor sie dreißig sind, und dann essen sie ihr restliches Leben lang schachtelweise belgische Pralinen. Bemitleide sie also nicht zu sehr.«

Wir hielten die ganze Zeit Händchen. Und dann, kurz vor dem Ende der Aufführung, rief Nick an.

Es war SOOO peinlich. *Can't Touch This* von MC Hammer dröhnte durch das Theater.

Ich rannte hinaus, um den Anruf im Treppenhaus anzunehmen. Nick war total betrunken und lallte, ich solle besser zu Hause bei Daisy sein.

Ich fragte ihn, woher er wisse, dass ich ausgegangen war.

Er erwiderte, er habe im Pub angerufen, und Mum habe es ihm erzählt.

Ich sagte, dass ich Geburtstag hätte.

»Ach ja?«, nuschelte er. Und dann, dass er mich sehen wolle. Er wolle, dass alles wieder so wurde, wie es gewesen war.

Warum läuft es im Leben so? Als ich wollte, dass er mich um Verzeihung bittet, dachte er nicht daran. Und nun, da ich nicht mehr zu ihm zurückwill, sagt er alles, was ich vor Monaten von ihm hören wollte.

Nick wurde ganz weinerlich und wütend, und schließlich legte ich einfach auf. Dann rief ich Mum an, um mich zu vergewissern, dass mit Daisy alles in Ordnung war.

»Spuck das aus, Daisy!«, hörte ich Mum sagen. »Spuck es aus! Oh, jetzt hast du es verschluckt …«

Ich schrie: »WAS HAT SIE VERSCHLUCKT?!«

Mum erwiderte, es sei nur irgendwas Braunes gewesen, das sie auf dem Fußboden gefunden hatte, und bald würde alles »am anderen Ende wieder rauskommen«. Dann erzählte sie mir, dass ich als Baby manchmal Kies gegessen hätte.

Ich wurde ein bisschen panisch, rief nach einer kurzen Pause Mum noch mal an und bat sie, Daisy ans Telefon zu holen. Zu meiner Erleichterung gab meine Kleine ihre üblichen Babbelgeräusche von sich.

Als ich in die Loge zurückkehrte, sah Alex mich nicht an. Und nahm auch nicht mehr meine Hand.

Auf der Rückfahrt schwieg er. Erst als wir das Dorf erreichten, sagte er: »Hör zu, wenn du dich mit Daisys Vater versöhnen willst, werde ich dir nicht im Weg stehen. Es ist das Richtige. Daisy soll eine Familie haben.«

»Ich will nicht zu Nick zurück«, beteuerte ich. »Nicht mehr.«

»Aber trotzdem gehst du ran, wenn er dich spätabends anruft«, sagte Alex, ohne mich anzusehen.

Und um die ganze Situation noch schlimmer zu machen, erwartete Nick mich auch noch vor dem Oakley Arms! Sichtlich betrunken schwankte er mit einer Dose Gin Tonic in der Hand hin und her.

Alex' Miene versteinerte sich, und seine Lippen zuckten, als er sagte: »Schlaf gut.« Seine Stimme klang so förmlich wie die eines Nachrichtensprechers.

Dann fuhr er davon, ohne einen Gutenachtkuss oder sonst was.

Sobald Alex weg war, kam Nick auf mich zugetorkelt und setzte seinen flehenden Welpenblick auf. Anscheinend hatte er »stundenlang« vor der Haustür auf mich gewartet.

»Was würde Sadie denken, wenn sie dich hier sehen könnte?«, schrie ich.

Er erwiderte, es sei ihm scheißegal, was »diese anstrengende Kuh« denkt. Anscheinend lässt Sadie ihn nicht mal mehr im Bett schlafen, weil er ihrer Meinung nach im Schlaf furzt. Dann sagte Nick, wir hätten schließlich ein gemeinsames Kind. Sollten wir es nicht auch deshalb noch mal miteinander versuchen?

Als ich mich bei ihm nach dem Grund für seinen plötzlichen Sinneswandel erkundigte, lachte er. »Vielleicht bin ich eifersüchtig. Deine Mutter hat mir erzählt, mit wem du ausgegangen bist. Du weißt, dass ich Alex Dalton hasse.«

Schließlich ließ ich Nick auf dem Sofa schlafen. Er war viel zu besoffen, um heimzufahren. Ich hatte keine Ahnung, wie er in diesem Zustand überhaupt hierhergekommen war. Er kann den Zugfahrplan doch noch nicht einmal lesen, wenn er stocknüchtern ist.

Irgendwann kroch Nick zu mir ins Bett und begann, mich anzufassen. Alles war so vertraut, dass ich beinahe darauf eingegangen wäre. Ich meine, Nick war ziemlich sexy gewesen, als wir uns kennenlernten. Zum Glück war ich wach genug, um ihn wegzuschieben.

Nick spielte den gekränkten Unschuldigen. »Ach komm, Jules«, sagte er. »Du weißt, dass du es auch willst. Ich will dich zurück. Ich habe einen Fehler gemacht. Einen idiotischen Fehler. Eigentlich passen wir gut zusammen. Das weißt du, Jules.« Dann sagte er, er wolle nur die Nacht bei mir im Bett verbringen. Wie in alten Zeiten. Er würde nichts mehr versuchen. Er sei einsam und blablabla.

Ich war hundemüde.

Und deshalb so bescheuert, ihn nicht rauszuschmeißen.

Am Morgen platzte Brandi rein und sah uns zusammen.

»Es ist absolut nicht das, was du denkst«, sagte ich zu ihr, musste aber zugeben, dass tatsächlich ein völlig falscher Eindruck entstehen konnte.

Nick war splitternackt. Irgendwann in der Nacht musste er seine Klamotten weggeschleudert haben.

Ich rüttelte ihn wach und sagte zu ihm, er müsse jetzt gehen. Gott, wie er nach Alkohol stank!

Er zog seine Unterwäsche an und fragte mich, ob ich mit ihm im Deli des Dorfes noch ein schnelles Sandwich mit Bacon essen würde.

Ich erwiderte, er solle sich verpissen.

Er sah auf seine Armbanduhr und sagte: »Eigentlich habe ich eh keine Zeit. Sadie wird ausrasten. Kann ich Daisy noch zum Abschied küssen?«

Er nahm Daisy hoch und gab ihr einen dicken Schmatzer.

Sie starrte mich an, als wollte sie mich fragen: Mummy, wer ist dieser Verrückte? Dann begann sie zu heulen und streckte ihre Ärmchen nach mir aus.

»Wahrscheinlich ist sie ein Morgenmuffel«, sagte er. »Ganz wie der Dad, was? Ich liebe dich, Daisy-Schatz.« Dann verabschiedete er sich mit dem Versprechen, uns bald wieder zu besuchen.

Was zum Teufel habe ich mir nur dabei gedacht, ihn bei

mir im Bett schlafen zu lassen? Was um alles in der Welt habe ich mir bloß dabei gedacht?!

Ich kann nur hoffen, dass Alex das nie herausfindet.

Donnerstag, 20. Oktober

Warum hat Alex nicht angerufen? RUF MICH AN, RUF MICH AN!

Freitag, 21. Oktober

Wieder einmal fing der Tag gut an und endete schrecklich.

Ich brachte den Mut auf, Alex über Facebook zu kontaktieren und ihm für unseren gemeinsamen Abend zu danken.

Er antwortete nur: »Keine Ursache.«

Ich wurde noch mutiger und schrieb: »Dann gehen wir heute Abend laufen?« Ich wollte über Facebook nicht auf das Malheur mit Nick eingehen, aber ich war mir ziemlich sicher, von Angesicht zu Angesicht alles besser erklären zu können.

»Juliette, ich will deiner Familie nicht im Weg stehen«, antwortete er. »Nicholas Spencer ist Daisys Vater.«

Ich versuchte, ihm in einer langen Antwort klarzumachen, dass ich ehrlich nicht mehr an Nick interessiert war, ich mich weiterentwickelt hatte und Daisy und ich ohne Nick besser dran waren. Dann fragte ich, ob wir bitte persönlich miteinander reden könnten.

Alex schrieb zurück: »Ich denke, du brauchst Zeit. Und Freiraum.«

Ich erwiderte, dass ich schon genügend Zeit und Freiraum hätte. Und dass ich wirklich seine Unterstützung beim Laufen brauchte. Dass ich sehr viel besser lief, wenn er dabei war. Und dass bis zum Marathon nicht mehr viel Zeit blieb.

»Dann hole ich dich um acht Uhr ab«, schrieb Alex.

Aber all seine Antworten klangen irgendwie ernst und förmlich. Ich wusste, dass ich ihm einiges erklären musste.

Alex erschien um Punkt acht, wie immer.

Während ich in unserem Garten meine Wadenmuskulatur dehnte, wollte ich ihm erklären, dass Nick am Abend meines Geburtstags völlig ungebeten aufgekreuzt sei. »Zu Nicks Auftritt am Dienstagabend …«, begann ich.

Doch Alex unterbrach mich mit erhobener Hand. »Das geht mich nichts an.«

Unglücklicherweise kam ausgerechnet in diesem Augenblick Brandi die Treppe heruntergepoltert. Sie trug Leggings mit Skelett-Print und UGG-Boots und hatte ihre gebleichten blonden Haare zu einem großen, unordentlichen Dutt gezwirbelt. Sie blieb bei uns stehen und sagte: »Jules hat absolut nichts mit Nick gemacht. Man kann auch mit jemandem in einem Bett schlafen, ohne dass etwas passiert.«

Vielen Dank, Schwester!

Alex' Miene versteinerte sich.

Ich glaube, Brandi merkte, dass sie das Falsche gesagt hatte, denn sie fügte hinzu: »Ich habe schon mit einer Menge Typen im selben Bett geschlafen, ohne dass irgendwas gelaufen ist. Manchmal braucht man einfach nur einen Platz zum Pennen.«

Alex' Lippen begannen zu zucken. Er sah mich mit einer Mischung aus Zorn und Enttäuschung an, und ich fühlte mich ganz klein.

Brandi zuckte bedauernd mit den Schultern, als wollte sie mir sagen: »Manchen Leuten kann man es aber auch einfach nicht recht machen.« Dann spazierte sie zu ihrem rosaroten Mini und hupte uns freundlich zu, als sie davonfuhr.

»Ich glaube, du hast jetzt genug gedehnt«, sagte Alex kühl und förmlich.

So gingen wir laufen. Wir liefen kilometerweit, Alex immer ein Stückchen voraus. Manchmal drehte er sich um und rief: »Bleib dran!« Am Ende hängte er mich ab. Das hatte er noch nie gemacht.

Ich rief, er solle langsamer laufen, und er rief zurück, ich müsse an meiner Selbstdisziplin arbeiten. Dass ich die Schmerzgrenze überwinden müsse.

»Kann ich das nicht morgen versuchen?«, fragte ich.

»Nein!«, bellte er.

»Warum scheuchst du mich so?«, fragte ich. »Ist es wegen Nick …«

»Den Namen habe ich heute schon oft genug gehört«, blaffte er zurück.

Anschließend liefen wir schweigend weiter.

Wieder am Pub, fragte ich ihn: »Laufen wir morgen?«

»Ich habe dich so viel trainiert, wie ich kann«, sagte Alex mit den Händen in den Hüften, ohne mir ins Gesicht zu sehen. »Der Rest liegt bei dir.«

Dann ging er.

Samstag, 22. Oktober

Kein Wort von Alex.

Sonntag, 23. Oktober

Nick ruft mich immer wieder an. Aber jetzt will ich, dass Alex anruft.

Montag, 24. Oktober

Ich habe Alex auf Facebook gestalkt, aber da gibt es nichts zu sehen. Er postet weder Fotos noch Status-Updates noch sonst irgendwas.

Althea freut es hämisch, dass Nick mich zurückwill. Sie findet, es sei eine gute Gelegenheit, ihn zu quälen. »Karma«, meinte sie. »Ich habe dir doch gesagt, dass das Blatt sich wenden wird.«

»Bedeutet Karma denn nicht, dass ich ihn *nicht* quälen muss, weil das Universum das für mich tut?«, fragte ich.

»Nein«, erwiderte Althea. »Manchmal musst du selbst aktiv werden.« Und dann erzählte sie mir das Gerücht, das sie über Sadie gehört hatte. Anscheinend wird sie jetzt fett.

Vielleicht gibt es ja tatsächlich so was wie Karma.

Dienstag, 25. Oktober

Bis zum Marathon sind es nur noch wenige Wochen.

Ich sollte mir Gedanken über meine Lauftaktik, Zwischenzeiten und Kohlehydrate machen. Und über das Wetter – es kursieren Gerüchte, dass es schneien könnte. (Muss googeln, ob es Laufhandschuhe gibt.)

Aber ich kann nur an Alex denken.

Mittwoch, 26. Oktober

Vielleicht sehe ich ihn ja beim Marathon. Vielleicht ruft er auch vorher an, weil er mich beim Start treffen will. Vielleicht, vielleicht, vielleicht.

Donnerstag, 27. Oktober

Heute habe ich über fünfzigmal Facebook gecheckt, aber Alex hat mir keine Nachricht geschickt.

Althea glaubt, ich hätte eine Art Rebound-Syndrom und würde eigentlich gar nicht auf Alex stehen. Vielleicht hat sie ja recht.

Freitag, 28. Oktober

Heute Abend legte Laura eine Pause von ihrer Büffelei ein und kam her, um mit mir zu laufen. Ich schleppte mich quälende sechzehn Kilometer neben ihr her. Nach etwa vierzehn hatte Laura mein Gejammer so satt, dass sie mir den Mund verbot.

Mit Alex war es anders. Vielleicht war es mir zu peinlich, ihm etwas vorzujammern. Oder vielleicht war es einfach zu aufregend, mit ihm zusammen zu sein. Ich weiß es nicht. Jedenfalls kamen mir die Kilometer viel kürzer vor.

Ich habe keine Ahnung, wie ich die vierzig Kilometer schaffen soll. Halt, nein, es sind ja sogar zweiundvierzig.

Samstag, 29. Oktober

Mum, Dad, Brandi und ich haben uns den Film *Die Stunde des Siegers* angeschaut. Am Ende hatte ich Tränen in den Augen.

Ich werde es schaffen! Ich werde das Ziel erreichen! Selbst wenn es am Tag des Marathons schneien sollte. Ich werde Daisy stolz machen.

Sonntag, 30. Oktober

Der Marathon ist schon NÄCHSTEN MONAT!

Warum bin ich so nervös? Ich laufe doch nicht bei der Olympiade oder so was. Aber ich habe wirklich Schiss. Hauptsächlich davor, Alex zu begegnen.

Montag, 31. Oktober

Halloween! Abends gingen Brandi und ich mit Callum Süßigkeiten sammeln. Es war ziemlich peinlich.

Callum klopfte an Türen, hielt seinen Eimer hin und sagte (statt »Süßes oder Saures«): »Her mit den Süßigkeiten, oder ich beschieße dich mit Luftschlangenspray.«

Zum Glück fanden die meisten Leute das lustig. Außer einer alten Dame, die Callum mit Rasierschaum zurückdrohte.

Mum dekorierte den Pub mit Spinnweben, ebenfalls aus der Sprühdose, und von der Decke hängenden Gummispinnen. Dann klagte sie, dass niemand ihr »Hexengebräu« trank – eine Mischung aus allen Schnäpsen, die sich im Pub schlecht verkaufen.

Es wundert mich nicht, dass niemand das Zeug wollte – es roch wie hochprozentige Zahnpasta.

Am Ende tranken Mum und Brandi das »Hexengebräu« größtenteils selbst. Dann kletterten sie auf den Tresen und tanzten zu dem Song *Monster Mash*.

Dienstag, 1. November

Ich finde das Training immer anstrengender – wahrscheinlich wegen der Kälte. Es war idiotisch von mir, mich ausgerechnet für einen Marathon anzumelden. Andererseits bin ich froh über die ganze Lauferei. Sie hat mir wirklich gutgetan.

Mittwoch, 2. November

Mum hängt JETZT SCHON unsere Weihnachtsdeko auf. Wir haben jedes Jahr zwei Weihnachtsbäume – einen im Haus und einen im Pub, und Mum überhäuft beide Bäume immer dermaßen mit Lametta, blinkenden Lichterketten und diversen geschmacklosen Anhängern, dass man die Äste nicht mehr sieht. Ihre Lieblingsanhänger sind allesamt Mitbringsel aus unseren Sommerurlauben – eine kleine Ouzo-Flasche (Griechenland, 2000), ein Pärchen aus rosa Plastik, das Sex hat (Spanien, 1991) und ein hängender Holzpenis (Zypern, 1995).

Weil der Dorf-Supermarkt erst in ein paar Wochen echte Bäume verkauft, war Mum verärgert. Aber weil der für den Pub sowieso aus Plastik ist, kann sie ihn bereits aufstellen und muss nur noch auf den fürs Haus warten.

Donnerstag, 3. November

Da der Supermarkt im Dorf immer noch keine Weihnachtsbäume auf Lager hat, legte Mum Dad nahe, in den Wald zu gehen und selbst einen zu schlagen. Dad war dazu gerne bereit. Er sagte, das sei »eine sehr ökonomische Idee und eine ausgezeichnete Möglichkeit, etwas Geld zu sparen«.

Heute Morgen ging er mit seiner Handsäge in den Wald und kam erst nach Einbruch der Dunkelheit zurück. Als wir den Baum sahen, verstanden wir, warum es so lange gedauert hatte – der Stamm war so dick wie ein Telegrafenmast.

Die Zweige waren voller Spinnweben und toter Blätter, aber Dad sagte, der Baum müsse nur »ein bisschen abgefegt und hergerichtet« werden.

Weil die Tanne nicht ins Wohnzimmer passte, ohne dass die Spitze sich an der Decke umbog, packten wir die Weihnachtsfee, die sonst ganz oben thront, zurück in ihre Schachtel. Aber es war nett, zusammen den Baum zu schmücken.

Als wir nicht hinsahen, aß Callum einen der Weihnachtsbaumanhänger, die er letztes Jahr im Kindergarten gemacht hatte – mitsamt den Pailletten. Aber das tut er bestimmt nie wieder. Das Ding war nämlich aus Salzteig. Anschließend trank er drei Halbliter-Gläser Wasser, um seinen Durst zu stillen, und machte dann ins Bett. Das wird ihm eine Lehre sein.

Samstag, 5. November

Guy-Fawkes-Nacht

Hatte nachmittags so ein komisches Gefühl im Magen. Vielleicht wegen der vielen Feuerwerkskörper, die schon gezündet wurden, und des Geruchs nach Feuer. Aber irgendwie fühlt es sich so an, als würde heute noch etwas passieren.

Auch wir machten im Garten des Pubs ein kleines Feuerwerk (warum drehen Feuerräder sich nie?), und Callum verbrannte sich an einer Wunderkerze.

Eigentlich will ich heute Abend nicht noch laufen gehen. Ich bin total vollgefressen.

Mum machte ihr übliches Guy-Fawkes-Dinner, das aus Hotdogs, Ofenkartoffeln, Krautsalat, Unmengen von Reibekäse, Butter und Mayonnaise, Sirupkuchen und einer großen Schüssel mit Haribo besteht.

Trotzdem muss ich laufen gehen. Ich habe GAR KEINE Lust, aber ich muss so viel trainieren wie möglich.

Sonntag, 6. November

O Gott! Gestern Abend um elf tauchte Nick auf und warf Steine ans Fenster meines Zimmers. Er war sturzbetrunken und lallte: »Als wir uns kennengelernt haben, habe ich das auch gemacht, weißt du noch?«

Ich brüllte: »Ja, deshalb brauchte mein Fenster auch eine neue Scheibe.«

Montag, 7. November

Allmählich wird alles weihnachtlich. Heute brachten ein paar Teenager mit Leitern im Dorf die Weihnachtsdeko an – die üblichen blinkenden Lamettaglocken und -sterne. Außerdem spannten sie Lichterketten um den Kirchturm und schmückten einen großen schwankenden Baum auf dem Friedhof.

Auch wenn mein Leben zurzeit ein Scherbenhaufen ist, ich liebe Weihnachten nach wie vor. An Weihnachten geschehen immer gute Dinge.

Dienstag, 8. November

Wieder bei klirrender Kälte trainiert. Brrr! Die frostige Luft brennt in meiner Lunge, und meine Finger sind eiskalt, trotz der Handschuhe. Verdammt, ich hasse die Lauferei.

Mittwoch, 9. November

Heute mit Daisy einen Abendspaziergang gemacht. Am Flussufer tranken Leute Glühwein und riefen »Fröhliche Weihnachten!«, als wir vorbeiliefen.

Weihnachten beginnt jedes Jahr früher, aber was soll's? Meinetwegen könnte Weihnachten schon im September anfangen.

Ich hatte Daisy in einen kleinen Schneeanzug mit Rentierohren gesteckt. Ein paar alte Damen waren so entzückt, dass sie sie mit Mince Pie füttern wollten, doch ich lehnte höflich ab. Jeder weiß, dass die Mince Pies von Iris Skinner zu zwei Dritteln aus Schnaps und zu einem Drittel aus Rosinen bestehen.

Donnerstag, 10. November

Momentan hasse ich es wirklich, laufen zu gehen! Ich kann es kaum erwarten, den Marathon hinter mich zu bringen. Meine Blasen sind so groß wie Fünfzig-Pence-Münzen.

Freitag, 11. November

Inzwischen sind meine Blasen so groß wie Brause-Ufos. Aua, aua, aua!

Samstag, 12. November

Heute Abend wurde mit großem Tamtam im Dorf die Weihnachtsbeleuchtung angeschaltet. Leider hatten die Teenager die Lichter entlang der High Street so arrangiert, dass sie den Satz »Es gibt keinen Weihnachtsmann« ergaben. Zudem hatten sie aus den Lichterketten auf dem Kirchturm einen großen blinkenden Penis und zwei Brüste geformt. Bis die Beleuchtung eingeschaltet wurde, war davon nichts zu erkennen gewesen.

Die alten Damen, die auf dem Kirchhof Mince Pies verkauften, wussten gar nicht, wo sie hinsehen sollten.

Sonntag, 13. November

Volkstrauertag

Als ich nach dem Aufstehen in die Küche ging, sah ich Dad mit Opas Orden und Fotos am Tisch sitzen. Eine Mohnblume steckte in seinem Knopfloch, und er hatte feuchte Augen.

Ich fragte ihn, ob er Opa vermisse.

»Mehr als ich sagen kann«, erwiderte er und redete dann über die Fotos. Alle zeigten Opa während des Zweiten

Weltkriegs. Er hatte zu den wenigen Soldaten gehört, die ihn genossen. Er mochte das Campieren und die viele frische Luft. Und er war immer ein großer Fan von Dosenfleisch gewesen.

Wir trauerten ein bisschen um Opa, dann steckten auch wir anderen uns Mohnblumen an und verfolgten die Gedenkparade im Fernsehen.

Callum hielt sie für einen lustigen Umzug (von alten Leuten, die angezogen waren wie die Figuren aus dem Videospiel *Medal of Honor*).

Montag, 14. November

Heute fuhr der Bus voller Kinder in Elfenkostümen durchs Dorf, die Weihnachtslieder sangen. Eine Tradition. Ich bin immer noch aufgeregt, wenn sie Gratislutscher in die Zuschauermenge werfen. Habe einen mit meinem Lieblingsgeschmack gefangen – Erdbeere!

Daisy schaffte es sogar, zwei Lutscher zu ergattern, wollte aber keinen loslassen, sondern lutschte abwechselnd an den Plastikhüllen von beiden.

Als ich versuchte, ihr einen aus der Hand zu nehmen, machte sie Anstalten, mich zu beißen! Ich hoffe wirklich, dass sie nicht so wird wie Callum. Ich liebe ihn, aber er ist schwer erziehbar.

Auch Mum lässt sich kostenlose Lutscher nie entgehen, und Dad liebt Weihnachtslieder, deshalb waren wir alle auf der Straße und sangen mit den Kindern mit.

Dads Stimme wird immer opernhaft, wenn er singt,

selbst bei den albernsten Liedern. Mum hingegen singt jedes Lied, als würde sie im Pub einen Hit mitgrölen. Und vergisst sich oft und wechselt zur unanständigen Version.

Dienstag, 15. November

Um mich vom Marathon abzulenken, half ich Althea bei ihren Weihnachtsgeschenken. Sie hält nichts davon, »Plastikscheiß zu kaufen«, und hat sich dieses Jahr aufs Schweißen verlegt.

Als ich bei ihr eintraf, zeigte sie gerade im Garten ihrem kleinen Wolfgang, wie man eine Schweißpistole benutzt. Vor Freude über die orangefarbenen Funken klatschte er in die Hände. Er trug eine Schweißmaske, die etwas zu groß für ihn war – sie deckte nicht nur sein Gesicht ab, sondern auch den größten Teil seines Oberkörpers.

Althea hatte bereits eine Menge schmiedeeiserner Weihnachtskränze fabriziert und war inzwischen dazu übergegangen, Weihnachtsbaumschmuck zu schmieden.

Ich gab zu bedenken, dass die Stücke zu schwer sein könnten, um sie an Weihnachtsbäume zu hängen, aber Althea erklärte mir, das seien »Konzept-Kunstwerke« – sie symbolisierten die schwere finanzielle Last, die Weihnachten dem Normalbürger aufbürdet.

Althea ist eine gute Geschäftsfrau. Sie hat bereits drei Kränze an ihre Nachbarn verkauft. Ich hoffe nur, dass die Leute sehr stabile Nägel haben.

Mittwoch, 16. November

Heute kaufte ich im Dorf isotonische Getränke, Traubenzucker und Gummibärchen für den Marathon. Die Damen von der Kirche standen alle auf Leitern und versuchten, die anstößige Weihnachtsdeko zu korrigieren. Es war ihnen gelungen, die Brüste wie eine große Geschenkschleife aussehen zu lassen und den Penis in einen recht überzeugenden Weihnachtsbaum zu verwandeln.

Donnerstag, 17. November

Der Marathon ist in zwei Tagen. Jetzt habe ich wirklich Schiss.

Freitag, 18. November

Habe mein letztes Abendmahl zu mir genommen – einen großen Teller Spaghetti bolognese. Angeblich soll man sich vor einem Marathon mit Kohlehydraten vollstopfen. Da ich schon dabei war, schob ich gleich noch einen klebrigen Toffee-Pudding hinterher. Und eine große Tüte M&M's mit Erdnüssen.

Samstag, 19. November

MARATHONTAG! Ich wachte um fünf Uhr morgens auf

und war total nervös. Und ärgerte mich, weil ich danach einfach nicht mehr einschlafen konnte.

Um sechs wachte dann Daisy auf.

Draußen war es verdammt kalt. Der Boden war mit Raureif überzogen.

Ich jammerte lieber nicht, weil ich wusste, dass Dad mir dann von den »richtigen Wintern« seiner Kindheit erzählen würde, in denen sich »Eisblumen innen auf den Fensterscheiben« gebildet hatten. Als er klein war, hatte seine Familie eine Außentoilette, die im Winter zufror. Es war sehr wichtig, nicht direkt auf das Eis zu kacken. Man musste zuerst draufpinkeln, um es aufzutauen.

Zum Frühstück trank ich ein isotonisches Getränk und aß drei Erdbeer-Energieriegel. Am Ende war ich total aufgedreht und zappelig und erzählte Daisy, ich würde den Marathon gewinnen.

Als ich mich verabschiedete, wurde ich ganz traurig und war seltsam aufgewühlt. Als würde ich in den Krieg ziehen oder so was.

Mum sagte, sie würde auf halber Strecke einen Beutel voller Schweinefleischpasteten für mich bereithalten, woraufhin ich ihr erklärte, das sei eine Sportveranstaltung und keine Siebzigerjahre-Hochzeit.

»Dann also Eier in Wurstbrätpanade?«, fragte sie.

Dad hatte sein Marathon-Outfit aus den Achtzigern angezogen, um mich anzufeuern. Er trug ein Netzhemd, königsblaue Shorts mit Regenbogen an den Taschen und seine Medaille vom London-Marathon. Er war ihn 1986 in knapp unter vier Stunden gelaufen. Seine Zeit wäre um einiges besser gewesen, wenn er unterwegs nicht immer wieder stehen geblieben wäre, um alle Sehenswürdigkeiten Londons zu fotografieren.

Ich fragte ihn, ob er in dieser Aufmachung nicht frieren würde, aber er erwiderte, das alles sei »zu aufregend, um sich Gedanken über die Temperatur zu machen«.

Im Startbereich herrschte eine aufgeladene Atmosphäre. Einfach fantastisch. Riesige Stechpalmen-Gebinde hingen über der Startlinie, die aus einer Lametta-Girlande bestand. Eine Menge Leute trugen Kostüme – etliche waren weihnachtlich verkleidet. Das war vielleicht ein bisschen verfrüht, aber Weihnachten liebt doch jeder, oder? Es gab mindestens zwanzig Weihnachtsmänner (was die Kinder unter den Zuschauern sicher verwirrte) und verschiedene Elfen, Schneemänner usw.

Alle lächelten und bibberten und versuchten, sich unauffällig nach vorne zu drängeln, um sich die beste Startposition zu sichern.

Die Hälfte der Läufer hatte sich offenbar mit Traubenzucker aufgeputscht. Ein Typ, der als riesiger Schneemann kostümiert war, war so überdreht, dass er Leuten vorwarf, sie würden »ihm zu nahe kommen«, und sie mit seinem dick gepolsterten Bauch beiseiteschubste.

Ich dachte ständig an Alex. Idiotisch. Inmitten von Tausenden von Menschen. Außerdem wusste ich, dass er eh weit vorn bei den guten Läufern sein würde.

Als der Startschuss fiel, strahlten noch alle. Nach rund anderthalb Kilometern lächelte niemand mehr, und nach acht Kilometern hatten alle diesen gequälten, angestrengten und angespannten Marathonausdruck im Gesicht.

Wir rannten immer weiter. Und weiter. Und noch weiter. Die Leute in den Kostümen taten mir wirklich leid. Sie litten sichtlich – besonders die Weihnachtsmänner mit ihren Bärten und den ausgestopften Bäuchen.

Das Laufen war viel anstrengender als im Training. Und es war so kalt! Meine Lungen brannten, und meine Finger waren krebsrot.

Die Zuschauer feuern einen zwar an und muntern einen auf, aber ein Marathon ist trotzdem eine Mordsqual. Eigentlich sollten nur Profisportler und Sportbesessene daran teilnehmen, erst recht im Winter.

Bereits als wir die Tower Bridge überquerten, war jeder meiner Schritte eine Überwindung. Ich konnte nur noch eines denken: »Ich will aufhören, ich will aufhören!« Meine Kräfte einzuteilen kam mir nicht in den Sinn. Ich lief und lief einfach nur.

Als die Hälfte der Strecke hinter mir lag, sah ich Mum, Dad, Laura, Brandi und Althea unter den Leuten an der Straße. Dad schwenkte eine Union-Jack-Flagge. Mum aß gerade einen Mince Pie und flippte total aus, als sie mich entdeckte.

»JUHUUUU, JULES! JUHUUUU, JULIETTE! WEITER SO! ZEIG DENEN, WAS DU DRAUFHAST! WILLST DU EINE PASTETE?«

Mir kamen die Tränen, als ich Daisy entdeckte. Ich machte eine Pause. Mum hatte ihr über den Schneeanzug rosarote Stulpen und kleine Turnschuhe gezogen.

Dad fragte mich mit manischem Blick: »Na, macht es Spaß? Ist es nicht erstaunlich, was der menschliche Körper zu leisten imstande ist?« Immer noch in Shorts und Hemd joggte er hin und her und hauchte auf seine Finger.

Ich erwiderte, dieser Marathon sei das Schlimmste, was ich mir je zugemutet hätte. Und *mein* Körper sei nicht für diese Rennerei geschaffen, sondern für gemütliche Spaziergänge und Entspannungsmassagen. Und in meinem ganzen Leben würde ich nie wieder einen Marathon laufen. Er müsse mir versprechen, mir solche Schnapsideen in Zukunft auszureden.

»Es sind nur noch zwanzig Kilometer«, sagte Mum.

»Einundzwanzig!«, verbesserte sie Dad.

»Denk an Daisy«, sagte Laura, »daran, wie stolz sie auf dich sein wird.«

»Das interessiert sie doch gar nicht«, erwiderte ich. »Sie hat keinen blassen Schimmer, was hier abgeht.«

»Dann tu es für dich«, sagte Laura.

»Mir bringt das auch nichts!«, entgegnete ich. »Ich will nur noch aufhören. Das ist eine Schinderei. GRAUENHAFT! Ich werde niemals ins Ziel kommen. Auf keinen Fall.«

Laura legte mir eine beruhigende schwesterliche Hand auf die Schulter und sagte: »Du schaffst das, Juliette Duffy.«

»Eigentlich könnte ich mich jetzt auch hinsetzen und ein bisschen was von der Pastete essen«, sagte ich.

»Nein.« Laura war unerbittlich. »Du musst weiterlaufen.«

Ich begann zu weinen und zu jammern, dass ich nicht mehr konnte. Dass mein Brustkorb schmerzte. Dass mir die Ohren wehtaten. Und die Brüste auch. Und dass ich ständig sah, wie Leute von Sanitätern weggetragen wurden, weil sie auf vereisten Pfützen ausgerutscht waren.

»Juliette Duffy, du schaffst das«, wiederholte Laura. »Ich werde mitlaufen. Los, komm.«

Sie schlüpfte unter der Sicherheitsabsperrung hindurch, packte meine Hand und zog mich auf die Laufstrecke zurück.

Die nächsten acht Kilometer waren schlimm. Jeder Schritt war eine Qual, und meine Lunge brannte. Aber Laura war bei mir und gab mir irgendwie Kraft.

Dann merkte ein blöder, wichtigtuerischer Ordner, dass Laura keine Startnummer mit ihrem Namen drauf trug, pfiff und brüllte in unsere Richtung: »HE, SIE DA! RUNTER VON DER LAUFSTRECKE!«

Da musste Laura mich verlassen.

Gott, so ein Marathon ist so emotional! Wir hatten beide Tränen in den Augen. »Ich schaffe das nicht, Laura«, sagte ich. »Ich schaffe das nicht allein.«

»Juliette Duffy, natürlich wirst du das«, sagte Laura. »Ich sehe dich nachher im Ziel.«

Ohne Laura empfand ich nur noch Schmerz und Hoffnungslosigkeit. Ich hatte keine Kraft mehr. Und die Gummibärchen auch schon aufgegessen. Es war schrecklich. Zum Verzweifeln.

Ich schaute mich um und sah nichts als Elend – alle um mich herum wirkten todunglücklich. Ich begann mich zu fragen: »Warum um alles in der Welt tue ich mir das an? Warum quäle ich mich so? Warum höre ich nicht einfach auf?«

Dann rief ein Zuschauer: »Halte durch, Juliette!« Und ein anderer brüllte: »Du schaffst das, Juliette!«, und die Menge begann für mich zu klatschen. Es war so schön. All diese Fremden, die mich anfeuerten. Woher die alle bloß meinen Namen kannten?

Und wie durch ein Wunder konnte ich weiterlaufen. Schritt für Schritt.

Die Kilometer zogen sich, aber ich kämpfte mich weiter. Irgendwann hatte ich neununddreißig Kilometer in den Beinen. Dann einundvierzig. Und plötzlich tauchte vor mir der Buckingham Palace auf.

In dem Moment wusste ich, dass ich es schaffen würde. Egal, wie sehr mein Körper schmerzte, diesen letzten Kilometer würde ich auch noch bewältigen.

Aber just, als ich in die Piccadilly einbog, rannte der Mann im Schneemannskostüm in mich hinein. Obwohl die Straße nicht vereist war, kam ich aus dem Tritt und verlor das Gleichgewicht. Ich fiel hin und spürte, wie mein Fuß unter mir umknickte. Es tat verdammt weh.

Ich versuchte aufzustehen, aber keine Chance. Zumindest nicht ohne Schmerzensschreie. Mir kam die verrückte Idee, dass ich vielleicht über die Ziellinie kriechen könnte.

Während ich darüber nachdachte, versammelte sich eine Schar Läufer um mich. Die meisten waren schon älter oder übergewichtig, waren also eh nicht besonders zeitfixiert. Jemand gab mir ein isotonisches Getränk mit dem Geschmack von Tropenfrüchten und eine Handvoll Kaubonbons.

Und dann kam er durch die Menge – Alex!

Zuerst dachte ich, ich hätte Halluzinationen. Aber nein – er war es wirklich. Er trug schwarze Laufklamotten, und kaum ein Tropfen Schweiß war an ihm zu sehen.

Er schob die Leute beiseite und sagte: »Steh auf, Juliette. Schaffst du das?«

Ich sagte, ich hätte mir den Knöchel verletzt und sollte

wohl am besten hier sitzen bleiben, bis der Marathon zu Ende war.

Er entgegnete, ich solle aufhören, mich lächerlich zu machen.

Ich wollte wissen, was er denn hier bei den lahmen Enten machte.

Meine Formulierung ärgerte die Läufer um mich herum ein bisschen, und jemand brummte: »Es verdient Anerkennung, wenn jemand seine Leistungsgrenzen kennt und dementsprechend ein vernünftiges Tempo wählt …«

Alex erwiderte, er habe mich beobachtet, um dafür zu sorgen, dass ich auch ins Ziel komme.

»Aber was ist mit deiner Zeit?«, fragte ich.

»Ich bin schon eine Menge Marathons gelaufen«, entgegnete er.

Ich wurde rot und sagte: »Danke, dass du auf mich aufgepasst hast.«

»Das habe ich immer getan«, sagte Alex. »Das ist das Problem.«

Ich wollte ihm wieder erklären, warum Nick bei mir übernachtet hatte – dass es nicht so gewesen war, wie es ausgesehen hatte. Aber mein Knöchel pochte, und mir fielen einfach nicht die richtigen Worte ein. Außerdem dachte ein Teil von mir, dass es eh so kommt, wie es kommen soll.

Mum war zum Beispiel mit einem anderen Mann zusammen gewesen, als Dad sie kennenlernte (eigentlich sogar mit zwei anderen Männern). Aber Dad war sich so sicher, dass sie die Richtige für ihn war, dass er Himmel und Hölle in Bewegung setzte, um auch sie davon zu überzeugen. Er hatte sogar seine sehr seltene Sammlung *Roy-of-the-Rovers*-Comics verkauft, um sich einen Ausflug mit ihr nach Stonehenge leisten zu können.

Alex versuchte, mir aufzuhelfen, aber ich konnte wirklich nicht laufen. Ich meine, es tat höllisch weh. Ich weinte und sagte zu ihm, dass ich nicht weiterkonnte.

»Los«, forderte Alex mich auf. »Du schaffst das.« Und dann legte er meinen Arm über seine muskulöse Schulter, damit er mich halb tragen, halb weiterziehen konnte.

Alle sahen verwundert zu, wie wir zusammen die Piccadilly hinunterhumpelten.

Alex wirkte ruhig und entschlossen und sah blendend aus. Als wir die Ziellinie überquerten, erhielten wir viel Beifall.

Ich lachte und weinte, mehr vor Erleichterung als vor Freude.

Meine Familie und Althea warteten bei den großen Lastwagen für die abgegebene Kleidung. Sie waren ziemlich überrascht, als sie sahen, dass Alex bei mir war.

»Ist dir die Kraft ausgegangen, Liebes?«, fragte Mum. »Willst du ein kleines Ei mit Wurstbrätpanade?«

Alex forderte einen Ordner auf, mir einen Stuhl zu bringen.

Ich ließ mich darauffallen, und Mum setzte mir Daisy auf den Schoß. Schon wieder kamen mir die Tränen, als ich sie sah. »Ich habe es wirklich geschafft«, sagte ich. »Ich habe das Ziel erreicht! Ich kann es kaum glauben. Lass mich das nie wieder versuchen. NIE WIEDER!«

Alex begann, die Leute herumzukommandieren – sie sollten Sanitäter mit einer Trage organisieren. Dann sagte er: »Ich überlasse dich jetzt deiner Familie. Der Sanitätswagen ist unterwegs. Wenn du irgendetwas brauchst, ruf mich an.« Er gab mir seine Visitenkarte und war mit schnellen Schritten in der Menge verschwunden.

Danach wurde alles ein bisschen chaotisch. Die Sanitäter kamen, untersuchten meinen Fuß und sagten (ärgerlicherweise), dass es »nichts Ernstes« sei, sie hätten »schon Schlimmeres gesehen«.

»Aber es tut wirklich sehr weh!«, stöhnte ich.

Sie gaben mir den Rat, den Fuß mit ein bisschen Eis zu kühlen, dann würde die Verletzung schnell heilen.

Mum fragte, ob es eine kalte Flasche Cola auch täte.

Sie nickten und boten an, uns im Sanitätswagen heimzufahren. Doch Dad sagte, sie sollten »keine Ressourcen verschwenden«.

Also liehen wir uns am Ende einen Rollstuhl und fuhren mit dem Zug nach Hause. Es kann ganz nett sein, wenn man behindert ist. Alle lächelten und ließen mir den Vortritt.

Sonntag, 20. November

Mein Knöchel ist total geschwollen. Er ist fast so dick wie einer von Mum. Doktor Slaughter war da und sagte, dass es in ein paar Tagen überstanden sei. Dann warf er einen Blick in den Kühlschrank und schimpfte mit Mum wegen dem Fach voller Schokomousse und Jaffa-Cakes.

Montag, 21. November

Ich vermisse Alex. So, jetzt ist es raus. Ich habe daran gedacht, ihm zu schreiben, wie das mit Nick gewesen ist, aber Brandi hat mir davon abgeraten.

»Erklärungen lassen dich nur schuldig wirken«, sagte sie. »Und ich muss das wissen, weil ich schon viele meiner Freunde betrogen habe.«

»Aber ich habe doch gar nichts mit Nick gemacht«, beteuerte ich ihr. »Es ist absolut nichts passiert.«

»Wow«, sagte Brandi. »Du bist echt gut. Ich habe dir das eben voll geglaubt.«

Dienstag, 22. November

Ich gewöhne mich allmählich ans Herumsitzen, besonders seit das Haus voller Mince Pies ist. Mum hat in jedem Supermarkt eine Packung gekauft, um zu »testen«, von welcher Marke sie am besten schmecken. Deshalb liegen jetzt sechsunddreißig Mince Pies im Schrank, zusammen mit diversen neuen Weihnachtsprodukten:

* Chips mit Truthahn- und Cranberry-Geschmack
* sternförmige Cracker
* Marsriegel mit weißer Schokolade und
* Eis mit Mince-Pie-Geschmack

Mittwoch, 23. November

Alex hat sich immer noch nicht gemeldet. Und ich glaube, Brandi hat recht – Erklärungen würden mich nur schuldig wirken lassen. Ich meine, ich habe ja bereits versucht, es ihm zu erklären, und er wollte nicht zuhören. Vielleicht ist das einfach seine Art, mich diskret abzuservieren.

Ist es zu früh, ihm eine Fröhliche-Weihnachten-Nachricht zu schicken? Ich habe ja jetzt seine Telefonnummer …

Stopp!

Wenn ich dieses Jahr etwas gelernt habe, dann das, dass Männer immer machen, was sie wollen. Wenn Alex sich ernsthaft für mich interessieren würde, hätte er sich inzwischen gemeldet.

Ich bin genug gedemütigt worden. Es wird Zeit für einen Neuanfang.

Donnerstag, 24. November

Thanksgiving in Amerika

Habe mal wieder mit Onkel Ralph und Tante Yasmin geskypt. Ihr Thanksgiving-Essen war noch nicht fertig, und Tante Yasmin hatte Panik wegen des Truthahns.

Onkel Ralph hatte einen normalen Puter im Supermarkt gekauft, und Tante Yasmin befürchtete, er könnte voller gefährlicher Wachstumshormone sein, von denen sie dann alle Krebs bekommen würden.

Tante Yasmins Gesangsunterricht zahlt sich wirklich aus – zumindest was die Lautstärke betrifft. Ganz L.A.

muss gehört haben, wie sie Lolly ausschimpfte, weil die Kleine mit ihren Inlinern über den Marmorfußboden gefahren ist.

Freitag, 25. November

Mum war im Baumarkt und kam mit neuer Weihnachtsbeleuchtung zurück.

Sie kaufte einen winkenden Weihnachtsmann, einen hüpfenden Weihnachtsmann, einen Weihnachtsmannschlitten, drei blinkende Weihnachtsgeschenke, ein Rentier Rudolph und acht Rentiere – alles aus Leuchtröhren.

Die ganze Front des Pubs ist bereits mit Weihnachtsbeleuchtung in Neonfarben überladen, deshalb stellte Mum ihre Neuerwerbungen im hinteren Garten auf.

Jetzt kursiert im Dorf das Gerücht, dass hinter unserem Haus der Weihnachtsmann Geschenke verteilen würde, und immer wieder klopfen kleine Kinder mit Briefen an den Weihnachtsmann an unsere Tür.

Samstag, 26. November

War heute mit Daisy bei Harrods, den Weihnachtsmann besuchen.

Mum hätte die dortige Deko gehasst – sie bestand aus schlichten, geschmackvollen weißen Lichterketten, die an kahlen Ästen blinkten. Nirgendwo eine Neonelfe oder ein Penis aus Holz.

Der Weihnachtsmannbesuch bei Harrods war eine Überraschung von Althea. Sie hatte ihn schon vor Monaten für uns gebucht.

Althea ist total nonkonformistisch, aber sie liebt alles Kreative und auch von den Jahreszeiten inspirierte Sachen. Für den Ausflug zu Harrods hatte sie Wolfgang als Punk-Weihnachtself mit Sicherheitsnadeln in den spitzen grünen Ohren verkleidet. Als wir an der Reihe waren, das kleine Reich des Weihnachtsmannes zu betreten, warnte Althea die Elfe an der Tür, dass Wolfgang »ziemlich empfindlich« sei und dazu neige zu beißen, wenn er sich aufregt.

Die Elfe versicherte uns, dass der Weihnachtsmann sehr gut darin sei, Kinder zu besänftigen, und führte uns dann in den liebevoll geschmückten Raum, in dem uns ein dicker, fröhlicher Weihnachtsmann willkommen hieß.

Wolfgang krähte: »Fettkloß! Fettkloß!«

Der Weihnachtsmann schmunzelte höflich und reichte Wolfgang einen Spielzeuglaster, der sich in zwei Teile zerlegen ließ.

Daisy wollte ihr Geschenk nicht haben. Sie stieß die kleine Puppe weg und sagte: »Nein, nein!«

Dann riss Wolfgang das Führerhaus und ein Rad von seinem Laster ab und gab Daisy das Rad, auf dem sie vergnügt herumkaute.

Manchmal kann Wolfgang wirklich ein netter kleiner Junge sein, doch ich fürchte, der Weihnachtsmann war etwas verärgert, weil er schließlich noch seinen Jute-Geschenkesack zerrissen hat.

Montag, 28. November

Heute fuhren Althea und ich mit den Kindern zum Abenteuerspielplatz in Bethnal Green. Wir mussten sehr früh los, weil Londons Spielplätze wie Nachtklubs sind – wenn sie mal voll sind, sind sie voll, und dann kommt man immer erst rein, wenn jemand anderes rauskommt.

Heute war dort besonders viel los, weil der Weihnachtsmann zu Besuch war. Dummerweise fragte der Althea, ob sie ihr Weihnachtsessen schon geplant habe.

Althea warf ihm lautstark vor, er würde »reaktionäre Geschlechterklischees fördern« und ihrem Sohn »vermitteln, dass der Platz einer Frau in der verdammten Küche ist«.

Der Weihnachtsmann schreckte auf seinem Watte-Thron zusammen.

»Mum, wenn der Weihnachtsmann ins Gefängnis kommt, kriegen wir dann trotzdem Geschenke?«, fragte eines der Kinder.

Dienstag, 29. November

Ich bemühe mich sehr, nicht an Alex zu denken.

Meinem Knöchel geht es schon viel besser, und ich bin total in Weihnachtsstimmung.

Brandi und ich waren bei Starbucks und haben Lebkuchen-Latte aus roten Bechern getrunken. Zu Hause schrieben wir dann all unsere Weihnachtskarten. Na ja, eigentlich nur ich – Brandi langweilte sich bald und überredete Dad, den Rest für sie zu erledigen.

Aber Dad liebt solche Pflichten, die viele eher lästig finden, deshalb war er gerne dazu bereit. Wir verbrachten einen netten Nachmittag zusammen, tranken Tee, aßen Weihnachtsplätzchen und steckten die fertigen Karten in adressierte und frankierte Briefumschläge.

Mittwoch, 30. November

Habe Nick eine Nachricht geschickt, um zu regeln, wann er Daisy an Weihnachten sehen kann.

Nick schrieb zurück, dass er Weihnachten diesmal wahrscheinlich irgendwo in der Sonne verbringen würde und Daisy nicht auf einen Langstreckenflug mitnehmen könne. Anscheinend will er unbedingt weg, weil Sadie »gerade wieder spinnt«.

Als würde ich ihm Daisy länger als eine Stunde überlassen! Er bekommt ja nicht einmal die Druckknöpfe an ihrem Strampler richtig zu.

Donnerstag, 1. Dezember

Unglaublich! Ich kann es kaum fassen. Ich habe fast zehn Kilo abgenommen!

Den ganzen Morgen drehte ich mich vor jedem Spiegel zur Seite, zog mein Oberteil hoch und bewunderte meinen Bauch.

»Wow«, sagte Brandi, »ich wusste gar nicht, dass deine Schwangerschaftsstreifen so schlimm sind.«

Ich spielte schon mit dem Gedanken, diesen Erfolg mit einem Riegel aus weißer Schokolade zu feiern, aber NEIN! Ich will mein neues Gewicht halten.

UNBEDINGT.

Samstag, 3. Dezember

Habe Althea angerufen, um ihr von meinem Gewichtsverlust zu erzählen.

»Okay«, sagte sie. »Dann besorgen wir dir mal ein paar neue Klamotten für deine neue schlanke Figur.«

Ich erwiderte, ich hätte momentan andere finanzielle Prioritäten.

»Aber hat Nick nicht versprochen, dir neue Klamotten zu kaufen, wenn du es bei dem Marathon bis ins Ziel schaffst?«, fragte sie.

Ich erwiderte, dass Nick seine Wetten noch nie eingelöst hätte.

Dann wollte sie wissen, ob ich immer noch Nicks Kreditkarte hätte – die, die über Helens Konto läuft.

»Ja«, gab ich zu. »Aber es wäre nicht richtig, sie zu benutzen.«

»Vielleicht wird Nick seinen Flug in die Sonne stornieren müssen«, sagte sie.

Ich erklärte ihr, dass diese Kreditkarte nur für Notfälle bestimmt war.

»Nichts für ungut«, erwiderte sie, »aber deine Garderobe *ist* ein Notfall. Wenn du noch einmal dieses unförmige, verfilzte graue Elefantenkleid anziehst, muss ich kotzen.«

Ich fing an zu schwadronieren, dass man das Richtige tun und der bessere Mensch sein sollte, doch Althea wandte ein: »Nick hat mit dir gewettet, also muss er die Wettschulden jetzt einlösen. Er hat dich betrogen und mit einem Baby sitzen lassen, das du nun alleine großziehen musst. Also, was sind schon ein paar Klamotten, nach allem, was er dir angetan hat? Das war total demütigend.«

Womit sie recht hatte. Ich meine, ich kann in Great Oakley nicht einmal einen Schokoriegel kaufen, ohne dass die Dame an der Kasse sagt: »Gönn dir was, Mädchen. Du hast dir was Süßes verdient, nach allem, was du durchgemacht hast.«

Doch schließlich überzeugte Althea mich mit einem anderen Argument: »Du wirst neue Klamotten brauchen, wenn du wieder anfängst zu arbeiten. Betrachte es als eine Investition in die Zukunft. In deinen fleckigen alten Leggings wird dich niemand einstellen.«

Sonntag, 4. Dezember

Habe den ganzen Vormittag gekichert. Althea bestand darauf, zum Sloane Square zu fahren und in alle Designer-Läden zu gehen.

London wirkte immer noch wie verzaubert. Alles funkelte und glitzerte. Die Bäume am Sloane Square waren mit wunderschönen großen Leucht-Schneeflocken behängt, und eine über fünfzehn Meter hohe Weihnachtstanne erhob sich über uns, den winzigen Passanten. Zäune und Geländer waren mit hübschen kleinen Lichterketten umwickelt, und die weihnachtlich dekorierten Schaufenster leuchteten festlich.

Immer wenn eine Verkäuferin uns fragte, ob wir Hilfe brauchten, fragte Althea: »Was kostet hier drin am meisten?«

Ich hatte mir seit der Schwangerschaft nichts mehr zum Anziehen gekauft, weshalb die Situation schon ein bisschen seltsam war.

Die Verkäuferin bei Chloé war ein überschwänglicher mütterlicher Typ und sagte die ganze Zeit »entzückend«: »Kann ich den beiden entzückenden Damen helfen? – Haben Sie die entzückenden Sachen dort hinten schon gesehen? – Ich denke, dieses Modell hier würde an Ihnen entzückend aussehen.«

Althea stöberte kurz herum, reichte mir dann einen ganzen Berg Klamotten zum Anprobieren, und die Verkäuferin rief: »Oh, da haben Sie aber eine entzückende Auswahl getroffen!«

Ich probierte die Sachen an. Und die Verkäuferin hatte recht – es war eine entzückende Auswahl. Und ich sah auch richtig schlank aus. Ich meine, ich glaube nicht, dass mein Bauch je wieder so werden wird, wie er mal war. Aber ich wirkte fit und gesund.

Als wir an der Kasse standen und den Betrag sahen, flippte ich aus und erklärte Althea, ich könne das nicht mit Nicks Kreditkarte bezahlen. »Außerdem läuft sie über das Konto von Helen. Und die hat nicht mit mir gewettet.«

»Aber sie hat diesen verantwortungslosen Scheißkerl von einem Sohn aufgezogen«, entgegnete Althea.

Während ich mich fragte, ob ich das wirklich durchziehen konnte, spielte ich unschlüssig mit der Kreditkarte herum.

»Wenn du es nicht schaffst, dann gib mir das verdammte Ding«, sagte Althea. »Ich mache es.«

»Alles in Ordnung?«, erkundigte sich die Verkäuferin.

Althea erklärte ihr, dass mein Exverlobter mich mit meiner Brautjungfer betrogen hatte und wir überlegten, seine Kreditkarte zu benutzen.

Die Verkäuferin kniff die Augen zusammen, schnappte sich die Karte und sagte: »Sie bezahlen mit Kreditkarte? Entzückend!«

Am Ende kaufte ich mir eine komplette neue Garderobe. Und für Daisy ein rosarotes Kaschmir-Twinset, eine Kette mit Perlen aus Gummi und Strumpfhosen mit aufgedruckten kleinen Stöckelschuhen an den Füßen.

Dann bugsierte Althea mich in einen piekfeinen Frisiersalon, und ich bekam einen tollen neuen Haarschnitt verpasst. Mit Stufen, die meinen Locken mehr Sprungkraft verliehen, und sehr hübschen, dezent blondierten Strähnchen.

Anschließend gingen wir noch zu Fortnum & Mason, wo wir Weihnachtstee tranken und Truthahn-Cranberry-Sandwiches, Butterkekse und Mince Pies aus Blätterteig aßen, die auf Silbertellern serviert wurden.

Ich meinte zu Althea, Nick werde beim Anblick der Abrechnung Schiss bekommen. Und Helen toben.

»Wann wird das sein?«, fragte Althea.

»Im Januar«, erwiderte ich.

»Nun denn«, sagte Althea, »das geschieht ihnen recht.«

Dann fingen wir an zu kichern und konnten nicht mehr aufhören – bis Daisy versuchte, sich mit einer silbernen Gabel ins Auge zu stechen.

Montag, 5. Dezember

Weihnachtslieder im Radio. Die wundervollste Zeit des Jahres! Selbst wenn beschissene Dinge passieren, Weihnachten muss man einfach lieben.

Heute Morgen rief Nick an und bat mich um ein Treffen in London. Im ersten Moment befürchtete ich, er könnte das mit der Kreditkarte irgendwie herausgefunden haben. Ein lächerlicher Gedanke. Als hätte Nick je die Kreditkartenumsätze geprüft, bevor die Abrechnung eintraf. In Wirklichkeit wollte er dringend »über uns« reden. Ich werde mich mit ihm treffen. Er bleibt Daisys Dad.

Wenn ich ganz ehrlich bin, genieße ich es auch, dass er mir jetzt nachläuft. Ich finde, das sollte ich ein Weilchen ausnutzen dürfen. Besonders weil Alex sich nicht mehr gemeldet hat.

Dienstag, 6. Dezember

Gerade war ich beim vorweihnachtlichen Kuchenverkauf in Callums Schule. Weil nichts mehr als zwanzig Pence kostete, kaufte ich ein Stück Schoko-Biskuittorte, sechs Mince Pies und eine Dose mit glasierten Butterkeksen für insgesamt zwei Pfund. Ein Schnäppchen!

Callum gewann einen Preis für sein »Kunstwerk aus Gebäck« – einen Schneemann aus aufgeschichteten Keksen und Sprühsahne.

Mittwoch, 7. Dezember

Callums Krippenspiel in der Schule. Brandi war mächtig stolz, weil Callum die Rolle von Gott spielen durfte.

Auf der Bühne bewies er, dass er laut und deutlich sprechen kann. Einige alte Damen zuckten zusammen und hielten sich die Ohren zu, als er aus dem Himmel herabbrüllte. Zum Glück schlief Daisy tief und fest im Kinderwagen. Selbst dann noch, als Callum so wild seine Trommel schlug, dass der Lehrer sie ihm wegnehmen musste.

Donnerstag, 8. Dezember

Mannomann, was für ein Tag! Heute Nachmittag traf ich mich mit Nick im Vodka! – einer piekfeinen Bar, in der die Männer Halstücher und die Frauen glänzende Lederstiefel und Handtaschen mit Troddeln dran trugen.

Es war, als hätte Weihnachten diese Bar vergessen. Nichts war dekoriert worden, und alle Leute wirkten ernst und unglücklich. Weil es keine Diät-Cola gab, bestellte ich mir ein Getränk mit Zitrone, das wie Badewasser roch und auch so schmeckte.

Nick verspätete sich natürlich, sodass ich erst mal eine halbe Stunde damit beschäftigt war, Daisy davon abzuhalten, die gläsernen Untersetzer auf den Boden zu schmeißen.

Während wir warteten, quatschte mich ein betrunkener Typ aus Manchester an. Er war so blau, dass er im Durchschnitt nur eines von drei Wörtern verständlich artikulieren konnte.

»Du … schönes Mädchen … am Samstag? Nett … das beste Bier … und dann sagte der Polizist … nicht mein zerbrochenes Glas, Kumpel …«

Als Nick endlich aufkreuzte, erkannte ich an seinen feuchten Augen und seinem schiefen Lächeln, dass auch er schon ein paar Drinks intus hatte.

Er musste zweimal hingucken, als er mich erblickte. Dann sagte er: »Wow, du siehst toll aus!«

Ich trug ein Seidenkleid, eine Kaschmirjacke und kniehohe Wildlederstiefel. Und ich muss sagen, dass dieses Outfit mir tatsächlich gut stand. Ich erzählte Nick nicht, dass er es bezahlt hatte.

Er bestellte sich einen doppelten Whisky mit Eis, dann lallte er, wie fantastisch die Nacht neulich gewesen sei.

Ich rüffelte ihn für sein Zuspätkommen. Daisy wurde um diese Zeit meistens quengelig. Bald würde sie anfangen zu heulen und schwer zu trösten sein. Tatsächlich quäkte sie bereits wie ein Feuermelder mit schwächelnder Batterie.

Nick schenkte mir sein strahlendes Lächeln – so hatte er mich früher immer angelächelt, damals, als wir uns gerade erst kennenlernten. Dann sagte er: »Hör mal, sollen wir diesen ganzen juristischen Scheiß wirklich durchziehen? Mit Anwälten und allem? Ich will dich zurück, Julesy. Ich will meine Familie zurück. Ich war so ein Idiot!« Er erzählte mir, dass er inzwischen glaubte, nach Daisys Geburt eine Art Midlife-Crisis durchgemacht zu haben. Er habe das Gefühl gehabt, als Schauspieler nicht weiterzukommen, und nicht gewusst, »wie Babys ticken«.

»Ich dachte, ich hätte mich zu früh häuslich niedergelassen«, sagte er. »Dass ich mehr Leidenschaft und Aufregung im Leben bräuchte. All das hat mir Sadie gegeben, aber es war bedeutungslos. Hohl. Weil es immer nur um sie geht.« Er nahm meine Hand und sagte: »Ich weiß, dass dieser ganze Scheiß schrecklich für dich war. Doch bei genauerer Betrachtung hat sich irgendwie doch alles zum Besten gewendet. Weil das mit Sadie mir die Augen geöffnet hat. Dadurch habe ich erkannt, was ich die ganze Zeit hatte. Das musste ich erst begreifen. Sonst würde ich auch noch die nächsten zwanzig Jahre durch die Bars ziehen, aber jetzt bin ich bereit, Julesy. Ich bin bereit, ein richtiger Vater zu sein. Und ein tauglicher Ehemann, wenn du mir dabei hilfst.«

Vor sechs Monaten hatte ich genau das hören wollen. Aber Gott sei Dank war ich inzwischen stärker.

Nick grinste Daisy an und sagte: »Was meinst du, Daisy-Schatz? Hältst du das für eine gute Idee? Wenn Mum und Dad an Weihnachten wieder zusammen sind? Na, fändest du das schön?« Er presste meine Hand an seine Brust und fragte: »Du hast mich doch geliebt, oder?«

Ich gab zu, ihn mal geliebt zu haben, fügte aber hinzu, dass ich inzwischen darüber hinweg sei, mich weiterentwickelt hätte und mir gerade ein neues Leben aufbaute.

»Aber was ist mit unserer Familie?«, fragte er. »Willst du nicht das Beste für Daisy? Willst du keine Familie?«

Daisy streckte ihr Händchen aus, packte meinen Finger und schenkte mir das süßeste kleine Lächeln.

Und ich wusste: Ich bin das Beste für Daisy. Ich bin ihre Familie. Nick ist nur eine Art Beilage zum Hauptgericht. Solange Daisy mich hat, wird es ihr gut gehen. Familien gibt es in vielen Formen und Größen.

Also antwortete ich Nick, dass ich nicht fand, dass es das Beste für Daisy sei, wenn wir wieder zusammenkämen.

Da wurde er sauer und sagte, wenn es zu einem Gerichtsverfahren käme, wäre er bald pleite. »Wie wär's, wenn wir den ganzen juristischen Scheiß erst mal auf Eis legen?«, fragte er. »Dann können wir klären, wann du wieder bei mir einziehst. Und vielleicht solltest lieber du Sadie die Neuigkeiten beibringen. Bei mir neigt sie zu Gewaltausbrüchen ...«

Mir wurde klar, dass Nick die Situation völlig verkannte. Und dass er immer schon in einer egozentrischen Traumwelt gelebt hatte. Deshalb sagte ich ihm, es sei ein Fehler von mir gewesen, mich mit ihm zu treffen. Wenn er in Zukunft etwas mit mir klären wolle, müsse er das über meinen Anwalt tun.

Nick antwortete nicht, starrte nur finster auf seinen Drink.

Ich schritt mit erhobenem Kopf davon. Es wäre der perfekte Abgang einer starken Frau gewesen, hätte Daisy auf dem Weg hinaus nicht die beige Kaschmirjacke einer Frau in die Finger gekriegt und ihre Nase am Innenfutter hin und her gerieben.

Als wir aus der Bar kamen, schneite es. Und wie! Dichte große Schneeflocken wirbelten herab und bedeckten den Bürgersteig. Die Ligusterhecken und schwarzen Gitterzäune am Soho Square waren bereits weiß. Hellgelbe Weihnachtslichter beleuchteten das Schneegestöber, und London wirkte wie eine märchenhafte Kulisse aus Harry Potter.

Kurz war mein Kopf voller poetischer Gedanken über die majestätischen, zarten tanzenden Flocken, dann versuchte ich, den Kinderwagen durch den Schnee zu schieben, und kam ins Schwitzen. »Diese verdammten Räder … Na los! Du blödes Ding!«

Ich brauchte volle zehn Minuten, um das andere Ende der Straße zu erreichen.

Wo ich Sadie sah.

Anscheinend war sie auf dem Weg zu Nick.

Zu allem Übel erblickte sie mich genau im selben Augenblick wie ich sie, weshalb keiner von uns beiden etwas anderes übrig blieb als weiterzulaufen. Nur dass ich gar nicht wirklich lief, sondern den Kinderwagen mühsam durch den Schnee stieß und zwischendurch immer wieder anheben musste.

Sadie sah furchtbar aus. Käsig, picklig und moppelig. Die blühende Ausstrahlung schwangerer Frauen hatte sie eindeutig verloren. Der kittelartige Umstandsmantel, den sie trug, war am Bauch schon abgewetzt. Ihre Haare waren strähnig und dünn. Und sie stapfte in UGG-Boots herum. Ich hatte sie davor noch nie in flachen Schuhen gesehen. Sie hat wirklich ziemlich kurze Beine.

Sadie tat so, als sähe sie etwas auf der anderen Straßenseite, und machte einen kleinen Schlenker. Sie ist eine miserable Schauspielerin. Total unglaubwürdig. Kein Wunder, dass sie nur Rollen bekommt, indem sie mit Regisseuren schläft.

Als ich den Bahnhof King's Cross erreichte, war aus dem Schneegestöber ein richtiger Schneesturm geworden. Ich war von oben bis unten weiß. Und der Kinderwagen auch.

Erst machte ich mir große Sorgen, dass Daisy frieren könnte. Bevor ich feststellte, dass alle Züge gestrichen waren.

Doppelte Scheiße!

Ich rief Althea an, in der Hoffnung, dass sie eine gute Idee hatte. Sie ist wie ein Lexikon des Londoner Transportwesens. Sie weiß immer, von welcher anderen Haltestelle aus man auf einem Umweg ebenfalls ans Ziel gelangt oder ob man besser den Bus statt des Zuges nehmen sollte.

Leider erzählte sie mir, dass der öffentliche Verkehr in ganz London zusammengebrochen war. Es fuhren weder Züge noch Busse noch Taxis. Und offenbar waren auch die Straßen um Great Oakley gesperrt.

Ich telefonierte mit Laura, die sagte, ich solle bleiben, wo ich bin. Sie werde herkommen, aber das könne eine Weile dauern. In der Zwischenzeit solle ich versuchen, in der Nähe ein Hotelzimmer zu finden.

Ich zerrte den Kinderwagen zu jedem Hotel in der Bahnhofsgegend, aber alle waren ausgebucht (ich versuchte es sogar im Dalton nahe King's Cross und gab beschämenderweise damit an, Alex und Zachary zu kennen). Schließlich setzte ich mich mit der heulenden Daisy im

Arm auf eine Bank im Bahnhof. Ich hatte keine Ahnung, was ich tun sollte.

Immer mehr schneebedeckte Leute drängten in den Bahnhof. Es schneite wirklich heftig. Und es war *eisig* kalt. Daisys Wangen hatten bereits eine leicht bläuliche Farbe angenommen. Ihr lief die Nase, und sie nieste immer wieder leise wie ein verschnupftes Mäuschen.

Ein Kirchenchor stellte sich am Kaffeestand auf und begann, Weihnachtslieder zu singen. Vermutlich wollten die Männer und Frauen uns aufmuntern, aber die tiefen Töne von »Stille Nacht« verbreiteten eher eine unheimliche Weltuntergangsstimmung.

Ehrlich gesagt hatte ich schon ein bisschen Angst. Die Leute waren aufgebracht und brüllten etwas von »Endzeit«, und ein paar Teenager schlugen die Schaufensterscheibe der Bahnhofsbuchhandlung ein.

Ich versuchte, Laura noch mal anzurufen, aber das Signal war weg. Kein Netz mehr. Ich simste ihr, ich sei immer noch im Bahnhof King's Cross, erhielt aber keine Antwort.

Daisy und ich saßen da und warteten. Ich starrte wie eine Verrückte auf den Bildschirm mit den geplanten Abfahrten und Ankünften, aber es leuchtete immer dieselbe Meldung auf: »Fröhliche Weihnachten! Zugverkehr eingestellt.«

Obwohl ich meine Jacke um Daisy geschlungen hatte, machte ich mir Sorgen wegen der Kälte. Ich wusste, dass es schlecht um uns stand, als Leute vom Roten Kreuz mit Decken erschienen – die Dinger sahen so abgenutzt aus, als stammten sie aus einem viktorianischen Waisenhaus. Ich hatte immer gedacht, ich würde in einer Notsituation

Würde bewahren und höflich sein. Aber sobald ich einen Mann vom Roten Kreuz sah, begann ich zu schreien: »Hierher! HIERHER! HE! ICH HABE EIN BABY, VERDAMMT! ICH BRAUCHE DRINGENDER EINE DECKE ALS ER!«

Dann sagte eine tiefe Stimme hinter mir: »Hier, Juliette. Ich habe eine Decke für dich.«

Ich drehte mich um.

Es war Alex, in einem schwarzen Wollmantel, mit Lederhandschuhen und schneebestäubten Haaren. Er hielt eine flauschige beige Decke in seinen Händen, die viel wärmer aussah als die alten Dinger vom Roten Kreuz.

»Was machst *du* denn hier?«, fragte ich ihn.

Er legte mir und Daisy die Decke um. »Deine Schwester hat Zachary erzählt, dass du hier festsitzt«, erwiderte er. »Und er wusste, dass ich in der Gegend war. Ich bringe dich ins Dalton gleich um die Ecke.«

»Aber sie haben kein Zimmer frei«, sagte ich.

»Für mich schon«, entgegnete Alex.

In dem Hotel kam ich mir vor wie in einem Weihnachtsfilm – ein großes bullerndes Holzfeuer im Kamin und dicke Teppiche.

Viele Leute taten so, als würden sie Zeitung lesen. Ich hatte den Verdacht, dass sie gar keine Hotelgäste waren, sondern sich hereingeschummelt hatten, um sich vor dem Schneesturm in Sicherheit zu bringen.

Daisy schlief sofort ein, als die Wärme des Kaminfeuers sie umhüllte.

Alex brachte uns in die Königssuite im obersten Stockwerk. Sie war viermal so groß wie die Wohnung, in der ich mit Nick gewohnt hatte.

Ich bedankte mich immer wieder, aber das nervte Alex. »Ich habe dich schon beim ersten Mal gehört. Und beim vierten Mal«, sagte er. Dann wollte er wissen, ob es Daisy etwas ausmachen würde, in einer fremden Umgebung zu schlafen.

Ich sagte, dass sie damit kein Problem haben würde. Als ich die Suite gesehen hatte, hatte ich sogar gedacht, dass sie wahrscheinlich gar nicht mehr heimwollen würde. In einem Schlafzimmer (es war nicht das einzige) gab es ein Kinderbett und eine Menge hochwertiger Babyartikel. Watte aus biologischem Anbau, Strampler aus Baumwolle, Babyshampoo auf Pflanzenbasis ...

Als Daisy aufwachte, wirkte sie ein bisschen verschreckt. Ich sah ihr an, dass sie kurz davor war zu heulen, deshalb wollte ich mich hinknien und sie beruhigen.

»Komm«, sagte Alex und nahm sie. »Lass mich das machen. Du musst erschöpft sein.«

»Nimm's nicht persönlich, wenn sie weint«, sagte ich. »Sie mag keine Unbekannten, wenn sie müde ist.«

»Ich bin kein Unbekannter«, entgegnete Alex, hob Daisy auf seine Schulter, und innerhalb einer Minute war sie wieder eingeschlafen. Nachdem er Daisy in das Kinderbett gelegt hatte, fragte er mich, ob ich zu Abend essen wolle.

Ich gab zu, Hunger zu haben.

Das Abendessen, das Alex beim Zimmerservice bestellte, bestand aus Rindfleischeintopf mit Klößen, einer Käseplatte und einem Schokoküchlein mit flüssigem Kern.

Alles wurde unter großen silbernen Abdeckhauben serviert.

Bevor das Essen eintraf, hatte Alex mir ein Glas Brandy eingeschenkt.

»Du solltest dir auch einen genehmigen«, sagte ich.

»Nein.« Alex verschränkte die Arme. »Ich sollte besser gehen.«

»Ach, komm schon«, sagte ich. »Es ist schön, dich wiederzusehen.« Ich freute mich wirklich, denn ich hatte ihn vermisst.

Tatsächlich goss er sich einen Brandy ein. »Ich werde hierbleiben, aber nur, bis du dich etwas eingewöhnt hast.«

Wir standen nebeneinander am Fenster und sahen zu, wie der Schnee fiel. London war ganz ruhig und still. Keine Autos. Keine Menschen. Nur zarte weiße Flocken, die auf Dachziegel und rote Backsteine fielen.

So schön hatte ich die Stadt noch nie gesehen. Die scharfen Kanten waren verschwunden. Alles war weich und hell. Schnee wirbelte an dem Fenster vorbei, und Alex und ich schauten dem Tanz der Flocken zu.

Wir standen beinahe Schulter an Schulter, und ich spürte, wie es zwischen uns knisterte. Ich wollte so sehr, dass er meine Hand nahm. Fast hätte ich sogar meine Hand in seine gelegt, aber der vernünftige Teil von mir wusste, dass das keine gute Idee war.

Lange standen wir so da.

Irgendwann fragte Alex mich, warum ich nicht daran gedacht hatte, mich über das Wetter zu informieren, bevor ich nach London gefahren war.

Ich erzählte ihm, dass ich mich mit Nick getroffen hatte.

»Hat *er* sich denn nicht informiert, wie das Wetter wird?«

»So umsichtig ist er nicht«, erwiderte ich. »Apropos Nick, hör zu …«, begann ich.

Alex hob die Hand. »Lass uns nicht darüber reden.«

»Bitte«, flehte ich. »Ich möchte es dir erklären. Davor waren du und ich uns doch so nahe.«

»Da gibt es nichts zu erklären«, erwiderte Alex und klang ganz kalt und förmlich. »Ich wünsche dir alles Gute. Und Daisy ebenfalls. Und ich hoffe, dass wir Freunde bleiben. Ich schätze deine Freundschaft nach wie vor. Aber Nähe … ist keine gute Idee.«

Dann sagte er, er müsse jetzt wirklich gehen. Das Untergeschoss des Hotels sei überschwemmt, deshalb werde seine Hilfe benötigt, und ich solle dem Zimmerservice Bescheid geben, wenn ich irgendetwas brauchte.

Ich war wirklich traurig, als er die Suite verließ. Weil ich wusste, dass er sich irgendwie von mir abgeschottet hatte. Er war kühl und distanziert gewesen. Mir wurde klar, wie sehr ich den alten Alex vermisste – den Alex, mit dem ich laufen gegangen war.

Trotzdem machte ich das Beste aus der Situation. Ich aß den Eintopf, den Käse und das Schokoküchlein und trank dazu ziemlich viel Brandy, während ich mir auf dem tollen großen Flachbildfernseher eine Reality-Serie über »die echten Hausfrauen Amerikas« ansah. Alles in allem hatte ich einen netten Abend, nur dass ich mir eben wünschte, Alex wäre geblieben.

Freitag, 9. Dezember

Daisy hat heute Morgen bis um *halb acht* geschlafen! Bestimmt wegen der großen, dicken Hotelvorhänge.

Der Zimmerservice brachte mir frische Croissants zum Frühstück (Daisy machte aus ihrem eine richtige Sauerei – ich brauchte EWIG, um die Krümel aus dem Teppich zu klauben, der so dick war, dass man die Schuhe darin hätte verlieren können).

Bevor wir das Hotel verließen, fragte ich die Dame an der Rezeption, ob Mr Dalton da sei. Ich wolle mich noch mal bei ihm bedanken.

Sie sagte, er sei am frühen Morgen gegangen, habe aber arrangiert, dass ein Wagen uns nach Great Oakley zurückbringen würde. Der Kindersitz sei auf der Rückbank angebracht, und Wasser und Snacks seien auch vorhanden, sollte es unterwegs zu Verzögerungen kommen.

Dann ließ sich die Rezeptionistin darüber aus, wie fürsorglich Alex sei und wie gerne sie für ihn arbeite. »Er ist ein wundervoller Chef«, schwärmte sie. »Er denkt immer an andere.«

Ja, er ist fürsorglich, dachte ich. Aber Nähe hält er für keine gute Idee.

Die Rückfahrt war schön, aber ich konnte nur an Alex denken. Und manchmal auch daran, wie er ohne Klamotten ausgesehen hatte.

Samstag, 10. Dezember

Ich werde NICHT so dumm sein, Alex zu schreiben oder so was. Ich habe mehrmals versucht, ihm das mit Nick zu erklären, aber er wollte ja nichts davon hören.

Althea meint, das sollte mir eigentlich alles sagen, was ich wissen muss. »Wenn ein Mann dir nicht vertraut, vergiss es«, sagte sie. »Komm drüber weg und such dir einen besseren.«

Das Problem ist nur, dass mir momentan kein besserer einfällt als Alex. Aber es soll wohl nicht sein. Ich meine, ich kann mir ein gemeinsames Leben mit ihm eh nicht vorstellen. Was würde Alex wohl von dem Holzpenis halten, der an unserem Weihnachtsbaum hängt?

Sonntag, 11. Dezember

Ich habe immer noch keine Weihnachtseinkäufe gemacht. Früher war ich immer so gut organisiert, aber jetzt ist es, als hätte man mir das Gehirn gestohlen und es durch das von Granny Joan ersetzt.

Apropos Granny Joan. Ich muss mich drum kümmern, dass sie zum Weihnachtsessen in den Pub kommt.

Montag, 12. Dezember

Weil so viele Kinder meinten, der Weihnachtsmann hielte sich in unserem Garten hinter dem Haus auf, zog Dad heute sein Weihnachtsmannkostüm an und ließ die Kinder herein, um ihnen ein paar Tüten Chips zu schenken (deren Haltbarkeitsdatum gerade erst überschritten war).

Er war der effizienteste Weihnachtsmann, den ich je gesehen habe. Er brachte die Kinder dazu, sich in eine ordentliche Warteschlange einzureihen, und gab jedem genau anderthalb Minuten Zeit, um ihm zu sagen, was es sich zu Weihnachten wünscht.

Dann kam Mum mit einer großen Schüssel bunt gemischter Süßigkeiten heraus und erlaubte den Kindern, sich auf Callums großem Trampolin auszutoben.

Als wir wieder allein waren, aßen wir gebackenen Camembert mit Cranberry-Brot, machten ein Feuer im Kamin und sangen für Callum und Daisy Weihnachtslieder. Es wäre ein perfekter kitschiger Familienabend gewesen, hätte Callum nicht in jedem Liedtext »Weihnachten« durch »Scheiße« ersetzt.

Dienstag, 13. Dezember

Ich glaube, Daisy bekommt die nächsten Zähne. Die letzte Nacht ist sie viermal aufgewacht. Es war, als wäre sie wieder drei Monate alt. Das Problem ist, dass ich mich inzwischen daran gewöhnt habe, dass sie durchschläft. Deshalb schleppte ich mich heute hundemüde durch den Tag.

Weil ich mich nicht dazu aufraffen konnte, Weihnachtsgeschenke einzukaufen, besuchte ich stattdessen Granny Joan.

Die Leiterin ihres Pflegeheims ist sehr progressiv. Sie

hat Lametta aus dem Gebäude verbannt und einen hiesigen Künstler überredet, moderne minimalistische Weihnachtsdeko herzustellen. Im Aufenthaltsbereich entdeckte ich Sterne aus Edelstahl und Eiszapfen aus Glas. Bis jetzt gab es eine Beschwerde über die Deko, weil die verrückte Doris versucht hatte, eine andere Heimbewohnerin mit einer Schneeflocke aus Plexiglas zu attackieren.

Granny war gut drauf, wird aber nicht zum Weihnachtsessen kommen. Sie hat Probleme mit ihrem Magen und »furzt wie ein altes Pferd«. In letzter Zeit ernährt sie sich nur von Bananen und Bonbons, wahrscheinlich deshalb.

Ich versicherte ihr, dass es niemanden kümmern würde, ob sie furzt.

»Aber das sind nicht bloß Fürze, das hört sich an wie afrikanische Buschtrommeln«, erwiderte sie. »Außerdem findet am ersten Weihnachtsfeiertag hier im Pflegeheim eine Séance statt. Die will ich nicht verpassen. Ich freue mich schon darauf, mit deinem Opa zu reden.«

Mittwoch, 14. Dezember

Weihnachtseinkäufe sind SOOO stressig. Am Ende landete ich in der Oxford Street und kämpfte mich mit dem Kinderwagen durch die Menschenmassen.

Ich überlegte, auch ein Geschenk für Alex zu kaufen, als eine Art Dankeschön für alles, was er in diesem Jahr für mich getan hat. Aber was soll man einem Mann schenken, der fünfzig Hotels besitzt? Deshalb beschloss ich, es bei den Geschenken für meine Familie und Althea zu belassen.

In den Geschäften war wirklich die Hölle los. Um einen klaren Kopf zu bekommen, gönnte ich mir eine Tasse Kaffee und ein großes Stück Schokoladenkuchen.

Zwei Stunden später hatte ich immer noch kein einziges Geschenk gefunden, und die Läden sahen schon leer gekauft aus.

In der Filiale einer Kaufhauskette setzte mein Verstand schließlich völlig aus. Ich füllte meinen Einkaufskorb mit allem, was ich in die Finger bekam.

Am Ende kaufte ich:

* verschiedene Sorten traditionell gebrautes Bier mit Namen wie »Old Fart« und »Geriatric« (der dümmste Kauf aller Zeiten, weil meine Eltern als Pubinhaber Traditionsbier von guter Qualität zum Großhandelspreis bekommen)
* einen Spazierstock voller Jelly Beans (als bekäme Callum nicht genug Zucker)
* eine Venusfliegenfalle zum Selberzüchten
* einen Miniverkaufsautomaten für kleine Cadbury-Schokoladentäfelchen (wenigstens Mum wird sich freuen)
* ein Mojito-Set (bestehend aus einem Glas, einer kleinen Flasche Bacardi und einem Tütchen Limettenaroma – für fünfundzwanzig Pfund; ich fühlte mich ein bisschen abgezockt) und
* einen Schaum-Schnurrbart auf einem Lutscherstiel

Nachmittags
Zusammen mit Scharen anderer verschwitzter und gereizter Menschen, die in London shoppen gewesen waren, fuhr ich mit dem Zug nach Hause zurück. Den gekauften Kram hatte ich in meine umweltfreundlichen Einkaufstaschen gestopft (JA, ich hatte sie dabei!).

Daisy heulte während der GANZEN Fahrt. Und wegen eines Todesfalls saßen wir eine halbe Stunde lang in einem Tunnel fest.

Ich weiß, man sollte eigentlich tief betroffen sein, wenn jemand auf den Bahngleisen stirbt, aber ... ich meine, ist es nicht auch ziemlich rücksichtslos, sich zur Weihnachtszeit umzubringen, wenn die Leute nach Hause müssen, um Geschenke zu verpacken?

In dem Tunnel SCHRIE Daisy. Alles gute Zureden und Kuscheln half nichts, sie ließ sich einfach nicht beruhigen.

Die anderen Fahrgäste wirkten ziemlich genervt, nur ein Hippie sagte: »Das ist schon okay. Sie sagt nur, was wir alle denken.«

Als ich endlich heimkam, fiel mir ein, dass ich jetzt noch alles einpacken musste.

UFF!

Es dauerte eine Stunde. Während der Daisy immer wieder versuchte, den Tesafilm zu essen.

Donnerstag, 15. Dezember

Heute war es zu kalt, um rauszugehen, deshalb holte ich

Granny Joan ab, und wir saßen alle im Gastraum vom Pub, aßen Weihnachtskuchen und tranken Sherry.

Den Kuchen hatte Granny Joan gebacken, deshalb sah der Weihnachtsmann obendrauf, der aus Fertigfondant zum Ausrollen bestand, ein bisschen finster aus. Da Grannys Hände nicht mehr so ruhig sind, wie sie einmal waren, hatte er schlangenähnliche Schlitzaugen und einen zornig verzogenen Mund. Außerdem fand ich eine Schraube in meinem Kuchenstück und Mum in ihrem ein Stück Lametta. Granny sieht auch nicht mehr so gut wie früher.

Freitag, 16. Dezember

Soll ich Alex eine Weihnachtskarte schicken?

Samstag, 17. Dezember

Die großartige Laura ist wieder zu Hause, und Zach kam heute Abend in den Pub, um sie zu besuchen. Die beiden saßen in einer der gepolsterten Sitzecken neben dem Weihnachtsbaum, tranken zusammen eine Flasche Rotwein und hielten Händchen.

Mum wollte ihnen ein »Weihnachtsgläschen« Sambuca spendieren, aber ich konnte sie davon abhalten, ihr romantisches Rendezvous zu stören.

Laura war ganz aus dem Häuschen vor Freude, als sie wieder zu uns raufkam. Zach hatte ihr zu Weihnachten ein Tennisarmband mit *Diamanten* gekauft, das sie voller

Stolz trug. Aber nun macht sie sich Sorgen, weil sie ihm nur ein Spenden-Abo für Oxfam geschenkt hat.

Sonntag, 18. Dezember

Weihnachtsfilme im Fernsehen! Ich schaute mir mit Mum und einer Schachtel Pralinen *Herbie, Gremlins* und *Ghostbusters* an, während Dad und Laura Daisy ums Dorf schoben.

Mum hat bei Pralinen keine besonderen Vorlieben, deshalb aß sie alle Mokkapralinen und die mit Nüssen drin und überließ mir die Erdbeer-Sahne-Pralinen und die Toffees.

Montag, 19. Dezember

Was wohl Alex an Weihnachten macht? Ach, hör auf, daran zu denken, Juliette. Hör einfach auf.

Dienstag, 20. Dezember

Letzte Chance, Alex eine Weihnachtskarte zu schicken. Aber er hat mir ja auch keine geschickt. Also Scheiß drauf!

Mittwoch, 21. Dezember

Eine Weihnachtskarte von den Daltons. Die Standardkarte,

unterschrieben von Alex, Zach, Catrina und Jemima und adressiert an »Familie Duffy«.

Was hatte ich denn erwartet?

Donnerstag, 22. Dezember

Mum hat sich ein Sexy-Santa-Outfit gekauft. Selbst an einer Frau mit normalen Maßen würde es obszön wirken, aber Mums riesige Brüste machen es eindeutig pornografisch. Sie trägt es, wenn sie hinter dem Tresen arbeitet. Wann immer sie sich vorbeugt, um ein Bier zu zapfen, starren Dad und die Stammgäste sie bewundernd an.

Freitag, 23. Dezember

Wahrscheinlich sollte ich mich noch mal mit Nick in Verbindung setzen, um herauszufinden, was er an Weihnachten macht. Aber er ist ein erwachsener Mann. Wenn er Daisy sehen will, soll er sich selber drum kümmern.

Samstag, 24. Dezember

Die übliche Heiligabend-Tradition der Duffys – ein Glas Sherry, während wir für alle verstorbenen Angehörigen, die wir geliebt haben, Kerzen ins Fenster stellen.

Gemeinsam trauerten wir um meine beiden Opas, Tante Karen, das Baby, das Mum durch eine Fehlgeburt verloren hatte, bevor Brandi zur Welt kam, und Pastry, unseren Hund aus Kindertagen.

Danach brachten wir Callum ACHTZEHN Mal ins Bett. Ihn unter die Daunendecke zu stecken war so schwierig, als würde man versuchen, einen Welpen in eines dieser Hundeleibchen zu zwängen. Am Ende musste Mum bei ihm sitzen bleiben, bis er einschlief.

Sonntag, 25. Dezember

Erster Weihnachtsfeiertag
Morgens

WEIHNACHTEN!

Mum weckte mich um fünf Uhr, indem sie in ihrem Weihnachtselfen-Schlafanzug *Rudolph the Red Nose Reindeer* sang.

Sie ist immer als Erste wach und wird dann unleidlich, weil wir sie ihre Geschenke nicht auspacken lassen, bevor alle aufgestanden sind.

Callum wachte als Nächster auf und war außer sich vor Freude, weil sein Strumpf voller Geschenke vom Weihnachtsmann war. Immer wieder sagte er: »Ich fass es nicht. Dabei war ich gar kein braver Junge.«

Schließlich saßen wir alle rund um den Esstisch, packten unsere Geschenke aus und aßen mitten in einem Meer aus Geschenkpapier Bagels mit Räucherlachs und Frischkäse.

Dad hatte Mum eine Fußmatte gekauft, auf der stand: VORSICHT VOR DER EHEFRAU!

Mum hatte Freudentränen in den Augen, während sie

und Dad über der Matte selig Händchen hielten. Dann ging sie mit dem Ding raus und ersetzte damit den alten Türvorleger, auf dem zu lesen war: O SCHEISSE, NICHT DU SCHON WIEDER!

Anschließend schauten wir uns alle zusammen den animierten Film *Der Schneemann* an und trösteten Dad, der am Ende immer weint.

Nachmittags

Ich bin ein bisschen beschwipst. Wie Mum immer sagt: Es wäre nicht Weihnachten ohne einen halben Liter Baileys.

Ich war drauf und dran, Nick anzurufen, Daisy zuliebe. Und wegen Weihnachten und so. Aber dann dachte ich … ach was, er hat doch meine Telefonnummer.

Danach ärgerte ich mich eine ganze Weile, dass er sich nicht meldete.

Aber Mum mixte uns Snowballs nach ihrem Geheimrezept (mit zwei Schuss Wodka), und plötzlich war Nick mir ziemlich egal.

Wie üblich kochte Dad das Weihnachtsessen (als Mum das noch machte, geriet sie nämlich immer total in Stress und warf jeden fluchend und kreischend aus der Küche).

Zunächst überprüfte Dad alle Küchenwecker und schärfte die Messer. Dabei summte er *Joy to the World*. Als er feststellte, dass Laura auf dem Bauernhof die Straße runter Bio-Gemüse gekauft hatte, das mit Erde und Stückchen von anderem verrotteten Grünzeug verkrustet war, hörte er auf, *Joy to the World* zu summen, und versuchte, das Gemüse mit seiner kleinen Schleifmaschine vom Dreck zu befreien.

Dann riss Daisy den Weihnachtsbaum um, und Callum sprang auf ihm herum. Brandi und Mum mussten zwischen zwölf und vierzehn Uhr im Pub bedienen und tranken zu viel Portwein und Red Bull, aber am Ende war alles gut.

Das Rezept für das Weihnachtsessen stammte wie üblich aus Dads Siebzigerjahre-Kochbuch *Einfache Mahlzeiten*. Es gab glasierten Truthahn, Würstchen in Bacon, Kartoffeln, Pastinaken und Rosenkohl. Dad hasst »diesen ganzen Jamie-Oliver-Quatsch mit einem Spritzer hiervon und einem Spritzer davon« und maß alles so ab, dass unsere Teller gleich aussahen. Jeder bekam zwei Scheiben Truthahn, zwei Würstchen, drei Kartoffeln, zwei Pastinaken, sechs Rosenkohlröschen und zweihundert Milliliter Bratensoße.

Wie üblich jammerte Mum über die »mickrigen Portionen« und fragte: »Warum machst du mir nicht einfach einen großen Teller voll, damit ich nicht noch mal aufstehen muss?«

Dad lächelte sie bewundernd an und sagte in seiner üblichen Weihnachtsansprache, dass er Mum jedes Jahr mehr liebe.

Ich aß eine Menge und trank eine Menge. Es war ein netter Tag.

Montag, 26. Dezember

Zweiter Weihnachtsfeiertag

Frust. Das schöne prickelnde Weihnachtsgefühl ist total

weg. Ich räumte alles Geschenkpapier wieder auf und fühlte mich fett.

Heute kam Zach vorbei, um mit Laura einen Spaziergang durch den Wald zu machen, was bedeutet, dass ich niemand Vernünftigen zum Reden habe.

Althea ist immer noch mit ihrer Mutter in der Karibik. Die beiden reisen jedes Jahr dorthin und grillen am Strand. Sie hat mir eine Postkarte von einem Rastamann geschickt, der nicht kifft, sondern ein Red-Stripe-Bier trinkt. Darauf stand: »Genießt eure Bronchitis, ihr Trottel!«

Dienstag, 27. Dezember

Dad zwingt uns, die Reste von Weihnachten zu essen. Heute gab es bisher:

* Truthahn-Rosenkohl-Omelette
* Truthahn-Rosenkohl-Sandwiches und
* Truthahn und klein geschnittenen Rosenkohl mit Mayonnaise auf Knäckebrot

Als es Zeit für den Tee wurde, sagte Mum, sie habe »den verdammten Truthahn satt« und wolle alle Reste wegwerfen. Daraufhin hielt Dad ihr einen Vortrag über Lebensmittelverschwendung und hungernde Kinder, kochte die Truthahnknochen aus und machte aus dem Sud eine widerliche Suppe. Die ganze Küche stank nach totem Tier. Schließlich gab Dad zu, »den verdammten Truthahn auch sattzuhaben«. Deshalb gab es am Ende Fish and Chips.

Mittwoch, 28. Dezember

Althea ist zurück. Sie rief an und wollte wissen, ob ich moralische Unterstützung für den Ball der Daltons an Silvester bräuchte.

Ich hatte über den Ball noch nicht einmal nachgedacht. Vermutlich hatte ich bereits beschlossen, nicht hinzugehen. Das ist alles zu demütigend. Ich will nicht, dass es so aussieht, als würde ich Alex nachlaufen. Und dann ist da natürlich noch die peinliche Versteigerung für einen wohltätigen Zweck, die für Singlefrauen wirklich kein Spaß ist. Zudem könnten die Jolly-Piggotts auch dort sein.

»Aber du hast verdammt viel abgenommen und siehst fantastisch aus!«, brüllte Althea. »Auf zum Ball, Aschenputtel, auf zum Ball!«

Ich muss zugeben, dass ich wirklich extrem schlank aussehe – selbst nach der Weihnachtszeit mit vielen Mince Pies und Mums ständigen Gerichten aus der Tiefkühltruhe (die dieses Jahr gar nicht weihnachtlich waren – Frühlingsrollen, pikante Samosas usw.). Außerdem möchte ich auch nicht, dass Alex meint, ich würde mich vor ihm verstecken.

Ich gab also nach und sagte zu Althea, dass ich hingehen würde. Was sich als die richtige Entscheidung erwies, denn sie hatte bereits Eintrittskarten für uns gekauft.

Donnerstag, 29. Dezember

Morgen ist der Ball bei den Daltons. Vielleicht gehe ich

doch nicht hin. Sonst bin ich nur enttäuscht, wenn Alex sich wieder so kühl mir gegenüber verhält und von »Freundschaft« redet.

Ich bin noch nicht wirklich über ihn hinweg. Und ich habe dieses Jahr schon genug Enttäuschungen erlebt. Ich könnte doch einfach daheim bei Daisy bleiben. Inzwischen brabbelt sie ganz niedlich vor sich hin. »Ba ba ba!« Süßer geht's nicht. Gibt es eine bessere Art, meine Zeit zu verbringen, als mit meiner kleinen Tochter? Was soll ich auf einer mondänen Party, wenn ich all die Liebe, die ich brauche, zu Hause bekomme?

Samstag, 31. Dezember

Wurde heute Morgen um sieben Uhr von Brandi geweckt: »HEUTE IST DER NEUJAHRSBALL!!! WIR MÜSSEN UNS FERTIG MACHEN!«

Ich erklärte Brandi, ich wolle nicht hingehen, aber sie sagte: »So ein Quatsch, jetzt sei nicht dumm. Du bist eine alleinerziehende Mutter. Du musst einen neuen Freund finden.«

Sie zog mich in ihr Zimmer und schmierte mir eine Maske aufs Gesicht, die auf meinen Wangen brannte. Dann wollte sie meine Zehennägel neonpink lackieren. Ich fragte sie nach grauem Nagellack (die Farbe ist gerade total in).

»Warum willst du wie eine Leiche aussehen?«, erwiderte Brandi, und wir einigten uns auf eine französische Maniküre.

Das Ergebnis gefiel mir ganz gut. Vielleicht gehe ich doch hin …

Ach, scheiß drauf. Ich werde hingehen.

17 Uhr

Ich bin nervös wegen dem Ball. Wissen alle, dass Alex und ich miteinander geschlafen haben? Hat er es irgendwem erzählt?

Wenn ich daran denke, finde ich es immer noch seltsam, dass sich daraus so gar nichts entwickelt hat. Aber ich habe in diesem Jahr gelernt, dass das Leben selten so läuft, wie man es sich wünscht. Man muss die Dinge einfach nehmen, wie sie kommen.

18:30 Uhr

Brandi hat mich fast zu Tode gepflegt. Aber mich zu schminken erlaubte ich ihr nicht. Deshalb sehe ich jetzt auch nicht aus wie eine Transe, sondern eigentlich ganz hübsch.

Selbst Mum findet das. Auch wenn sie mir die ganze Zeit »mehr Glamour verleihen« wollte. Sie sagte auch, Brandi sehe »bombig« aus, und fragte mich, warum ich das, was Gott mir mitgegeben hatte, nicht ein bisschen besser zur Geltung bringen wollte.

Laura ist bereits mit Zach nach London gefahren. Wir treffen uns dort mit ihr.

Jaja, ich weiß, wir müssen los.

Habe ich an alles gedacht? Kaugummi. Daisy noch mal

knuddeln. Hat sie Rotzspuren irgendwo an mir hinterlassen? Nein, alles okay. Fertig.

Sonntag, 1. Januar

Oh. Mein. Gott. Der Ball bei den Daltons.

Als wir eintrafen, stand Nick direkt am Eingang. Er hielt sich an einem doppelten Whisky fest und sah ziemlich fertig aus. Er muss auf mich gewartet haben, denn als ich reinging, sagte er sofort: »Jules! Wir sollten reden. Möchtest du etwas trinken?«

Sadie tat mir beinahe leid. Sie muss kurz vor der Entbindung sein.

Ich begrüßte ihn. Man kann ja höflich bleiben. Aber fügte sofort hinzu, ich würde mir meinen Drink selbst holen.

Ich ging mit Brandi zur Bar auf der anderen Seite des Ballsaals, doch Nick starrte mich ständig mit seinem Welpenblick an.

Bäh!

Dann kam Helen herüber.

Brandi hörte auf, »DRINKS! DRINKS! WIR WOLLEN DRINKS!« zu skandieren, und fragte sie: »Was wollen *Sie* denn, Sie Nervensäge?«

»Ich würde gerne mit Juliette allein sprechen, wenn Sie nichts dagegen haben«, erwiderte Helen ganz förmlich, als würde sie Nachrichten verlesen.

Brandi und ich sahen einander kurz an, dann bellte Brandi: »Doch, verdammt, wir haben etwas dagegen!«

Aber ich sagte, es sei schon okay. Ich würde mir anhören, was Helen sagen wollte.

Nicks Mutter führte mich neben die Bar und sagte: »Nicholas ist sehr unglücklich. Er glaubt, dass er einen Fehler gemacht hat. Er hatte eine Familie, und nun hat er sie verloren.«

»Zum Glück hat er nun ja eine neue Familie«, sagte ich. »Soll er seine nächsten Fehler doch mit Sadie machen.«

»Ich weiß, dass du aufgebracht bist«, sagte Helen. »Aber würdest du in Erwägung ziehen, Nick noch eine Chance zu geben? Mir zuliebe?«

Ich konnte mir ein Lachen nicht verkneifen. »*Dir* zuliebe? Nach dem DNA-Test? Nach der Sperrung meines Bankkontos? Und nachdem du Daisy ein halbes Jahr lang völlig ignoriert hast?«

»Dann tu es für Nicholas«, sagte Helen. »Er will ein guter Vater werden. Er braucht nur … etwas Übung.«

»Du magst mich nicht einmal, Helen«, entgegnete ich schnippisch. »Du hast mich nie gemocht. Warum um alles in der Welt willst du auf einmal, dass Nick und ich wieder zusammenkommen?«

»Eine Mutter will immer, dass ihr Sohn glücklich ist«, erwiderte Helen. »Und Sadie ist wirklich etwas launisch. Nick braucht Stabilität.«

»Sag ihm, er soll sich eine andere Dumme suchen, die ihn bemuttert«, sagte ich, während ich bemerkte, dass Nick von der anderen Seite des Raumes gespannt und hoffnungsvoll zu uns herüberblickte.

Du meine Güte! Dachte er wirklich, ich wäre so blöd? Und dass ausgerechnet Helen mich dazu überreden könnte, zu ihm zurückzukehren? Der doppelte Whisky in seiner Hand war Zeichen genug, dass er sich nicht geändert hatte. Kein bisschen.

Dann hatte er auch noch die Frechheit, sich zu uns zu stellen. Er war sichtlich betrunken. »Ich vermisse dich«, sagte er mit einem breiten sentimentalen Grinsen im Gesicht.

Unter den Gästen entdeckte ich Alex. Er trug, wie üblich, einen eleganten schwarzen Anzug und hatte die Hände in den Taschen vergraben. Er fing meinen Blick auf, sah dann Nick und wandte sich ab.

»Ich lasse euch zwei jetzt allein, damit ihr miteinander reden könnt«, sagte Helen mit selbstgefälliger Miene und verschwand in der Menge.

Ich sagte zu Nick, ich hätte nichts mit ihm zu bereden.

»Aber ich *vermisse* dich.« Er legte mir eine alkoholschwere Hand auf den Arm. »Bitte, Julesy, sag mir einfach, was ich tun soll. Wie kann ich dich zurückgewinnen?«

Als ich ihn anfuhr, er solle mich loslassen, kam Alex mit großen Schritten herüber. »Alles okay, Juliette?«

Ich sagte, ich hätte alles unter Kontrolle.

Aber Nick brüllte: »Verpiss dich, Dalton. Ich rede mit meiner Verlobten.«

Mit seiner *Verlobten*! Das war wirklich der Gipfel!

Ich schrie Nick an, ich sei ebenso wenig seine Verlobte, wie er ein erfolgreicher Schauspieler sei. Und dass er seine Hand wegnehmen solle, sonst würde ich ihm die Nase brechen.

»Aber Jules, ich liebe dich doch«, flehte Nick.

»Aber ich liebe dich *nicht*!«, schrie ich.

»Doch, das tust du«, behauptete er hartnäckig.

»Nein, das tue ich nicht!«, brüllte ich und versuchte, seine Hand abzuschütteln und meinen Arm wegzuziehen. »Nicht mehr!«

»Nimm deine Hand von ihr«, sagte Alex mit leiser, tiefer Stimme.

Nick sah den Ausdruck in den Augen von Alex und ließ seine Hand fallen.

»Juliette«, sagte Alex. »Kann ich mit dir reden?«

Er führte mich aus dem Saal und in einen leeren Konferenzraum. Dann holte er einen Krug mit Eiswasser, tauchte eine Serviette hinein und tupfte meinen Arm ab, der nur ein ganz kleines bisschen rot war. Ich meine, das war eigentlich nichts, worum man sich hätte kümmern müssen.

Ich sagte zu ihm, ich sei okay.

»Du liebst Nick Spencer also nicht?«, fragte Alex.

»Nein. Das habe ich dir doch schon gesagt.«

»Du hast nie explizit gesagt, dass du ihn nicht liebst.«

»Du hast mir keine Chance dazu gegeben!«, fauchte ich. »Ich habe immer wieder versucht, es dir zu erklären. Aber du wolltest nichts davon hören.«

»Jetzt höre ich dir zu.« Alex holte zwei Stühle von dem langen Konferenztisch und bot mir einen an. Wie setzten uns einander gegenüber. Unsere Knie berührten sich fast.

»Ich war es leid, verarscht zu werden«, erzählte ich ihm. »Ich habe mehrmals versucht, dir das zu sagen. Aber du wolltest nichts davon wissen. Was ist jetzt plötzlich anders? Du hattest Monate Zeit, um mit mir zu reden. Wenn es dir wirklich wichtig gewesen wäre, hättest du mir längst zugehört.«

»Nichts liegt mir ferner, als dich zu verarschen«, sagte Alex. »Du bist mir wichtig. Ist das nicht offenkundig?«

»Taten sagen mehr als Worte«, erwiderte ich schnippisch. »Und es ist offenkundig, dass du dich nicht mehr gemeldet hast.«

Alex krempelte einen Ärmel hoch, hielt mir seinen vernarbten Unterarm hin und fragte mich: »Weißt du, wie ich mir diese Verbrennung zugezogen habe?«

Ich blickte die verheilte Wunde an und erwiderte: »Als euer Haus niederbrannte. Als wir Teenager waren.«

»Ich bin zurück ins Feuer gelaufen, nachdem mein Vater mich rausgeschleppt hatte«, sagte Alex.

»Aber warum?«, fragte ich.

»Ich hatte etwas in meiner Nachttischschublade liegen lassen. Etwas, ohne das ich nicht sein konnte.« Alex zog ein kleines silbernes Münzetui aus der Innentasche seines Jacketts und schnippte den Deckel auf.

In dem Etui lag ein vierblättriges Kleeblatt.

Ich kam mir zu dumm vor, um die vorhersehbare Frage zu stellen.

Aber Alex beantwortete sie mir auch so. »Das ist das Kleeblatt, das du mir damals geschenkt hast. Ich bin ins Haus zurückgelaufen, um es zu holen. So wichtig war es mir. Und dann stürzte eine brennende Tür auf mich und traf meinen Arm. Ich erinnere mich nicht, was danach geschah. Ich weiß nur, dass Feuerwehrleute mich befreiten und mich ins Freie zogen. Du hast recht: Taten sagen mehr als Worte.«

Ich spürte einen Kloß im Hals. Schnell schluckte ich ihn runter. »Du hast mich monatelang hängen lassen. Das hättest du nicht getan, wenn du echtes Interesse hättest.«

»Reiner Selbstschutz«, sagte Alex. »Um zu überleben. Egoistisch, ich weiß. Das habe ich von meinem Vater.«

»Und was hat sich nun geändert?«, fragte ich.

»Ich habe mit eigenen Augen gesehen, wie du Nick Spencer heute Abend angeblickt hast. Das war … beruhigend.«

»Ich weiß nicht, Alex.« Ich schüttelte den Kopf. »Das alles sind trotzdem nur Worte.«

Dann flog die Tür des Konferenzraums auf, und Brandi stolperte herein. »Jules!«, brüllte sie. »Die Versteigerung fängt gleich an! Du hast versprochen, dass du mit mir auf die Bühne gehst.« Sie zwinkerte Alex zu. »Du kannst auf sie bieten, Schnösel. Das ist erlaubt.«

Alex stützte die Ellbogen auf die Knie und sagte: »Sexismus ist wirklich nicht mein Ding. Aber Juliette – geh ruhig, das Geld ist für einen guten Zweck.«

Ich berührte seinen vernarbten Arm und sagte: »Mir liegt auch viel an dir, Alex. Ich will immer mit dir befreundet sein. Aber Worte sind nicht genug.«

Er nahm meine Hand und hielt sie fest. Dann nickte er und ließ sie wieder los.

Im Ballsaal kletterten Brandi und ich mit den anderen auf die Bühne.

Der fette Doug Cockett schritt auf und ab und versuchte, weitere »Damen« dazu zu bringen, sich uns anzuschließen. Er bat auch Althea heraufzukommen, aber sie dachte gar nicht daran. Sie wetterte, das Ganze sei »ein verdammter sexistischer Schwachsinn« und sie werde nie bei so einem »dekadenten kapitalistischen Viehmarkt« mitmachen, solange nicht auch Männer ersteigert werden konnten. Dann sagte sie noch, sie würde gerne sehen, wie auf Doug geboten wurde.

Doug wirkte ein bisschen verschreckt und begann ziemlich schnell mit der Versteigerung. Er hielt seine übliche langweilige Rede über »reizende junge Frauen« und erinnerte alle daran, dass es eine Versteigerung war, bei der ausschließlich bar bezahlt wurde. »Ohne Zaster keine Dame!«

Mein Gott!

Dann wurde geboten. Ich war Nummer fünf. Als ich an der Reihe war, legte Doug den Arm um mich. »JULIETTE! Juliette Duffy – dann wollen wir mal sehen, ob wir heute mehr als beim letzten Mal für dich herausholen können, Schätzchen.« Er erinnerte noch einmal alle daran, dass ich ein hartes Jahr hinter mir hätte, aber »heute Abend wirklich verdammt gut« aussähe und mich »schick gemacht« hätte. »Beginnen wir mit fünfzig Pfund, okay, Jungs?«, sagte er. »Oder will jemand höhergehen?«

Zu meinem Entsetzen hob Nick die Hand. »Einhundert Pfund.« Er warf mir ein hoffnungsvolles Lächeln zu.

Ich konnte es nicht fassen. »Solltest du dein Geld nicht besser für die Zeit aufsparen, wenn Sadies Baby da ist?«, fragte ich, aber meine Stimme ging im Lärm rundum unter.

Doug brüllte in sein Mikrofon: »Oha, interessant! Schaut so aus, als wollten Juliette und Nick es im neuen Jahr noch mal miteinander versuchen!«

Einen schrecklichen Augenblick lang befürchtete ich,

Nick würde der Höchstbietende bleiben. Aber dann schoss Altheas Hand hoch. »Einhundertfünfzig Pfund!«

Meine gute alte Freundin.

Doug kicherte. »Eine Dame bietet mit. Nun, für den guten Zweck ist alles erlaubt, nehme ich an. Nick? Möchtest du dein Gebot erhöhen?«

Ich wandte mich Doug zu und schüttelte in der Hoffnung den Kopf, dass er die Geste verstehen würde. Aber in seinen glasigen Säuferaugen tat sich nichts.

Plötzlich stand Brandi neben Doug, nahm ihm das Mikrofon aus der Hand und rief: »Zweihundert Pfund!«

Doug wirkte leicht verwirrt. »Ich bin mir nicht sicher, ob die zu ersteigernden jungen Frauen«, begann er, sah dann aber Brandis Gesichtsausdruck. »Ähm … ja, also vermutlich … es wird ja alles gespendet. Will noch jemand ein Gebot abgeben?«

Da lehnte sich Laura, die auf der anderen Seite von Doug stand, zum Mikrofon und sagte ruhig und mit Betonung auf jeder Silbe: »Zweihundertzwanzig Pfund und fünfzig Pence.«

Alle lachten.

Plötzlich zog Nick ein Bündel Banknoten aus seiner Brieftasche und fuchtelte damit in der Luft herum. »Fünfhundert Pfund in bar.«

»FÜNFHUNDERT Pfund!«, dröhnte Doug. »Recht so, junger Mann. Ich glaube nicht, dass jemand mehr bieten wird. Sehr gut.«

Danach herrschte Stille.

Niemand außer Nick trägt so dicke Notenbündel mit sich herum. Er ist ein großkotziger Vollidiot.

»Meine Damen und Herren«, rief Doug, »mir liegt ein Gebot von FÜNFHUNDERT Pfund für Juliette Duffy vor! Zum Ersten, zum Zweiten …«

»Ich biete meinen Rolls-Royce!«, ertönte die Stimme von Alex.

Nun herrschte verblüfftes Schweigen. Alle drehten sich zum Eingang um.

»Mr Dalton?«, sagte Doug. »Sie geben ein Gebot ab?«

»Meinen Wagen«, erwiderte Alex. »Meinen Rolls-Royce. Ich biete meinen Rolls-Royce für Juliette.«

Es war total still im Saal.

Doug kicherte und fragte: »Soll das ein Scherz sein?«

»Nein, kein Scherz«, sagte Alex.

Doug sah ihn kurz verdutzt an, dann sagte er: »Äh … Nick, möchtest du ein höheres Gebot abgeben? Falls du kannst?«

»Das kann er nicht«, sagte Alex.

Die Anwesenden brachen in Gelächter aus.

Ich starrte Alex an und konnte nicht recht glauben, was gerade passierte.

»Also«, sagte Doug, »damit geht Juliette Duffy an Alex Dalton. Für einen Rolls-Royce.« Er ließ seinen Hammer niedersausen.

Ich stand wie angewurzelt da.

Alex kam herüber und stieg auf die Bühne. Er warf Doug seine Autoschlüssel zu, nahm meine Hand und sagte: »War diese Tat jetzt überzeugend genug?«

Ich spürte, wie sich ein dümmliches Grinsen auf mein Gesicht stahl, und nickte.

»Du weißt, dass ich die jährliche Versteigerung hasse,

oder?«, fragte Alex. »Das hätte ich für niemand anderen getan. Nur für dich.«

Er führte mich von der Bühne und durch die Menge, und alle begannen zu applaudieren. Sogar Henry Piggott.

Nick stand vorne unter den Zuschauern. Er schwankte und blinzelte verwirrt. Als ich an ihm vorbeikam, sagte er: »Julesy. Schatz. Bitte! Das kannst du doch nicht machen. Ach, komm. Wir haben schließlich ein Baby zusammen.«

Ich blieb stehen. »Das alles tut mir leid, Nick«, sagte ich. »Aber ich folge halt meinem Herzen.«

Alex und ich landeten schließlich im obersten Stock des Dalton in der Bond Street, in der Empiresuite. Vor dem Panoramafenster breitete sich unter uns das funkelnde und glitzernde London aus.

Ich sagte etwas Kitschiges wie: »Träume ich?«

»Du nicht«, erwiderte Alex. »Aber ich vielleicht?«

Wir lagen im Bett und redeten und redeten. Über unsere Kindheit in Great Oakley. Über Dinge, an die wir uns erinnerten. Den Wald. Die Schaukel. Alex wollte alles wissen. Wie für mich der perfekte Tag aussehen müsste. Welcher Superheld mir am besten gefiel. Was ich am liebsten aß. Wer meine beste Freundin in der Schule gewesen war … einfach alles. Es war fünf Uhr morgens, bevor wir einschliefen.

Und dann weckte Alex mich um sechs. »Ich bringe dich heim zu Daisy«, sagte er, auf einen Ellbogen gestützt. Noch unrasiert und ungekämmt sah er besonders sexy aus. »Ich kann nicht glauben, dass du da bist. Das kommt mir so unwirklich vor.«

Ich erwiderte, dass ich es auch unwirklich fände. Aber auf eine gute Art. Eigentlich wollte ich den Augenblick genießen, aber dann hörte ich mich fragen: »Kannst du dir wirklich vorstellen, dass das mit uns gut geht, Alex?«

»Ja«, erwiderte er. »Du nicht?«

Ich gab zu bedenken, was seine Familie sagen würde. Besonders seine Mutter.

Er lachte. »Meine Mutter hasst jede Frau unter vierzig. Ich bezweifle, dass du die Ausnahme sein wirst. Aber wenn ich mich um die Meinung meiner Mutter scheren würde, würde ich nie zu irgendetwas kommen. Wie auch immer. Weißt du, jemand hat mal zu mir gesagt, dass es im Leben nicht darum geht, Stürme zu meiden, sondern darum, im Regen zu tanzen.«

Autorin

Suzy K. Quinn arbeitete u. a. als Journalistin, bevor sie sich dem Schreiben von Romanen widmete. Nach ihren Erotik-Bestsellern »Devoted« und der Fortsetzung »Blackwell Lessons« sowie der »Passion«-Trilogie, die sie alle unter dem Namen S. Quinn veröffentlicht hat, ist »Oh Baby!« ihre erste romantische Komödie. Sie lebt mit ihrer Familie in Brighton.

S. Quinn im Goldmann Verlag:
Devoted. Geheime Begierde. Band 1. Roman
Devoted. Verbotene Leidenschaft. Band 2. Roman
Devoted. Gefährliches Verlangen. Band 3. Roman
Blackwell Lessons. Leidenschaftliches Versprechen. Band 2. Erotischer Roman
Blackwell Lessons. Entfesselte Lust. Von Marc Blackwell erzählt. Band 2. Erotischer Roman
Blackwell Lessons. Endlose Liebe. Band 3. Erotischer Roman
Passion. Leidenschaftlich begehrt. Band 1. Erotischer Roman
Passion. Leidenschaftlich verführt. Band 2. Erotischer Roman
Passion. Leidenschaftlich verliebt. Band 3. Erotischer Roman

(alle auch als E-Book erhältlich)

GOLDMANN
Lesen erleben

Unsere Leseempfehlung

450 Seiten
Auch als E-Book erhältlich

Sylvie und Dan haben gerade ihren zehnten Hochzeitstag gefeiert. Sie führen eine glückliche Ehe, haben zwei Kinder, ein hübsches Zuhause und wissen stets, was der andere denkt. Beim jährlichen Check-up-Termin prognostiziert ihr Hausarzt außerdem hocherfreut: Beide sind so kerngesund, dass sie sich bestimmt noch auf 68 gemeinsame Jahre freuen können. Erfreulich? Sylvie und Dan packt die blanke Panik. Wie zum Kuckuck sollen sie diese Ewigkeit überstehen, ohne einander zu langweilen? Sie beschließen, sich gegenseitig im Alltag zu überraschen. Doch das ist leichter gesagt als getan ...